U0501062

桑子娘要天晴

谈正衡 著

北京联合出版公司

有 态 度 的 阅 读

小马过河（天津）文化传播有限公司

目　录

1
侧坐莓苔

二月二	3
三月三	8
学　校	13
月亮粑粑	18
挑猪菜	22
放　牛	28
乡野上的甜润	36
初　夏	42
划龙船	47
黄梅天	52
"闹"田缺	57
逮泥鳅	61

1

摸老蚌　　　　　65

捉螃蟹　　　　　70

放卡子　　　　　75

龙吊水　　　　　79

车　水　　　　　83

玩　水　　　　　88

叽哩子叫　　　　93

萤火虫　　　　　98

乘　凉　　　　　103

长日悠悠

走家婆　　　　　111

养媳妇　　　　　116

大奶奶　　　　　121

小白菜　　　　　126

大　头　　　　　131

小木匠　　　　　135

打铁两兄弟　　　140

船拐子　　　　　145

渡　船　　　　　151

豌豆花　　　　　156

金樱子　　　　　160

南瓜花　　　　　164

鸡头菜　　　　　168

水红菱　　　　　172

喜　鹊　　　　　176

黄师娘　　　　　181

燕子回旧巢　　　185

发棵鸟　　　　　189

打鱼郎　　　　　193

小麻雀　　　　　197

水葫芦　　　　　202

纺织娘　　　　　206

❸

季节之外

老鼠子啃锅盖　　213

黄鼠狼　　　　　218

扯鬼经　　　　　223

戏　台　　　　229

忙　喜　　　　234

马　桶　　　　239

盖　屋　　　　243

捞塘泥　　　　248

赖尿鬼　　　　252

剃　头　　　　257

推　车　　　　261

货郎担　　　　265

吹糖人　　　　269

过　年　　　　273

花　灯　　　　279

龙　灯　　　　283

马灯和罗汉灯　　288

后　记　在我们的童年里　　293

4

侧坐莓苔

①

二月二

二月二，

龙抬头，

二月二里炒豆豆，

吃完豆豆剃龙头，

剃个龙头满村溜，

鼻涕淌到嘴里头……

年前剃过头，整个正月不再剃了。头上毛发养到二月二剃，讨个好口彩，叫剃龙头，"二月二剃龙头，一年都有精神头"。这个说法靠谱吗？没人讲得清。不过，二月二的早上，外面总会传来孩子们的嬉闹声：炒豆子啰！吃炒豆子啰……到了学校，许多人口袋都装得鼓鼓的，下了课大家走到教室外，叽叽喳喳比着谁的炒豆香、脆，你给我，我给你，交换着吃，耳边一片咯嘣咯嘣嚼豆声响。

二月二，龙抬头。龙是不须剃头的，龙睡了一个冬天现在醒来，把头抬起四处望望。这一望，山就青了，水就绿了，天气转暖，小孩子在外面疯玩，早已脱下身上的棉衣，春天开始了。许多鸟和虫子不约而同涌现，油菜起薹，小麦疯长，树枝上挂满嫩叶，远远近近许多村子都遮隐在一团团绿雾之中。婆婆纳、细米菜、老鸹草纷纷开出细细碎碎的花……不管气候和节令怎样变化，它们都会如期而至，照着老样子一个不少地呈现地在你眼前。

放学时，西宁从路边折一段柳枝，用小刀削下一小圈嫩皮，做成柳哨，衔在嘴里，有一股清甜的味道，吹着吹着就回家了。

二月二，又是土地菩萨的生日。"土地土地，一年两祭，二月初二，八月初一。"土地菩萨是掌管土地的神，自然要住在土地庙里。土地庙一般建在村口路边，或是一棵上了年岁的大树下。青滩埂的土地庙却在鹭鸶塘中间一个土墩上，由一截断埂加水跳相连通，这主要是为了防偷。土地菩萨也可以偷？作兴的，越偷越发旺，大人常这样说。别的菩萨都是单身，土地菩萨却是老夫妻一对，要过油盐日子。这看起来有点不合规矩的一对公婆，并排雕刻在抽屉那么大的一块石头上，半身，双手笼在宽肥的袖筒里，脸上看不出表情。人像造型简单，庙更简陋，两块立石为框，一块搭顶，那块浮雕石就是后壁了。不过，刻在两旁的对联倒是口气不小："庙小神通大，天高日月长。"

4

土地菩萨是保一方平安的，大事小事都要管。谁家小伢生病，是不是被小鬼缠到了？特别是过麻花（麻疹）出痘，必定要到土地庙烧个香，或者拎只捆了脚的大红公鸡上个礼，请土地公公和婆婆一起去趟阴间打通关系……就连村里的牲畜生病，比如牛得了水臌胀、猪不吃食、狗起癫、鸡发瘟，也要上土地庙求一求，甚至搭披厦屋砍棵树都得禀报一下。

　　土地公公面子大，他老人家过生日，全体小孩跟着沾光，早上起来，除了有炒豆子，还会享受一碗长寿面，面里卧着荷包蛋。这一天，到了晚上又有热闹看。天擦黑前，跟着八老头和一帮大人敲锣打鼓走过村后干草沟，踏着那条形似黄鳝的小路，来到塘墩上的土地庙烧香磕头，请求菩萨保佑风调雨顺、五谷丰登。

　　八老头瘦矮瘦矮的，一张布满皱纹的秋茄子色老脸，嘴角却留着两撇花白的长八字胡，还有就是眼珠子有点沉。其实，八老头是个拐子——半残疾的右手有事没事总是平揣在怀里。那一年，土墩上的菩萨不见了，后来查明是对河小汪村人划船过来偷走的。八老头就带着人划船过去了，找到他们村最有威望的汪才俊。八老头审视着对方，那只平揣的右手朝外耸了耸，说："我来只问一句话，你们可晓得我们鹭鸶塘那个土墩是干什么的？它是专门用来供土地菩萨的。你们村可有……肯定没有，对吧？没有格样一个水中土墩子，你叫菩萨住哪里？我们那菩萨可是水龙王转世，没那样的土墩子你们搞什么搞？没有格样的土墩子，菩萨不受用，

5

就不会保佑你们村子兴旺，还会相反，到时候出了事可别怪我们没有把话跟你讲清呵！"汪才俊点头直说是的是的，当场叫人把土地菩萨抬到八老头的船上。次日一大早又带人过来，放炮仗赔礼道歉。

从鹭鸶塘土墩上拜过菩萨回来，天早已黑透，家中自有一顿丰盛的好饭好菜等候享受。但是仪式过程却一点儿不能马虎，桌上摆着鸡、鱼、肉、豆腐四碗菜，上席处放碗筷和酒杯，点燃一挂小炮仗，请先祖回来享用，保佑全家老小平安。同时，还要拿个碗每样菜都搛一点，倒在外面池塘边，给那些没有后人的"野祖"食用。然后，一家人开始动筷子。

吃完晚饭，要是不想在家歇着，就去看烧牛粪草包子。

牛栏屋里积了一冬的牛粪草，扒到稻场上抖开晒干，一点儿也不臭，还有一股好闻的发酵味，被人用稻草包成一个个笆斗大的包子，那比街上包子店师傅的手艺还要好。二月二黑月头晚上，这些包子都要弄到选好的秧田里烧，增加地力。把土堆成坟丘，里面就是点燃的牛粪草包子。有时土压少了，正好一阵风吹来，就有暗红明火往外蹿冒。人影幢幢，烟火阵阵，倒映在乌沉沉的水塘上，仿佛是通往另一个世界的入口。牛粪草包子极耐烧，一个个土丘余烟袅袅，好多日不断，空气里蹿满焦土味。

至于做土地会，是秋天收获以后的事了。这也是个浸透欢乐的节日，八月初一，天还有点热，借着给土地婆婆做寿的名义，杀鸡宰鸭，从塘里打来鱼，一个村子大人小孩集中在一起打牙祭。

初秋，篱笆上有一种赤豆大小的昆虫，壳盖红亮红亮的，像刚从油罐里爬出，叫作"小油包"。一看见它，大家就唱："小油包，摇铃铛。你娘死在东山上。狗扒了，猫埋了，摇着铃铛又来了……"瞒着大人，抓几只"小油包"放到土地公公的脸上，谁的"小油包"能直直爬上额顶头，一年的好运就归了谁。

三月三

三月三，

蛤蟆出藕簪。

三月三，

照骚板，

坏虫一扫光。

三月三，据说是观音娘娘的生日。这一天，也成了各村女人自己的节日，老的、少的，一大早就起来梳洗打扮，穿上自己最好的衣服，走亲访友。纵横交错的阡陌上，行走着一群群穿红着绿的人，吸引了许多人的目光。

早饭桌上，除了香喷喷的蒿子粑粑，外婆还给西宁端来一碗地菜煮鸡蛋。地菜是最常见的一种野菜，书上叫荠菜，田间地头，到处都有。其实这个时候地菜早就老了，长葶乱枝上开满白色小花。

掐一些地菜花回家，放在锅里和鸡蛋一起煮。煮出来的鸡蛋壳呈淡淡的绿，散发出一股地菜的清香。外婆说，蒿子粑粑是巴魂的，吃地菜煮鸡蛋能消病消灾，魂就丢不了了。

三月三，油菜开花一片黄。村子都淹没在金黄色海洋里，成了一个个孤岛。浓郁的花香渗入空气，随风飘散在旷野间，引来蜜蜂嘤嘤嗡嗡地忙碌，大大小小的叶蝶子飞来飞去。有的狗看见这铺天盖地的油菜花，就会发疯。"菜花鲇鱼"也上桌了，这些日子，鲇鱼守在水旁边，饱食田沟里淌下来的花瓣而醺醉，肚皮朝上漂浮于水面……有月亮的晚上，人们手持捞网，围着油菜花田边水域逡巡，看到水面白光一闪，眼疾手快，伸网就捞了上来。不仅是人，就连圩乡的猫也深谙个中秘诀，油菜开花，所有人家的猫都去水塘边蹲守抓醉鬼去了。

三月三，蛤蟆出藕簪。地下的藕茎嫩头钻出水，这种嫩头尖尖的，金属一般黄灿，被称作藕簪或藕钻子。水面上，有一窝窝旋动的黑团，是成千上万只新生的小蝌蚪。池塘和水凼子里，到处都能见到这样的黑团。其实，它们是长不成蛤蟆的，只能长成沉默无声的癞癞蛄子，圩乡人所称蛤蟆是青蛙，发音为含巴。这些日子，含巴整夜不歇地在浅水塘里呱呱鸣叫，它们的卵多产在水稻田里，时日还没到哩。浅水里，能看到金得蛄（一种扁长蚌）钻出的洞眼。更多寻常螺蚌会趋近岸边晒太阳，它们从壳子里伸出肉足缓爬慢行，在清澈的水底留下细长的线槽……许多条没有头序的线槽交织在一起，拼出怪异的图案，很能激发人的联想。

蜂子锥屋檐，稻种快下田。一些身材粗短的土蜂成日里飞来飞去嗡嗡闹着。捉土蜂，便成了孩子们的拿手好戏。先找个小瓶子，眼瞅一只土蜂钻进泥墙的洞穴，迅速将瓶口罩紧洞眼，然后拍墙，不一会儿，土蜂就乖乖爬进瓶子。有时候，小东西并不配合，任你怎么拍打也不出来，就得用小木棍去掏它……还有的时候，明明看见钻进去的是土蜂，却掏出来一只喜蛛子。光头猴和毛伢子他们两家是连体的屋挑檐，一溜夹板打的土墙，有许多蜂子锥的洞眼。大家捉土蜂，大奶奶在屋子里听见了声响，怕把墙壁搞坏，就颠着小脚出来驱赶。待大奶奶进屋后，众人又跑回来继续玩他们的花头，而且边玩边唱："大奶奶，精怪怪，笠帽壳，蓑衣盖，蜂子锥不坏……"

唯有多得要命的骚板虫让人心烦。这种骚哄哄的褐红色小虫，火柴杆长，稍一碰，就蜷成一个小圆圈装死。屋顶上盖的稻草烂粘糊了，这东西就钻出来到处乱爬，被窝里、蚊帐里，甚至书包里也都有它们的身影。它们虽长着无数条细腿，走路却不甚得劲，弄不好就掉进水缸里淹死。等你发现几条小虫死挺挺躺在缸底，缸里水已被喝下许多到肚子里了。有时揭锅盖时，热气一熏，它们会从灶篷上跌落饭锅里。菜碗里也有它们的尸身，用筷子挑出，菜照样吃下。实在忍无可忍，就得痛下劫杀令，将黄表纸裁成一张张小条，写上三行字：三月三，香花娘娘入地三尺三寸三——死！

然后，在夜深人静时悄悄分贴于家中各角落……每贴一张，都要将手中举着的油灯对着那处黑影照一照，叫照骚板，骚板就是"香花娘娘"。

有时，灯火照到墙角一只抱窝鸡身上，引来一阵温顺的"咯咯"轻鸣。它快要做母亲了，不时挪一挪身子刨一刨蛋，让所有蛋得到温暖。鸭孵鸭，二十八；鸡孵鸡，二十一。直到某一傍晚，听见有细微叫声……小鸡要出来了，在啄壳呢。开始一个小洞，慢慢变大，头先出来，身子上下一摇也出来了。刚出壳的小鸡身上潮潮的，怯怯憨憨站也站不稳。西宁从田里拔来小鸡草，捋下籽实加碎米粒喂几天，小鸡就换了模样，一团鹅黄的细绒，配上红红的喙，粉嫩的脚丫，以及涉世未深的天真眼睛，实在惹人爱怜。叶蝶子满地翻飞，老鸡领着孩子们到处转悠，这里扒扒，那里划划，稍有动静，便迅速张开翅膀让小鸡钻到里头。

"三月含巴叫连连，想讨老婆没有钱……"这些日子，总是有人犯病。小七子的二哥亮度上过几年学，但家里成分高，是地主的后代，田里做活床头吃饭，三十五六岁了，讨不到老婆。亮度平时穿得倒是清爽，一袭青灰色的中山装，没有一抹褶皱，脸也刮得干干净净，就是眼神有些空洞。没事就在屋后稻场上踱步，一圈又一圈，或者从屋里到屋外，再从屋外到屋里，嘴里不停絮絮自语……有时，躲在连天扯地的金黄里，瞅着女人傻笑。

恰好落弓桥那边有个叫九莲的女花癫，一到这个季节就掐来菜花插到头上，手里拈一条花手绢，咿咿呀呀唱。她天生一副好嗓子，歌唱得好听，连骂人都悦耳。有人想撮合两个癫子过到一起，被八老头骂止了："你们格积点德吧……要弄出一窝小癫子呵？"

"菜花黄，癫子忙；没了家，丢了娘……"那连天扯地又撩心的油菜花啊，总是金灿灿地向天边恣意地铺展开去，风秧子一漾，浓香吸进肺腑里。这是一个容易令人伤感的季节。

学　校

三岁小伢来上学，

老师说我年纪小，

我背着书包往家跑，

跑，跑，跑不了，

了，了，了不起，

起，起，起不来，

来，来，来上学，

学，学，学文化，

画，画，画图画……

当，当，当，校长站在老槐树下举着小锤敲响一段生锈的铁轨，放学的钟声悠悠飘起……一群赤脚的孩子，背着式样各异的自家缝制的书包，口里唱着胡乱的歌，追追打打，散播在长塘附近的各条乡路上。鸟儿仄着翅翼飞过水塘，西斜的太阳照在禾苗青青的田野上，散发着一种迷幻的光彩。

不远处，就是那条从长塘流出、沟通埂外漳河的丈余宽的小港汊，喊作茨菰河。也不知什么年代开始，河的东岸长出一棵树，西岸也长出一棵树，东岸的树向西岸倾，西岸的树朝东岸斜，枝杈缠到一起成了一棵树。在这棵树下游，有个"揪渡"，两岸立有木桩，用粗绳将渡船两端拴住。小河弯弯，河水清澈，岸边柳树繁茂，林子边就是一条渡口小路。要回对岸的家，就得登船揪绳，慢慢过河。

三年前，因为爸爸出了问题，西宁被送来外婆家。刚从西安市雁塔小学转来时，学校在上埂头，两三个老师，领了几十个学生。后来，迁到大队部所在的长塘村，正式称谓是长塘中心小学，老师也增到十多人。要是站在大坝上看，长塘就是圩心里一大片狭长的白茫茫水面，大雁北去南归的时候，多半都要在这片水域滩涂歇歇脚，获得补给。

学校在村外，贴紧一处水湾，是一个什么水神庙改建的，有正房和偏房十数间，教室和老师办公室的布局显得有些混乱。雨天里，砖缝间青草杂生，雾气从墙根处冒出。每间教室都不一样，课桌也各异，有木头的，有土基（坯）的，散发着泥土的潮湿和俭朴。学校周边都是槐树、杨柳、桦树等形成的浓荫，光线不好。屋子太老，便常有一些意外事情发生，有时正在上课，突然一只黄鼠狼从外面窗台上跳进来，或是发现一条菜瓜大蛇摇摇欲坠吊悬屋梁下，引发一阵骚动。

教语文的老刘老师喜欢把课堂搬到树荫里，简易黑板支在木架子上，阳光从树叶缝隙间投射下来，风贴地吹来，凉润润的。叽哩子叫得太吵，老师踩踩树，受惊的叽哩子"吱——"一声就飞走了。老刘老师原是私塾先生，后来并入公家学校。因为早先私塾都是教些《百家姓》《三字经》之类，所以要是哪个捣蛋鬼被拎耳朵罚了站，同老刘老师有了过节，就唱"百家姓，姓百家，先生打我我打他，先生打我我不怕，我打先生先生要回家"。老夫子却不以为然，听到了也像没听到一样，自顾将一张藤椅搬到树下躺倒，享受悠悠清凉。

有走村串乡的货郎担到学校卖些零食，主要是小麻饼和灌心糖，还有做成手枪、飞机、小人等各种形状的小饼干。一分钱一粒水果糖，两分钱一根麻花，三分钱可买一块鸡蛋馓……五颜六色的糖豆被放在一个大玻璃瓶里，好多人围着看，七嘴八舌地说这种颜色好，那种颜色不好。有个睁眼瞎常跑到学校卖老鼠药，竹板一打，嘶哑的声音就响起，让每个人都学会了："你不买，我不怪，老鼠子晚上啃锅盖，一晚上就去掉几十块！"上课铃响了，校长站在老槐树下敲响铁轨，眨眼工夫，大家一哄而散。

学校难得有个宽阔的操场，跑道用细沙铺成。上体育课一个沙坑不够，就再挖了一个，让高年级学生到青滩渡河滩上挑沙。校

15

长自己动手做了一副跳高架，用红漆涂好刻度，打出洞眼，两边插上铁钉，钉上再放一根笔直的瘦竹竿。体育老师亲自示范，用跨越式从左侧助跑，起跳时，先提起左脚，紧跟着提起右脚，很轻松地跳了过去。

春天开学时，学校来了位姓姚的年轻漂亮的实习老师，齐耳短发，大眼睛，腮边有一对好看的小酒窝，笑的时候，一漾一漾的，异常动人。她把学校那架手风琴背带往肩上一套，头稍稍侧仰，两手在琴键上轻快地滑动，好听的歌曲像水一样流泻出来。为了那年"六一"会演，她挑出十个男生十个女生，天天放学后在林子里排练"小燕子，穿花衣，年年春天来这里……"西宁是领唱。结果，在县里拿了一等奖，奖品是每人一支"新农村"牌钢笔。

老师大都住在邻近的村子里，只有校长以校为家。学校东边有一片菜园地，是校长开垦的。校长在地里忙出了汗，就把那顶蓝鸭舌帽摘下来，挂在地头的树杈上。由于肥料充足，菜长得分外苗壮，连附近的老乡都赞叹不已。田野里的小麦勾了头，桑果子熟了，期盼中的农忙假也快来了。每年夏、秋收的时候，学校都会放差不多一周的农忙假。

乡下孩子，在家都是父母的帮手，能坐在教室里上课着实不易。尽管如此，半途辍学的人还是很多，低年级教室坐得满满的，五年级和六年级教室里就稀稀拉拉了。大家每天系着红领巾上学，在课桌上刻"三八线"，高年级的同学用粉笔末刷白球鞋，除"四害"交老鼠尾巴，还要交牙膏皮和废报纸。四年级开始背"乘法口诀表"，再往后，还要背"珠算口诀表"："一归如一进，见一进成十""五归添一倍，逢五进成十""六一下加四，六二三十二"……又进又加，添了又退，搞得一头雾水。西宁尽管作文写得特别好，但是拨拉算盘珠子时，怎么也想不明白，为什么上面一粒珠子就能抵下面的五粒珠子？

下课了，大家从各个教室里奔出，很快就闹成一团。"扭扭掐掐，问你吃鸡吃鸭还是吃黄鳝？哧——"忽然一起出手，扭住某个缩做一团的倒霉蛋，伸向胳肢窝呵痒。对于女生，也有手段，看到头发蓬乱未梳理的，就唱："麻雀子窝窝——格像萝卜？奶奶打水我唱歌。唱把哪个听？唱把奶奶听，奶奶骂我小妖精！"逃课的机会很多，钻到屋檐下抓鸟，爬到树上摘果子，溜到塘梢里掰荚瓜，跑到茨菰河里摸鱼……总是一出校门就不见影了。

五年级教室里，坐在门后第三排的，是一个叫罗小妹的十六七岁胖女生。她在教室里很少抬起头，腰也总是弓着，身体整个趴在桌子上，屁股就显得格外大。那一次，她背着书包走进教室刚坐下，窗外扒着几个坏小子挤眉弄眼地唱："格么大的窗子格么大的门，格么大的姑娘没把（嫁）人……"

杏子黄熟，黄瓜落地。放完农忙假，再回到教室里，已不见了罗小妹的身影。她辍学了。

月亮粑粑

好大月亮好卖狗，

捡个铜钱打烧酒，

走一步，喝一口，

问问黄老爹爹黄老奶奶，

要不要小花狗……

月光明亮的晚上，小伙伴们一个牵着一个后襟在村前稻场上转圈，抑扬顿挫地齐唱："月亮哥哥跟我走，走到天上提笆篓；笆篓破，摘莲果；莲果尖，戳上天；天又高，买把刀；刀又快，切腌菜；腌菜苦，烧豆腐；豆腐甜，过大年！"唱的词句本身没有什么意义，但许多人一起玩耍所带来的欢乐就是意义。

这是文玩，要是武玩，就来"冲墙"。天宽地阔，到处都是游乐场。在稻场上，在河边的沙滩上，一大帮子人凭着伸手心手背分成两拨，相隔数丈远，臂弯挽紧各站一排，相对而望。一方先喊："乌龙龙，黑龙龙，调个××冲一冲！"被人家喊到名字的那位，从队列里走出来，朝手心吐口唾沫，站定，运气，瞄准对方的薄弱处，猛地冲去……在两边的呐喊声里，如果将对方人墙冲破，便可带回一个人；没冲破，就被"锁"住做了俘虏。游戏充满刺激、过瘾，弄不好被扑倒一大片，跌痛了手脚，撞肿了头，几声哎哟呻吟，都是家常便饭。

其实，"撞天门"也是这种玩法："急急令，扛大刀，你家的兵马尽我挑——"两排人相对站立，所不同的，不是让对方指名喊人，而是主动派出自己阵营中的选手出击，自然还是体弱年幼者拉手挽臂处最易被选作突破口。在扯破嗓门跳脚呐喊助威下，起跑，加速，奋力一撞……撞开了"天门"，选一人带回自己阵营中；没撞开，扣你没商量。

还有时候，一群人围成一圈，脸朝里蹲着，一人走出来到一旁抬头望月，另一人一边围着圈转一边唱："揣粒籽，种粒瓜；连什么连？连大家。大家果，大家花，望月亮哥哥家来吃牛屎粑！"唱完，拔腿便跑，望月的那位转身就追。追上了就拖到圈子里，追不上，换个人继续进行。

大家热衷的是速度力量型游戏，一只沙包，让人跳跃躲避，兴奋不已。还有"打破锅"——每人脱一只鞋，垒成塔形，然后跑出几十步，用另一只鞋向塔射击。"哪边旺？这边旺。哪头兴？这头兴——"众人齐声发喊，那场面也是够壮观的。赢下别人鞋的，就远远抛向空中；输掉自己鞋的，则垂头丧气地赶去寻找。

稀稀疏疏的星星三三两两地眨着眼睛，水面上月亮一闪一闪的。玩累了，大家就扒掉短裤，一个猛子扎到河里……睁开眼睛，你会发现你扎进了一个大墨水瓶，什么都看不到，赶紧浮出水。置身夜晚的河里，西宁感觉自己就是一条鱼。夜里的河，静静的，手臂划水的声音好清晰。有夜行的船下来了，众人游过去，一个个扒住船帮边，让船带上一程，然后再游回来……爬上岸的时候，月亮已悄悄西斜了，于是一个个往家走去。原野上，青青的秧禾、墨绿的树林、幽幽的河水、粉墙黛瓦的村舍，以及田间聚散缥缈的雾霭，共同描绘出一幅绝妙的乡村夏夜风景画。

农历七月中的夜，尤让人难忘。月亮最圆的那晚，是鬼节，心里会有一丝莫名的害怕与兴奋。天一擦黑，有人就点着艾草的火把，在村前的小路上来回疯跑，嘴里大声念着"七月半，鬼打转……"声音传到圩埂上、树林子里时，会产生回声，像是被什么人接住又扔回来。村边水塘那里，有三三两两烧纸钱的火堆，红红的火苗印着肃穆的脸，也让西宁有一种特别的感受。

此夕又称为"中元节"，即盂兰盆会，不仅为了拜祭死去的亲人，也是纪念目莲的日子。目莲救母成功的同时，地狱的群鬼也跟随而出，因此七月被称为"鬼月"，七月十五日成了鬼节。外婆说，这一晚，阴间打开鬼门，放出孤魂野鬼到人间接受祭拜……人间为了免受干扰伤害，便烧化冥纸供奉好吃的东西以安抚那些无主的孤魂野鬼。

有人点着艾草火把疯跑，有人会在蛋壳里放点菜油，再搁进一根草捻，做成河灯拿到水边放。月亮升高了，点点河灯在洒满月光的水面上漂，往青滩渡淌去……渐渐地，烧纸钱和放河灯的人都消失不见，月亮底下一下子变得空旷无比。风，会在这个时候吹起来，秋天跟在这一夜后面，悄悄来到了。

再往后，八月中秋，"大月亮，二月亮，月饼甜，粽子香……"人人吃得嘴巴抹油。待到九月亮月的晚上，大家一阵疯闹之后，就跑到河滩上烧玉米，一拨人去地里办货，另一拨人则负责拾柴。玉米外面糊层湿泥扔进火堆，不一会儿就有扑鼻的香气飘出。若是捉到了鱼，就抹一点盐，包上荷叶，再裹上湿泥扔在火里烤。要是在火堆下面掏了个洞，那通常是用来烧山芋或者土豆什么的。秋天的老黄豆，连秆子拔了扔火里，啪啪响着炸出来，捡着往嘴里撂……银盘一样的月亮，在身后悄悄升上了中天。

那一回，西宁玩到半夜回家，睡了一觉，以为天亮了，悄悄爬起，背上书包就往学校跑。到了学校，什么人也没有，他就一个人在月亮底下唱了半天的歌。

挑猪菜

乌龟脚，驮壳盖；

挑野菜，挑家菜，

挑一篮子翻过来！

两个大小孩分别抓住小小孩的头脚，左一悠右一荡，边悠荡边唱，唱到"挑一篮子翻过来"时，两人同时发力，将人家一下颠了个脸朝下。也有两人牵着双手玩，一边相互翻身一边唱"挑一篮子翻过来"，谁要是没能翻过来，就输了。"驮壳盖"常被讹成"驮锅盖"，还要讲清的是，"挑野菜"实则是挑猪菜，也叫挑猪草，是给猪找伙食的。

野地里的草，只要猪愿意进口的，都称猪草或猪菜，有细米菜、灰灰菜、猪脚筋，包括山芋叶子、紫云英，还有长在水面的菱角菜，以及水底的"毛薇"（鲫鱼草）、"刺薇"（灯笼草）和"鸭舌条"（带

22

子草）。从水中捞获猪草叫"拉"，用两根长竹竿贴住这些水生植物夹紧，然后搅转竹竿缠断根茎，拖上来就是一大抱，因为量多，都是塞满高柄筐篮担回家。初夏时，家家户户都会在埂脚池塘里用竹竿圈出一片水面，在里面撒进一篮子浮萍。十几天，满池塘都是红红绿绿的浮萍了，捞起来，抓几把细糠一拌，就成了大猪小猪的寻常饭食。

"养猪不赚钱，回头望望田"，每家每户都要养猪，养猪积肥，养猪过年。但猪是插瓢嘴，吃起食来两耳直掀，一槽食，几嘴一插一拱就没了。二三月里，山芋叶子以及各类水草都还不见影，紫云英倒是长到刚能盖住脚背，但那是生产队里的作物，不可染指。此时，为了那些饿得嗷嗷叫的大猪小猪，男伢女伢们就手捏小铲挽起竹篮走向原野。

有一种开小黄花的鹅尼菜，是众人所爱。其形状和荠菜差不多，白浆多，汁水足，只要看见田里有许多黄色小花，大伙儿心里就喜滋滋的。鹅尼菜不但猪吃，人也吃。青黄不接的季节，把它用开水一汆，切碎，抓一把碎米煮成菜粥，黑乎乎的，吃在嘴里十分苦涩。就有人唱："鹅尼菜，一肚子水，家里养个苦死鬼；大大讲撂下河，姆妈讲摊了鬼……"村子里小孩子多，大家每天都要挑猪菜，就如同蝗虫一般，低头从田边地头和沟渠埂坡走过，只要能长猪菜的地方，一寸也不放过。近处挑光，就走向远处。一般都是扎堆结伙一起出门，大家除了挑猪菜，还能满足玩兴。

春天是五彩斑斓的，桃花红了，梨花白了，燕子贴水飞，小鸟枝头唱，返青的草一簇簇嫩蓬蓬的。白花鬼针长得茂盛，一边开着白花，一边打苞结籽。那些悬挂在草尖上清亮亮的露珠，被春天的阳光照耀着，发出细碎的光芒，让人感到新奇和兴奋。湿润而清甜的空气，仿佛把肺腑从冬天的干燥中捞出来清洗一遍，滋润得人通体舒畅，让希望随着血液在身体内加速奔跑，感到浑身有使不完的劲儿，总想张开喉咙唱出声来。

　　挑猪菜会有意外的收获，比如捡到人家鸭子在野外下丢的蛋，捉到淌水沟或者水草丛里的鱼，有时甚至能一脚踩到老鳖的壳盖上。要是饿了渴了，就挖掘猪脚筋的根茎，有小指粗，剥掉皮嚼在嘴里，甜津津，粉润润。还有一种喊作"小鸡"的石蒜科植物，也有地方喊"老鸹头"，长着荸荠一般大毛茸茸的根块，脆甜脆甜的。但是据说这东西能土遁，有时会消逝得无影无踪，故剜掘前先画一个圈将其箍住，口里还要念叨：小鸡小鸡，快来吃米……

　　篮子挑满了，并不急着回家，利用这难得的空闲打闹玩耍一番。玩得最多的是一种赌博性质的"丢铲子"，在地上掘一个足球大的坑，每人抓一把猪菜放在一边，然后在七八米开外画一道线，轮流将铲子朝坑里丢。丢进了，就把自己那把猪菜收回；老是丢不进去的，自己那份猪菜就在轮回中被别人掳走……要是有人输狠了，说丢坑不好玩，要打码，那就打码吧。折来三根细枝搭成支架，代替小坑，一样的用铲子投。

挑猪菜让西宁学会了几项智力运动。下老牛棋和茅缸棋，用铲尖在地上画出棋盘，随手捡几粒石子就是棋子；两人对走，输赢是一把猪菜。老牛棋棋盘为三个连套的方框，有上下、对角连成的线，当一方三子连成一线时，可以将对方最关键的子吃掉，以吃子多者为赢。茅缸棋棋盘为两个三角形组合，状如一只敞开的口袋，双方各执二子，谁被逼到茅缸底走投无路了为输。不知为什么，西宁很快就打遍原野无敌手了。

女伢子多是玩"孵小鸡"，也是挖坑，也是每人抓一把野菜放坑边。留下一个人，其余的人都把眼睛蒙起来；留下的人悄悄地把一把铲子藏在其中一窝菜的下面，然后叫大家睁开眼睛猜铲子藏在哪里。谁猜对了，这些菜就属于谁；都不对，就归藏的人。但她们玩着玩着就唱起《对花》来，《对花》本就是黄梅戏《打猪草》里一个经典唱段，就数英子跟四喜的姐姐二花篮唱得最好听：

郎对花姐对花，

一对对到田埂下。

丢下一粒籽，

发了一棵芽，

么秆子么叶？

开的什么花？

结的什么籽？

磨的什么粉?

做的什么粑?

此花叫作呀得儿呀得儿喂呀,

得儿喂呀得儿喂得儿喂, 叫作什么花?

郎对花姐对花,

一对对到田埂下。

丢下一粒籽,

发了一棵芽,

红秆子绿叶,

开的是白花,

结的是黑籽,

磨的是白粉,

做的是黑粑。

此花叫作呀得儿呀得儿喂呀,

得儿喂呀得儿喂得儿喂, 叫作荞麦花……

两个女伢, 一问一答, 配合手臂划动, 腰肢扭动, 唱得如行云流水, 婉转, 动听。到了那句"呀得儿呀得儿喂呀", 旁边人一齐放开嗓子胡乱唱上一气……最后, 多是以起哄收尾。

唱累了, 玩够了, 该回家了。有人发现自己的猪菜少得可怜,回家要挨骂，恐慌爬上心头。大家便一人匀出一点接济，倒也将篮子填得满满的……夕阳西下，暮霭沉沉，进了村快到家门前，再将篮子里的猪菜抖松，看上去分量更多了。

放　牛

牯牛角，筛箩筐，

看牛伢儿孤单单，

半夜里起来摸牛桩。

摸到牛桩两头尖，

开开门来望望天，

望望东边才发动，

望望西边朦怆怆。

拿只笠帽没有顶，

摸件蓑衣没有领，

牵条老牛没有索，

哎唷哎唷哎唷唷……

只望自己快长大，

不做人家看牛人！

老一辈人放牛苦，那些叹苦小调就是他们传下来的。生产队饲养员粗腿老姚，每夜拎个马灯睡在牛栏屋，你给他做伴，他就给你聒古经，讲他十岁到财主家放牛，腊月三十，给东家挑满一大水缸水，才回家过年。不仅讲，还用阻塞的哑嗓子唱："月亮出来两头弯，苦伢放牛在后山，残菜剩饭是我吃，破衣烂裳是我穿；要想吃餐白米饭，晓得哪一天，要想穿件新亮衣，晓得哪一年……"

替生产队放牛，倒是蛮有趣的。早春和晚秋，牛都放在水草丰美的河滩上，尾巴甩打甩打地啃着青草，不跑不闹，有时抬起头默默地望一望远方，又低下头去吃草。河水泛泛，蓝天白云，充满诗意。夏天里，田埂上青草盖过脚背，柔嫩多汁，这时须将牛绳牵手里，让牛逐条田埂一一吃过来。牛一扯就是满满一嘴，呼呼有声，小虫飞舞，蚱蜢和指甲盖大小的土蛙乱蹦。

青滩埂有十条牛，一群半大孩子牧放，工分挣了，玩也玩了。西宁也放过一年牛，虽说他户口仍留在西安，但生产队照顾他，破例给了一条已上了半年夹板被喊作"二货"的小牯牛让他早晚放放，不太耽误上学，一年四十个工分，记到外婆头上。山里兴黄牛，圩乡多水牛，黄牛不敢下水，天再热它们也只是流汗。水牛两角弯弯，大似筛箩，威风又漂亮，书上插图里，吹笛的牧童骑的都是水牛。水牛恋水，夏天的水面上，常有游泳的水牛和小孩。

冬天，牛集中拴在生产队的牛栏屋里，归粗腿老姚管理，屋子里充溢着牛屎尿和牛鼻子、牛嘴巴发出的气味，不好闻。粗腿

29

老姚每天从草堆里抽几抱干稻草扔给它们嚼，中午牵到塘边饮水，有太阳时晒会子太阳。牛身上干白，毛都立了起来，骨头硌硌，走路时两后腿打拐。这时，人和牛都着急地盼望着春暖花开时节的到来。

清明是每年首个放牛的日子，自然有着节日的仪式，那便是三更天就起来"抢青"。在这个特别的黎明前时分，牛可以抢吃地里任何青绿色的作物，麦苗、油菜、红花草，但也只限定在黑幕里进行，大天四亮后不待太阳露脸就得打住，否则，让人家抓到就要问罪了。因此，人和牛都要起大早。轻轻地开门离家，手里拿一根新牛绳，一帮放牛伢子不约而同进了牛栏屋，粗腿老姚已提着灯在迎候。简单交代几句，各人换好新牛绳，就牵牛出门。黑咕隆咚里，风吹在脸上好冷，紧一紧身上衣袄，到了一片踩着软软的红花草田里，各人散开，牛埋头一口一口地扫扯着，满耳一片呼呼声。

"抢青"以后，牛的精神一天天好起来，浅浅的嫩草连成一片，牛吃起来也有劲了。天气暖和，鸟音如雨，油菜花开一片黄。在田里，须提防牛顺嘴偷吃麦苗，牛绳牵在手里，或骑在牛背上。牛吃草很有趣，一口一口贴地扫，草儿全被坚硬的牙齿啃下来，像被修剪过一样。早上有露水，牛啃食过或踩过的地方，会留下一线灰白的印迹。要是草长得深，牛就用舌头一下一下卷了往嘴里裹。啃过的草桩，过不久就长出新叶，长出来了又被啃食……如此周而复始。

朝牛喊一声"低角"，牛就垂头，双手抓住一对坚硬乌紫的弯角，脚踩在牛脑门上，再喊声"抬角"，牛就抬头送你到背上，等你翻身坐好，才往前走。牛背上很平稳，但打跑就刺激了，牛背一拱一拱的，人在上面很难坐住。特别是奔跑中下坡时，须一手揪紧牛毛，一手拉牢牛尾，才保住不摔下来。

周边的牛全集中到河滩上放，都是些年龄相仿的孩子，人打架牛打角实在难免。"夯（zhā）角牯，犏角沙，四线口，六个牙"，是说这样的公牛母牛正当华年，有的是力气。打角的都是身强力壮的骚牯牛，荷尔蒙旺盛，喜欢用角顶树、打土坎子，互相不服看不顺眼，就让实力说话。两牛对峙，先"样角"走程序，说穿了就是心理威慑——各自抬起头，突然一低头猛烈撞上，再猛摆角尖，给对方眼窝和颈部造成伤害。几个回合下来，就头抵着头，角扳着角，不断移步转动身体，寻找有利地形，全身力量都用在角上，或进或退，或僵持不下……双方的人，就在两旁呐喊助威。斗红了眼时，怎么扯也扯不开，那就只有点燃火把抛到它们中间，才能分开。

要是河对岸正好也有一帮放牛的，对歌就不失为一种征服手段了。也不知谁先扯开嗓子，挑衅起来：

哎哩来，来哩啰，

31

对河的小伢喂，

我找你对山歌——

什么开花又开花？

什么开花在丫巴？

什么开花不结籽？

什么结籽不开花？

不待这边声音落下，那边就接上了腔，有时一人接，要是许多嗓子搅和在一起，那就特别热闹了。

哎哩来，来哩啰，

小小伢妮喂，

我和你对山歌——

棉花开花又开花，

茄子开花在丫巴，

桂花开花不结籽，

无花果结籽不开花。

起早摸晚地放，牛恢复了体力，脊背平了不少，屁股也不尖了。每天早晚肚子吃得饱饱的，连右边的水肚子也吃得鼓了起来。稻种下了秧田，春耕就开始了。牛全部套着轭头下田，把开满紫红小花的红花草翻耕过来，沤作早稻底肥。牛边犁边吃，吃得肚子鼓鼓的。有时怕吃多了拉稀，就给牛嘴上戴个笼头。翻耕的水田里，前边是牛蹄溅起的水花，后头是木犁翻卷土块涌起的水浪。为了让牛配合，犁田佬们一边"牵啦""撇哟"地斥叫，一边还骂骂咧咧，像骂自己心疼的儿女一样。而不远处的田垅，麦子已经扬过花，正在全力灌浆，空气中弥漫着浓浓淡淡的腥甜味，齐腰深的绿色里，有小鸟偷偷地东躲西藏。

西宁放的小牯牛"二货"穿鼻子开犁了，头一回架轭，选了块好犁的田地，西宁走在前面抚着牛鼻子上的楗头，队长拓佬亲自操刀扶犁扬鞭。"二货"虽然走得有点歪歪扭扭，但后脚能盖住前脚，架势不错，冲劲也好，惹得拓佬赞不绝口地怜骂："这二货东西……嗯，不错……不错！"没想到，第二天傍晚就出了事。西宁心疼"二货"开犁亏了身子，牵它到中午就探好的一处水渠边吃草。"二货"心无旁骛地吃着又嫩又茂密的细毛草，一不小心，前脚踏空，身子跌进水渠翻不过来，四条腿在空中乱划乱蹬。西宁吓得要死，听大人说过，牛一辈子眼睛朝下看脚底一小片土，若眼睛向上，看到从未见过的没有尽头的天空，害怕天要塌下来，会把心肝吓裂……他来不及细想这是不是真的，慌忙脱下外衣扑上去捂住"二货"的双眼，让它不再恐惧……附近干活的人见状纷纷赶到，一齐抱颈掀腿，加上扁担抬，费了九牛二虎之力，终于把"二货"翻了过来。

大片红花草犁完，接着是耙田。耙田时，两腿分开一前一后站在耙齿框上，一手握鞭，一手抓紧牛尾，控制好平衡，只要向牛发号施令，该走就走，该转弯就转弯，但要不停回头查看土块破碎及土面平整程度。耖田，则两手扶着耖框，跟在后面跑得泥水飞溅……这些日子，牛忙得没工夫放，只有割草喂，人和牛都累坏了，身上溅满烂泥。下晚放轭后，牛低着头，尾巴都懒得甩一下，牵到树下，适时喂上包了泥豆或是黄豆的稻草包子补一补。直到早稻秧插完，才松一口气，牛又可以放到河滩上吃草了。

树上桑果子给摘吃完，杏子也摘吃完，浓荫匝地，夏天就到了。天最热的时候，牛见到水就要泡，鼻子一罩，你扯着绳子怎么拉都拉不住。"双抢"时一天活儿干下来，不等解轭，就下了水，泡在水里降温。蓝蓝的天空，绿绿的村林，静静的河湾……一只水牛把身子浸在水里，露出的一小截身背上，立着两只牛背鹭。也有的伏身树荫底下，一边眯着眼睛，一边懒洋洋地反刍着草，两只耳朵和尾巴不停地拍打着苍蝇。

"双抢"熬过后，牛就基本完成了当年的使命。秋天的河滩仍是一片碧绿，水草丰美，野花不断。把牛绳往角上一盘，就不要管了，大家可以尽情地玩儿。地里有玉米和山芋，附近塘里有藕有菱角，树上有酸甜酸甜的野毛桃，想吃什么就弄什么。

中秋节时，黄豆荚硬了。拔来一大堆豆秸或花生秸，放入挖好的埋了干草的坑里，点燃火，趴在地上一气猛吹，一会儿工夫，豆子叭叭炸，蹦好远，爆响中，散溢着浓浓的豆香。大伙儿边找边朝嘴里撂，咯嘣脆，同时手里拿根树枝不停地拨着火堆……一个个都成大花脸，嘴上是火灰，手上是草屑，笑起来是那么开心。

到了冬天，草儿黄了枯了，不用放牛了，牛就在屋里吃稻草。

乡野上的甜润

城门城门几丈高，

三丈八尺高。

骑白马，带弯刀，

走你家门口抄一抄，

问你吃橘子吃香蕉？

  明晃晃的月亮当头照着，没有围墙的稻场上，一大群孩子开始游戏。两个稍大一点的用胳膊搭起"城门"，其他人一个牵一个从下面钻过，并接受盘查：进"香蕉帮"还是进"橘子帮"？选择哪一边站队，必须快速做出抉择。进"香蕉帮"吗，脖拐先被砍一下；进"橘子帮"则肩膀上请吃一拳……最后，两帮人马面对面站定，搭"城门"的两个头领双手相拉，各自的人一个接一个在身后抱紧，喊声"一、二、三"，拼命往后拉，有时候二三十人一齐喊，那场面真够壮观……某一方被拉过界线，就乖乖认输。这种玩法的唯一缺点，就是出力太大，容易导致肚子饿。

为什么不用斧头和菜刀做帮派标签，而是选择能进嘴的水果？其实，圩乡孩子几乎没有人见过橘子、香蕉，哪知橘子、香蕉长什么样，是红的还是绿的？那时虽然未必顿顿都能吃饱饭，但能入口的果实并不少，既不是买来的，也不是种的，只要到了时节，许多熟悉的身影就出现了。从树上的桃李杏枣到水里的菱藕鸡头米和野荸荠等，只要想吃，总能找到吃的。把这些东西弄入口中，几乎就是一种本能，一种天赋。就像大家在稻场上玩饿了，不知谁喊声"摸瓜去"或是"采藕去"，众人一齐响应，立即行动，且很快就有了不俗的收获。

春天里茅草铺满了河滩埂坡，各种小昆虫飞舞和栖息其间。"茅钻子"是茅草的嫩芽，更准确地说是孕穗。把它从叶鞘中轻轻抽出，剥开外面包裹的绿叶，露出白细的花蕊，嚼在嘴里有丝丝甜味。野蔷薇的嫩茎，俗叫"刺玫薹子"，又叫"牙牙碰"，二三月里由老秆或地下根抽出嫩茎，竹筷粗细，有青有暗红，掐下来，撕去连叶带刺的表皮，翡翠秆嚼嘴里，沁甜沁甜。西宁不明白，为何有人却说这东西不能吃："牙牙碰，牙牙碰，男伢吃了脑壳痛，女伢吃了肚子痛。"淡绿色的灯笼果低矮地长在田间，透明欲滴的样子，轻缓地剥开外层多角形嫩萼，露出里面圆嘟嘟的浆果，干干净净，直接塞嘴里。

"梦果子"这名字取得真好，像梦一样的果子。你看它隐在绿叶丛中红扑扑水灵灵、娇艳欲滴的模样，就跟珊瑚宝石一样，闪着梦一般迷幻的光芒。有点像草莓的"梦果子"还有个名字叫"栽秧果"，每年初夏麦黄插秧的时候，田埂和坡地边草丛里，总是藏着星星点点的小红果。小心地摘下来捧在手心里，红色的汁水似要溢出来，吃到嘴里酸甜酸甜的，所以它又被喊作"酸巴留"……没有熟透时，是酸味重于甜味；熟透了捡一颗撂嘴里，哎哟喂，酸酸甜甜的味儿直流进心底。要是在田埂上摘多了，就掐一根小草给串到一起，提在手里边走边吃。累了就躺下来头枕着埂坎看天上的云雀，或是扯来一截芦苇，在叶鞘处捏两下，吹出呜啦啦的声音，惊起野鸟贴着水面乱飞。

　　紫黑紫黑的乌肚子，一串一串地挂在只有膝头高的枝上，像一个个小石榴，又像缩小版的酒杯。咬开那小酒杯，中间有个果芯，很像一条虫子，果芯外簇聚着籽粒，味道异常酸甜。乌肚子初夏开出蔷薇一样的小花，粉红粉红的，挺好看。花落后，青豆大果子在烈日下一天天成长起来，初始红色，越熟越乌黑。软软甜甜的乌肚子和桑葚一样，吃多了，舌头牙齿也会被染成紫黑色，要是把汁水弄到衣服上，就难以洗掉。无人采摘，乌肚子自己掉下来，或者挂在枝头被风干，就有人专门带了口袋，摘乌肚子回家酿酒。

　　乡下孩子想象力十分丰富，连打雷也能扯上吃的："风来了，雨来了，和尚背个鼓来了，哪里藏？庙里藏，一藏藏了个小儿郎。

儿郎儿郎你看家，锅台上有个大西瓜！"有一年雷雨天，一只运瓜船在上埂头那里被大风扫了，许多西瓜滚落水中，像一个个漂浮的水雷……有些捞遗漏的顺水漂到下游，真的被人抱上了锅台。

所谓摸瓜，摸的是菜瓜而非西瓜。菜瓜又能替粮又能当菜，荒滩上一种一大片。黑地里摸瓜，黑灯瞎火浮水到对岸瓜地里，也不怕蛇咬，伏下身子手摸脚扫，扫到硬物就扭下来……省事的，扯起瓜藤一抖，立马就知有货没货。裤子只要不是破洞太大，用来装瓜正好，两头扎紧往肩上一搭，兴高采烈地踩着水回来。

盛夏，荷塘边柳树下是歇凉的好去处，那如伞如盖的荷叶、亭亭的荷花，散发出阵阵清香，让你热汗顿收。荷藕有家养与野生之分，家养的叶大，开白花，藕茎粗壮。贪嘴的人一个猛子扎到水底，抠出一两节"六月新花藕"，洗净嚼在口里，嫩生生、脆崩崩，那美味胜过任何水果。而野生的荷藕，荷叶小，长的藕瘦小，但开出的红花特别娇艳漂亮。

到了中秋时，每一口水塘里都挤满了菱菜，像是铺了绿毯子。一塘菱菜，差不多都是根茎相连，你只要挪来一棵，就能将一大块菱菜缓悠悠地拖到面前。要是碰到一塘上好品种的水红菱，你尽管吃个够。采菱的姑娘坐在窄窄的腰子盆里，边采边唱："姐姐家在菱塘旁，满塘菱角放清香；菱角本是姐家种，任哥摘来任哥尝……"歌声也是水灵灵、甜丝丝的。不过，要是听走了神，不注意吃到一个乌龟咬过的菱角，那种腐酸臭味会让你呸呸吐个没完。

初冬的天空，肃穆而沉静。从烂泥田里摸出一把扁圆紫亮的荸荠，在水里洗一洗，放入嘴里就啃，不用削皮，门牙就是刨刀。用铁锹将荒滩上的泥土翻开，野荸子一个一个嵌在土块上，露出它们连着根茎的肚脐底部，被称作"荠子屁股"。那些铁锈色网络状根茎，正是给野荠子输送养分的脐带一类的东西，它们生长的时候是嫩白色的，当野荠子成熟，就变空洞了，如一条空心的朽烂鞋带。西宁知道，这些只有指甲盖大的野荠子，是家荸荠的流浪后代，虽然浆水不是很足，但入口甜润，带着清新的泥土香。

当然，也有花钱买来的甜润。有位专卖糖稀的唐老爹，胸前吊着一个大搪瓷缸子，里面是黑乎乎的糖稀，用小木棍轻轻一卷，就拉起一坨。一分钱一小坨，两分钱一大坨，入口化得很快。就有人唱："唐老爹，卖糖稀；糖稀化，摘菜瓜。菜瓜苦，卖豆腐；豆腐烂，摊鸡蛋。"

而挑着小担边走边敲小锣卖麦芽糖的就不同了，小担一头箩筐上放着一块木板，上面码着麦芽糖，有锅盖大小，字典一般厚。你递过五分钱，卖麦芽糖的就用一个铁片找好位置轻轻切入，再用小棒槌一敲铁片，一块糖就顺着裂缝震脱下来。要是你没有钱，找来鸡毛、鸡肫皮或者废铜烂铁也能换麦芽糖。有一回，八老头的孙子黑头竟抱来一对筛盘大的牛角，换回好大一块麦芽糖……足有一本最厚的书那么大，这如何吃得完呢？

"从前呵……从前有座山，山里有个庙，庙里有个缸，缸里有个盆，盆里有个碗，碗里有个勺，勺里有块糖，我吃了，你馋了，我的故事讲完了。"

初　夏

五月里，

麦脚黄，

家家田头闹洋洋；

三岁小伢割牛草，

八十老头送茶汤。

五月初夏，当风向由北转南的时候，麦子颗粒越发饱满，颜色转黄。顺手捋下一穗，一搓一揉再一吹，一小把又胖又嫩的麦仁便呈现在手心，摺一粒进嘴，轻轻一嚼，嫩生生肉筋筋甜丝丝，带有一股自然醉人的清香……

"立夏小满，秧苗发棵。"水田因为接连数日降雨，早已灌满，明镜一样倒映着天光云影。绿油油、齐崭崭的新苗，挤在秧床上贪婪地吮吸着养料和雨露。一边是满垅麦子"小得盈满"，一边是稻田水已盈满，小满节气的深意，就在这一稻一麦的两方田野里得到了尽情诠释。

小满天里，野鸡格外多，一只咯哒咯哒叫，四周立马有许多应和的叫声响成一遍，引得村子里的家鸡也一起咯哒咯哒跟着叫。有时，两只衣着光鲜、脸通红的公野鸡打架，多开颈毛相互扑啄……最终打胜的那一只，得意地站在草墩上，逆着漫天彩霞拍着翅膀咯咯咯起劲啼鸣。待麦子全给割倒，失去平时那些可钻来钻去的田垅作掩蔽，远远地看到一群野鸡在啄食，你一靠近，它们就扑喇喇飞上天。有时，牵着牛走过草地或是沟坎，突然就有一只野鸡从你脚下咯哒咯哒惊叫着飞起，吓你一大跳——这通常是一只正在下蛋或是孵窝的母野鸡，走过去，温热的窝中还有十多个麻壳蛋呢。

田间什么农活都有了，"小满不答话，芒种不回头"，此时先要把早稻秧插下田。"小满栽田家把家，芒种插秧遍天下"，人们真是忙得来也匆匆，去也匆匆……"又起早又摸黑，路又远，田埂窄，中饭送到地里吃。"大、小麦和油菜收割后，留下硬硬的茬桩，捡麦穗时一双光脚常给戳得生疼。大人小孩都下田了，村里静悄悄的，花儿簌簌飘落，偶有陌生人走入，一只土狗跟过来，抬头望望，不吠一声又走开。

从田里运回的麦捆、油菜捆，草绳解开后，一绺一绺的，以扬叉插入，抛起，打散。"噼噼啪，噼噼啪，大家来打麦。麦子好，麦子多，磨面做馍馍……"骄阳之下，整齐有节奏的连枷声响起，尘土飞舞，还有牛拉石磙吱扭吱扭的碾压声也是不绝于耳。几个来回之后，拿起扬叉将地上的麦秸和油菜秆翻个底朝天，再打，再碾。突然，拉石磙的牛停下来，张开了两腿，有人喊："快，快，牛要拉屎了！"立刻从斜刺里伸过一个木锨，一泡热气腾腾的牛屎，不偏不倚全都接在木锨里。

入夜，稻场一侧木杆上吊一盏风灯，引来无数小蛾虫团团飞舞，男男女女拖着长长的影子在忙碌。秸秆挪到一边，场上干净了，几个持锨老头儿走近扫拢的籽堆前，撮满一锨向上奋力一扬，落下来形成三条线，上风是饱满的籽粒，中间一条是半瘪籽，下风如扇面扬开的是草屑、瘪壳。最后，还要用上风车，将扬净的籽粒倒入木斗，打开活门，摇动摇把，车叶子哐啷哐啷响，籽粒哗哗淌下，半瘪的由另一处泄出，而那些灰尘杂屑则由风口远远扇出。

"割完麦，打完场，谁家姑娘不想娘？见了娘，泪汪汪，婆家收麦人太忙：东方发白就起床，先烧饭菜后烧汤，一肩挑到地头上。五月天，热难当，身上衣裳不得干……"其实，这个时辰娘家还是回不成的，仍有做不完的事。"芒种动三车，忙得不得歇"，三车指的是水车、油车和缫丝车。收割后的农田要灌水，有水渠的放水，没水渠的便整日忙着踏水车。新打下来的油菜籽也等候送油坊上油车春榨。蚕上簇结茧了，白花花一片，白昼去田里忙活，夜晚在油灯下摇动丝车缫丝，好快一点拿到供销社卖钱。

这些日子，大大小小的水渠里，清亮的水日夜哗哗地流淌。水塘河道里，所有的鱼，腹部饱胀饱胀的，它们常常在清晨或傍晚时的水草丛里甩子，打起水花叭叭炸。叫天子更是成天响亮地荡气回肠地鸣叫着，三五一伙箭一般从田沟里直冲而起，像比赛似的一个比一个蹿得高，倏忽间就蹿上云霄。在高空振翅飞行鸣唱一会儿，接着，又俯冲回到地面。

桑果子下场杏子黄，槐树结荚，黄瓜开花亮汪汪。初夏啊初夏，这是一年中最美好最宜人的季节，也是一年中开花最多的月份。月月红、野蔷薇、槐树花、石榴花一齐出场，白兰花正在打苞，金银花四处飘香。扁豆爬到篱架上，南瓜牵蔓正要连绵开出一路黄花。蒲公英飘絮，蚱蜢乱飞。

"大人信捧，小把戏信哄，桐子树开花稻下种……"指的是麦收前稻秧下种。但是，眼下麦地翻耕后有的还没有来得及耖平，连阴雨就来了，泡着。水太多，哗哗流向低处沟塘，鱼逆水而上，多是穿条鱼和鲫鱼，可以清晰地看到它们在犁出的垄沟里乱游。几个人从两头追赶堵截，不一会儿就能捉好多，回家时用柳条穿起一大串提在手里。不仅刚翻耕过的麦地里有鱼，拔秧、插秧时也经常能顺手抓鱼。小孩子跟着拔秧，常常心有旁骛，被鱼所惑，不好好干活儿而老挨大人数落。

田头积肥的水凼子里也跑进了许多鱼，堵住凼子口，用水桶粪瓢把水戽干，一个凼子里能捉半桶鱼。要是不能全部戽干，就躺倒在剩下的水中挥臂旋腿把水搅浑，鱼被呛昏了头，露出水面张嘴呼吸，一抓一个准。

龙船花开，端午节到了。外婆头天晚上就把粽子包好，整整齐齐码进锅里，尖头朝上，加水淹起来，烧开就闻到粽香了。一直焖到第二天早上，西宁抄起一个，解开粽叶拿筷子戳了戳，香喷喷的粽子又黏又滑润。

划龙船

五月五，是端阳。

门插艾，香满堂。

吃粽子，蘸白糖……

龙船下水喜洋洋。

农历四月下旬，河水一天天涨起来。稻秧插下田，长塘宽泛的水面上就有了练棹的龙船。农事再忙，也不能影响端午节划龙船祈求龙王赐福，同时，这也是一年一度的乡村狂欢日。

端午早上吃过蘸白糖的粽子，男男女女、老老少少都跑到大堤上，等候龙船划过来。小孩子的荷包里装满炒蚕豆，一边嘎嘣嘎嘣嚼着，一边伸长颈子张望。漳河两岸，每个村子都有固定的船口，称为"香火地"。平时在河面上戏水的鹅鸭，早就被赶进圩内水塘。河湾那头转出一条龙船的影子，岸边人顿时欢呼雀跃，猜测是哪个村子的船……许多人催促队长拓佬赶紧放炮仗迎接，迟了会被别的村抢先接了去。拓佬却不慌不忙，等看清了是黄龙还是白龙，是哪个村子的，才点燃炮仗，烟起火冒噼噼啪啪炸响起来。

龙船听到炮仗声，顿时神情一振，擂起大鼓，唱起《龙船调》，朝船口"香火地"划来。近岸时，有一个简短的迎接和答谢仪式。然后，开始表演，时而载歌慢游，时而加速疾驶，时而昂首旋转。如果一个村子同时接了几条船，那就要抢棹了——派人在远处插一杆红旗，几条船一字摆开，点燃一支双响炮，砰叭一声，算是发令。船上大鼓擂动，几十支桨桡同时起落，和着鼓点，动作整齐地往后划水，激起阵阵水花，朝红旗方向疾驶而去……船后高高翘起的棹杆，每落下一次，船便如同给抽了一鞭一蹿老远。岸上人拼命地呐喊助威，不时地燃放炮仗渲染气氛。抢得红旗者，掉转船头，扬扬得意地划过来，接船的村子为龙船挂红披彩。

西宁听大人说，江北划龙舟，江南划龙船。二者的区别是，龙舟窄长，舱浅，桡子柄短而窄，击鼓出桡，锣响收桡，"咚——锵——"，"咚——锵——"，一鼓一锣划一桡。棹也短，只有丈把长，比赛时始终不起水。龙舟走水快不易掌控，桡手都是一对一对坐两边，否则必翻。龙船身粗，船舱装蹬脚棍，划船时脚蹬在棍子上好使劲。桨桡长短不一，船头和船尾的桡子柄长一些，鼓舱柄最短。棹与船身等长，除掌握行船方向外，更在赛棹时应着鼓点起水颠动，助船前进。龙舟用锣，龙船用鼓，行船和赛棹时，鼓手站在中舱摇鼓领唱，以鼓点为节拍，打一鼓，划一桡。鼓手领唱，桡手帮腔，"速儿呢唉！速儿呢——"就是快点划呵快点划的意思。

龙船都是前装龙头，后饰龙尾，划起来远看就像一条活龙在水面上游蹿。龙头一般用篾扎成，再蒙上油纸或布，也有木雕的，涂上彩色油漆长久使用。龙尾多用弯曲的整木雕出，上刻鳞甲，两旁插上彩旗。龙头颜色，根据规定，有赤、白、蓝、黄、黑等。如果白龙头，船上人员皆头扎白巾，着白装，黄色龙头就扎黄巾着黄衣，也有龙船以两边蒙布表示颜色。每船有二三十人不等，侧身斜坐两边，各执一桡；鼓手坐中舱，是全船的指挥兼领唱；船后有三四人专职按棹杆，负责掌舵和加速。

对河三联圩官坝村出的是一条黄龙，桡子上有红漆写的"官坝"，中间竖写着"黄龙得胜"四个字。船上所有人员都头扎黄巾，打着赤膊，有的露出了一个背心形的白印。看赛龙船，河东、河西两岸人山人海，男人戴着草帽，年轻妹子穿上最漂亮的衣衫，打着花阳伞，都期待着官坝的龙船来到。水里还有点冷，小孩子们却光着屁股像一条条泥鳅在河里不停地潜上潜下，追逐嬉戏……龙船一到，立刻慌忙从水里爬上来套上衣裤。两岸炮仗声响成一片，人群沸腾，热闹非凡。

官坝的黄龙十分出名，因为他们有个出色的鼓手，就是车水歌唱得好的五丫头。他的嗓子一亮开，就像一股清风拂过水面："大鼓一打响咚咚，惊动村中多少人；惊动老者添福寿，惊动少者添

49

儿孙"或"打鼓咚咚龙船开，棹棹得胜转回来"。遇有鸣炮或挂红，就答谢："大鼓一打响咚咚，多谢上来挂红人；老者挂红添福寿，少者挂红添儿孙。"碰上另一只龙船想赛棹，两船招招手，等船头并齐便起鼓……鼓手五丫头第一次跺脚，提醒桡手们集中注意力；第二次跺脚，桡子深插入水，身子外倾以脚蹬棍，准备快速发动；第三次跺脚，赛棹开始。五丫头双槌击下，一鼓两跳，全船人应着鼓点齐喊："划啊呃嗬！划啊呃嗬！"快起水，用全力……如此阵势，站在岸坡上看龙船的男女老少都发了狂，"加油，加油"的吼声震得河水都直发颤。《龙船调》伴着大鼓，一声声传来，高亢而苍凉：

打鼓哎——咚咚哎——

把（那个）船儿——开哟。

（齐唱）：划龙船——赛龙船——

老龙（哎）得水（哦），

再回（哟）——来（哟）——

（齐唱）：嗨呀——呵嗨，嗨嗨呀！

海棠花香——唷呵呵呵嗨，

嗨哟，划哟！嗨哟，划哟……

　　小孩子们跟着龙船拼命地奔跑。西宁也在跑，他完全沉浸在

《龙船调》里，这是怎样激动人心的乐调节奏呵……他一只手攥紧拳头，一只手按在胸口，那鼓槌仿佛每一下都击在狂跳的心头！

太阳西斜，炊烟袅绕。家家户户飘出阵阵饭菜香，祠堂里，院子里，稻场上，都摆满了酒菜……热情好客的主人，为邻乡邻村来看赛龙船的亲戚朋友准备了一顿丰盛的晚餐。即使你是个路过的陌生人，只要肯坐下，也一定会受到热情款待。

黄梅天

发大水，漂大缸，

缸里蹲个小姑娘。

姑娘高，耍剪刀；

姑娘矮，耍螃蟹。

螃蟹上了坡，

姑娘还在水里摸；

螃蟹上了坎，

姑娘还在水里喊；

螃蟹爬进屋，

姑娘还在水里哭。

圩里有句老话，叫"圩田好做，梅天难过"，因为黄梅天要发大水。

过完端午，把菜籽、麦子打下来，早稻刚出穗，黄梅即到。阴雨连绵，整个圩野都泡在雨中，除了雨幕，其他都不存在了。屋溜水从檐头落下来，在墙根下汇成一条小渠。蚂蚁被从洞里冲出，结成球漂在水面打转。雨时小时大，要是一片呼呼声传入耳中，屋外就会挂满粗壮的白线，院子变成水塘。到处湿漉漉的，器物发霉，烟囱里烟飘不出去，在屋子里钻。"吐咕咕，吐咕咕"，斑鸠总是在阴雨中叫得起劲，叫得人意迷心乱，所以斑鸠又被叫作"水斑鸠"，说这鸟东西专是召唤水的。

吃早饭前，太阳出来，天好不容易晴了。没料到这全是老天捉弄人，仅一餐饭工夫，一块铅云如厚幔那样扯了上来，很快就迎面掩住日头，将半天朝霞扑得迷乱四散，惶恐至极……一个毫无铺垫的惊雷当头炸响，大雨瓢泼浇下，眨眼间，场院里就积起小腿肚子深的水，豆大的雨点又在上面砸出密密麻麻的洞眼，扯带起一片雾气。那些平时在篱下钻进钻出的鸡呀猪呀还有猫狗，全都心神不宁地蜷缩在屋檐下。只有鸭子显得超常兴奋，伸着扁嘴到处呷水、吸啄。雨一直下到第二天傍晚才歇住，云头搬动，露出一道金光迸射的隙缝，是个火烧天。火烧天又叫倒照天，预示着后面还有大雨，非常不祥，"倒照倒照，淹倒锅灶"。

门口塘里水，望着涨。有人在村头当当当敲锣，大声喊上圩防汛。精壮劳力头戴箬帽，身穿蓑衣，裤腿挽到膝盖上，提着铁锹冲出家门。气氛一下子变得又紧张又新奇。很快，村中稻场和踏坡子被淹没，屋宅基低的人家进水了。能看到露着脊背的鱼在路两边的水中游曳，菜地垄沟里也窜进鱼兴奋地打着水花……床下是水，灶门口是水，板凳、桌子下都是水。葫芦在自家进水的院子里逮住一条三斤多重的大鲤鱼，西宁则在屋拐角挖到一窝鳖蛋，听别人说是蛇蛋，吓得全都扔了。

许多人跑出屋外看水，四野早已沟满渠平，大路边地势高，一片哗哗流水声，溢出的水沿着路边的沟渠从一个池塘流向另一个池塘，不时有大鱼兴奋地跳起来。西宁爬上大埝，立即被吓了一跳，高高的堤埝上伸腿就可以洗脚了……河床宽绰得让他头晕，大片连绵生长着玉米、花生和芝麻的外滩地不见了，只有一簇簇树梢可怜巴巴地挣扎在浑黄的水面上，像是伸出水面呼救的手。排成一线的泡沫浮渣、竹根树蔸飞泻而下，间或卷起一个个洗澡盆大的漩涡。拖枝带叶翻滚的树木，遇到这些漩涡，会直立着给拉下水底，再从另一处披头散发般冒出来。真的有口斜歪的大水缸从水头上漂了下去，不过，里面肯定没有小姑娘。早先年代，有人确实捞到过坐在木盆里淌来的女人。

人们运来了木料、摊簟，还有一堆堆砂石，为抢险做准备。入夜，远远近近的河堤上，皆是巡夜人晃动的灯影。洪水不断上涨，堤埝不断加高。哪里出现险情，就在哪里打桩、编竹网，将片石和装满泥土的麻袋往里面填。打桩可要真功夫，先是三个人下到滔滔洪水里，将三根一两丈长的木桩呈三角形固定，打桩人喝过烧酒，一抹嘴，爬上木桩，双腿叉开踩在两根木桩顶端，举起好几十斤重的石锤，奋力将另一根砸下。然后换一只脚，再砸这一根……如此循环往复几次，直到把三根桩全打下去。

幸运的是，傍晚时的倒照天并未应验，雨止住了。星光满天，遍野含巴叫，萤火虫飞得格外稠密。

黄梅天里，孩子们异常兴奋活跃，因为到处都是鱼，鱼经常出现在你想不到的地方。稻田里不断有鱼跳，一条鱼儿哗啦跃起，闪一道银光，这里落下，那里又跳起。拿一只虾笆对着流水的缺口一拦，几分钟后拎出水，就会看见白亮的鱼儿在虾笆里有力地蹦跳。搭搭子网（又叫戳网）赶缺口效果也好，两根竹竿连着网绳两端，网下口边沿坠着铅块，对着缺口朝水里一搭，两根竹竿交叉一赶，再用大腿撑住挑起，半大不小的鱼尽在其中……平时也许"十网九网空，一网网个虾爬虫"，但在黄梅天里就不一样。

一些大的涵洞排水波涛汹涌，常有大鱼被带下来。出口处都拦着几道麻绳编织成的叫"海斗"的网兜，拦在最前面的位置，收获最大，鲲子、鲢子、鲤鱼、鲫鱼，还有乌龟、老鳖什么的都能装到。但固定桩要是没插牢，加上进了大鱼在网兜里折腾，会把"海斗"扯脱冲走。鱼爱生水，当另一个水塘里有大股的水流过来，它们就莫名激动起来，一只领头跳，跟后面就是群跳，有的跳过了头，落在了泥地里，不费事就能捡到，这也是大水带来的意外快乐。

大水到来，总有些小塘小坝溃破，先前是水往里灌，数日后水

55

就往外淌。鱼喜欢在水流急的地方活动，溃破口附近，常常架着一张或两张扳网。上埂头摸鱼佬老歪，领着两兄弟扳弄一张特大的拦河罾，有半个篮球场大。岸边栽着两根高高的毛竹撑杆，杆顶上有滑轮，升降绳穿过吊在撑杆上的滑轮与绞盘连接。运气好，碰上过路的鱼群，一网出水，能捞起一两百斤呢，河鳗粗得像胳膊，大草鱼有几十斤重，胖头鱼的鱼头比小孩的头还大。

老歪的拦河罾不仅能捞大鱼，有一年还捞到了人——据说当时天已黑透，忽然从上游叫叫嚷嚷赶来一群人，说他们村里有个年轻女人落水被冲下来了，不知这拦河罾能不能拦到……老歪想哪有这么巧的事，但还是毫不犹豫同两个兄弟一起摇动绞盘。罾网出水，忽然有人大叫起来，电筒光照过去，网里果真躺着一个人！众人七手八脚把人弄下来，老歪叫一个兄弟跑去喊医生，这边把女人平放在地，抠掉口中泥沙，趴在一口大锅上吐水……医生到来，那女人已一声轻叹转过气来。当夜，在千恩万谢之后，女人被用担架抬回。此后两边走动，人家那边还要把一个侄女介绍给老歪，但老歪一口回绝了。老歪说，自己的颈子不争气，把头给拧歪了，歪了就歪了，又扳不过来了，只是别害人家姑娘心里老是拧着难受，算了，算了……

"闹"田缺

鲫巴子巴，

鲤拐子拐，

鳑鲏子拖腰带，

大哥不来二哥来，

吹吹打打一路来。

狗扒了，猫埋了，

打着花花又来了。

水一上来，鱼就成群来了。鲫鱼肥阔如巴掌，荣称鲫巴子；不
到斤把重的鲤鱼叫鲤拐子，最不安生，到处乱窜，有一身好力气；
鳑鲏子是草根阶层的小鱼，腰下拖一截产卵管，像是拖着腰带；
穿条子哩，总是喜欢在水皮上打花；还有草鞋底、黄乎筒子、痴
咕呆子，数都数不尽……黑鱼、鲇鱼是押阵大佬，真的是"吹吹

打打一路来"。它们来甩子了，完成一次生命的接力。这个季节里，西宁跟大家一样好开心。

到处都有鱼，连牛蹄壳大的水凼里都有鱼在打花。捉鱼的工具也多。推网简单，一个三角网兜，前面横档中间揳一根粗长的竹竿，抓着竹竿朝前推，一些小鱼虾就给收进网里了。老母猪网前端也有一根大半人长的横档，连着带铅坠的一截三角网兜，拉着拴在横档两端的绳子贴着塘底拖，一路浑水翻滚，拉上来的都是底层鱼虾，连同青苔螺蚌蚂蟥搭子杂七杂八什么脏物都有，故称老母猪网。虾笆是用两根柳枝弯成半圆的弓，长条竹片把柳枝与网口的两端夹紧，抓住长柄竿，像锄头锄地一样对着淌水缺口一扒，就能捉到鱼。"推网推网，一推一大碗；虾笆虾笆，一扒一大把。"还有长方平底的赶网，往淌水沟渠外一拦，为防止鱼逃漏，用脚将网底纲绳贴泥踩紧，另一只手抓着三角竿一赶，鱼就乖乖进了网。功效最大的是撒网，又称旋网，但那是力气活，只有成年人才玩得转。下笼子最省力，竹篾编成的倒须笼子，笼口一圈篾像倒刺一样朝里收束，能进不能出，往流水的沟口一拦，有张顺水的，有张逆水的，铲几锹草皮搭笼口上固定好。第二天早上去收，往往得到清一色的鲫巴子。

只需提把铁锹，拎个篓子"闹"田缺，同样能有好收成。"闹"田缺，就是巡视哗哗淌水的缺口，麦田、红花草田抽出的沟里，甚至雨后菜地的垄沟，水往下流，鱼噼噼啪啪打着水花往上蹿。经

58

常看到猫弓着身一声不响地蹲守在田缺边，它们显然也深谙其中的绝妙好处。正下蛋的老麻鸭也三五一伙结伴出现在水沟和田缺边，整条的泥鳅或黄鳝被吞下后，会在脖子那里一扭一扭地动弹。

大雨夹着雷鸣泼泻了一天，星星却晶亮晶亮，天空如同刚擦洗过一般，还有一弯快要下沉的新月。含巴叫得正欢，大小池塘里灌满水，差不多平了田埂，而高处沟渠仍在哗哗流淌着，说不准什么地方"呼啦"一声，闪一道银光，一条巴掌大的鲫鱼斜身逆水蹿上，接着又是一声……凡有流水，就有鱼在闹腾。你可以拿网兜捞，拿篮子舀，或者直接跳下缺口里摸。逆水鱼都是胀着一肚皮子，不灵便，在水下喜欢跟手旋。摸时劲儿悠着点，碰到鱼身快速按住，双手一合，指头抠紧。

吸着四月的湿润夜气，西宁跟几个"闹"田缺的伙伴，像夜猫一样静静地走在湿漉漉的田埂上，草叶粘着腿杆，草芽尖刺得脚板心好痒。领头的葫芦，长着浑圆结实的大脑门，走路却轻灵得像狸猫。上嘴唇边已隐约泛出一层黑绒毛的他，是众人心目中的英雄，放卡子，掏黄鳝，采藕，在水下换气摸团鱼，他比谁都在行。葫芦时而弹身跳过一条沟坎，时而猫下腰去，电筒亮一下又熄了，鱼篓里立刻响起沉而有力的弹跳声。频频有鱼落进篓里，心里别提有多高兴了。他们挖土筑坝，埋下一只倒须笼子，又在一条水沟里取出另一只倒须笼子，竟得了一条犁弓般粗的大黑鱼。大概它是贪着追小鱼吃才陷身的，这家伙一落到田沟里，扭动起身子，几个人扑上去也按不住。葫芦折了一根柳条从鱼鳃穿过，打了个环，提了起来，嘿，半人长，少说也有七八斤重！

所有的田缺都在哗哗淌水，夜晚好安静啊，世界一切都远了——只有倏忽间一声泼水响异常撩拨人心。

都说那年一场大水发得好怪，是龙王专为收走葫芦发的。午后，村子里闹起来了，小圩口倒灌水了。也不知谁第一个发现的，有那么多金鳞鲤鱼像是被人赶来，争先恐后往内里滚窜。于是有网的背着网，没网的带着"海斗"，甚至是倒须笼子，连虾箔子都派上用场，一齐向小圩口涌去。空气里飘荡着不祥的东西，隐隐中感觉有什么要发生。

吃晚饭前，所有人都撤回来，可是葫芦把一篮鱼送回家却返身又朝小圩口走去，好多人拦，都拦不住。西宁知道，他要卖鱼挣学费……葫芦就那样给水冲走了，竟连尸首都没捞到。葫芦淹死的那天傍晚，天上起了火烧云，像点燃了一支大火把，落在河心里，满河通红。那时，村里的所有男人都顺着那条起了火的河往下游找去。别人不让西宁去，但同样也没拦住……

逮泥鳅

东山下雨西山流，

牛蹄壳里逮泥鳅。

烧泥鳅，

不搁盐，

吐口唾沫当香油。

一方水土养一方人，一方水土也养一方鱼鳖虾鳅。鳅的家族里，最多的是泥鳅。它们能长到圆珠笔那般长短粗细，黑背白腹，小眼睛，怪异的口唇两边粘几撇小肉须，弄上来后到处乱钻乱溜，滑滑的逮也逮不住。骂人奸刁"滑得像泥鳅"，还有"竹篮装泥鳅，走的走，溜的溜"……其实，泥鳅是无辜的，同黄鳝一样，滑腻只是它们的一种逃生手段。

曲滩村的孬宝凡火，结舌子又带淌口水，最爱讲"泥，泥鳅黄……黄鳝，扯，扯不到一样长"。泥鳅短，黄鳝长，再长的泥鳅也长不到黄鳝那么长，再短的黄鳝也比泥鳅长。常有人故意逗耍宝凡火绕舌："五月初五是端阳，黄鳝泥鳅一样长；八月十五是中秋，黄鳝是黄鳝，泥鳅是泥鳅。"早期黄鳝与泥鳅出来混时都差不多，往后才有了区别。水稻田里，黄鳝多，泥鳅也多，招引得白鹭飞起又落下。稻子扬花，一场暴雨后，满田畈都是咚雀子的叫声，"咯咚——""咯咚——"映着斜阳，越发显得天地之间很静，不晓得咚雀子是不是出来吃泥鳅的。

黄鳝在田坝下打洞，仔细看，秧棵边也有很小的溶泥孔，手指轻轻抠开就是一个圆滑的洞口，这便是黄鳝尾巴搅的。泥鳅总是躲在秧棵根边的阴影里，悄悄伸出双手拢住，轻轻一合，连泥带水捧上来。稻田中间的小路，被牛踩出一个个深深的蹄印，叫作牛蹄壳，在积了水的牛蹄壳里，也有泥鳅。

夏天的中午，歇在家打瞌睡，毛伢子过来喊西宁一道去田沟里扒泥鳅。他们截断一处沟渠，放干水，捉尽小鱼，再用手扒翻烂泥，将泥鳅一个个抠出来。也有一种像粪筐一样叫泥鳅趟子的专捕工具，拦在田沟里，用棍子往里驱赶。用细倒须篓子装黄鳝，里面放了穿在竹签上的蚯蚓，除了诱捕黄鳝外，也可从篓子里倒下泥鳅。尽管人跟鸟都在不停地抓捕，但泥鳅们仍然是繁衍不息，活跃在各处浅水沟洼里。

有一种生活在大江大河里的刀鳅，暗褐色身子过于瘦削细长，尖嘴猴腮，扁平的背上有一排刺，极不安分，一副到处惹是生非的模样。黄梅初夏发大水，扳起横跨河面的拦河罾，罾网起水时，一些网眼里银亮亮地一闪，是被嵌住的小鱼——倒霉的刀鳅因背上那排惹祸的刺也给挂在网眼上。

至于布鳅，肥扁而有细鳞，约一拃长，脑袋圆润有须，青背黄腹，着布纹一样花色的暗斑，极有肉感，是鳅中最味美的。布鳅不爱钻泥，爱的是小水沟和水坑。一场雷雨，四野哗哗流水，在淌水的草地上或细小的沟缝里，常会看到正奋力逆流而上的布鳅……奇怪的是，这个季节之外，再也难见到它们。而且，居住在坑里的布鳅似乎并不需要同外面世界沟通。取土挖了个大坑，与周围水塘相距甚远，几场雨注满，四周就长满绿草。某一天，西宁走过水坑边，发现里面竟然游着一群活泼的鱼秧子……过了若干时日再来，弄干坑里的水，肯定能收获肥美的布鳅，有时还能搭上几只黑乎乎长得像牛蛙一样的"土墩子"。

大自然的造化，正应和了一句乡谚：千年的鱼子，万年的草根。鱼子和草根都是很贱的，很贱的东西生命力强，好养活，只要农田里的一口水，山脚下的一洼潭，它们就能自生自长。当一声声春雷响过，除了勤劳的农人和耕牛，伺机而动的，还有那些大大小小的鱼和鳅。在雨天的晚上，把鱼篓置在淌水的沟缺里，一夜雷雨交加，第二天早上，鱼篓里一定会收获很多。

圩区的孩子，都有一手逮鱼的技艺，放绷钓、桩钓、麦卡、丝

63

网，撒夹夹子网和拖老母猪网（又称"棺材网"）。因此，除了有鳞的鱼，各种鳅也捉得多。外婆将那些装了一肚皮子的布鳅收拾好，下锅煎得两面焦黄，搁上蒜头、姜丝和辣椒水焖。在热气腾腾中拉开锅盖，把它们盛入蓝花粗瓷碗里，一尾尾整齐堆放着，撒了碧绿的葱花，最后浇上汤，看上去就赏心悦目。鳅类的刺一般都很硬，不易煮酥烂，但肉质细嫩丰满，夹一条过来，顺着大脊一抿就成了，满口的肉……那真叫鲜啊！

其实，在鱼米丰盛的江南，无论是泥鳅还是布鳅，都是微不足道的，上桌的机会并不多。有一个说法，叫"鳅不如鳝，鳝不如鱼"，在身份上，鳅和鳝都不能算作鱼。光顾它们的，只有草根家庭，弄点油盐寻常一煮了事，乡下不闻有椒盐泥鳅或泥鳅钻豆腐之说……除此之外，其命运下场更多的是用来喂鸭子。至于那蛇一样的刀鳅，和小杂鱼一起腌后晒干蒸了吃，咸鲜又耐咬嚼，极是下饭。

楝树开花的初夏，那些像一朵朵云一样的白鹭，来了又去，去了又来。白鹭停歇的地方，就是泥鳅们的家园吧……

摸老蚌

春二三月暖洋洋，

打赤膊摸老蚌，

一摸摸到三汊洋。

三汊洋里摸到老纠蚌，

大又大来胖又胖，

一把捧到埂岸上，

忽然老蚌口一张，

蹦出一个大姑娘……

　　这是在讲蚌壳精的故事，浪漫是浪漫，但听起来多少带点揶揄的意味。对于单身汉来说，摸蚌摸到个大姑娘，那可撞大彩了。

　　圩区，最多的就是水塘。一条堤埂，外面是蜿蜒的河流，里面是挑埂取土形成的连绵池塘。池塘每年都要捞泥积肥，所以永远不会淤塞。每个村子口，都有一口亮汪汪的大水塘，叫作"吃水塘"。塘边会用木跳或者石头垒起一个埠头，埠头浸入水中的地方，长着厚厚的青苔，一些小鱼秧子就在旁边游来游去，十分灵透。

凡为水泽，皆生螺蚌。捞塘泥，还有用撒网、推网和老母猪网捕鱼，常常会捎带上来成堆的螺蛳和河蚌。夏天水蒸发得厉害，浅塘水洼干了，青灰色塘底上，显露着许多弯弯绕绕一圈套一圈的泥槽，那是蚌在寻找逃生的线路……众多槽线纠缠交织在一起，理不出头绪。再往后，那些大蚌小蚌吃不消了，一齐斜插在烂泥中，艰难地苟延残喘着。如果有人想要，只需提个篮筐捡捡就行。

池塘多，鱼也多，除了家养的青、草鲲以及鲢子和胖头四种鱼，其余的一概叫野鱼。养家鱼的塘中心插一杆三角小旗作标志，捕鱼的人就不会去下网放钓。野鱼塘则任人下手，就看你有没有本事。捕鱼的方法很多，放绷钓，放卡子，放鱼鹰，下滚钩，最有本事的是用鱼叉叉鱼，用镰在大塘里划鱼，光着膀子趴在盆里摸鱼。

有一句老话叫"捉鱼捞虾，失误庄稼"，除了职业渔人，一个以庄稼活为本的人，经常提筐背篓在水边转，是要被老人如此唠叨和教训的。小孩子则不同，捉鱼捞虾是他们的天性，也是成长经历的一部分。但有一个人却是例外，他叫桂子，是个农忙下田、闲时捉鱼掏龟的寡汉条子。桂子大约跟桂花能攀着点关系，但村里人都爱喊他鬼子，也不晓得他是什么来路，反正生来就有点异相，趵脸膛子眍眼窝，一双眼睛珠子带有暗淡的青蓝……老人说，是桂子祖上得罪了神明，神明就降罪到子孙头上，所以他就一直打光棍。

桂子养了一大群麻鸭，春末夏初从孵坊里捉回绒毛小鸭，就下水摸螺蚌来喂，一直喂到头颈到尾梢上长出大羽，称为"穿背搭子"，有几分鬼头鬼脑的模样才歇。摸回来一堆蚌，拿一把镰刀对着壳缝一拖，就开了，逐一剔出肉，剪碎扔给鸭子们大饱口福。至于螺蛳，放石头上砸碎，鸭子会连壳一起吞下。"鸡生蛋过年，鸭生蛋做田"，要想让鸭子提早到清明前下蛋，多喂螺蚌被证明最有效。早春料峭寒风中，经常看到赤膊的桂子像只长腿鹭鸶，在水中这里戳戳那处捣捣。鸭子吃顺了嘴，不用照看也不会丢失。有一回，桂子割麦前买回二十只小鸭，发水时还没出老毛，就跟大水跑了，以后虽然也到家门口来过几次，就是唤不回来。半个月后水退了，齐刷刷回来二十只鸭，个个长得又大又肥。

乡下话，称河蚌为"歪歪壳"，剜出的肉就是"歪歪肉"。西宁觉得怪异，为何有此称呼？大概是河蚌剖开后，淋淋漓漓露出仿佛动物内脏那般滑腻腻、水歪歪的一团吧。夏天里，西宁他们在水里闹腾够了，便比赛踩"歪歪壳"。稍稍在水底烂泥里用脚一扫，嗯，一个圆溜溜的疙瘩，脚指头勾一勾，屁股一撅扎入水底……有时摸上来的竟是一只老鳖，会引来一片欢叫。也有人专门在身后拖了一个澡盆，摸到"歪歪壳"，手一扬丢入盆中，要不了一时三刻就是满满一盆。

"摸螺摸壳，摸个歪歪壳烧一钵……隔壁奶奶闻见香，拿个钵子来添汤。"其实，乡下人不作兴吃螺蚌，到处是丰盈水面，正经的鱼虾都吃不过来。螺蚌只在清明前后那几天才上上饭桌，他们相信性凉之物多能消肿解毒，"清明喝碗歪歪汤，不长痱子不生疮"。但桂子有时会跟他的鸭子争食，看到好的蚌，就扒出肉投到一个比香瓜略大的牛屎色砂罐里，用灶膛里烧饭的余火煨熟，吃肉喝汤，似乎很享受。通常的蚌也就是手掌大小，外壳红亮清爽的是年轻蚌，肉肯定好吃一些。西宁见过最大的老纠蚌，个头骇人，足有洗脸盆大小，浑身长满深黑的苔藓和一圈一圈密密的纹。这种蚌江湖走老了，肉肯定铁硬吃不动，超大的壳却可以当盆钵用，可以放稻仓里挖稻，船舱渔盆里通常也都带一个蚌壳，能把漏水贴底舀光。

村里孩子看到桂子煨蚌，就编了歌唱："歪歪肉，胖嘟嘟；罐罐煨，罐罐煮；打烂罐罐牛屎补，补个大肚肚！"

早春的时候，桂子跟人合伙，不知从什么地方挑回来鱼花子，卖到各村水塘里。那些只有一寸长叫作"春花"的鱼苗，两年一过，就会长成几斤重的大鱼。挑鱼花子很有意思，用的都是软扁担，几个人走成一线，扁担弯弯一行行，一路走一路颠。鱼花子娇嫩，从塘里捞起，装进两个圆桶里，挑在肩上必须不停歇地颠晃桶里的水，才不会缺氧闷死。桂子担桶上总是放一个蚌壳，走上一段路，就用蚌壳舀水补充到桶里。鱼花子的价格，不是论斤称，而是论条卖。他拿小网兜抄起活蹦乱跳的小鱼过数给生产队，不用记账，到年底收款却能把数目记得清清楚楚。

桂子终于有了女人，当然不可能是蚌壳里蹦出来的，而是一个拖了两双儿女的寡妇，一下子添丁进口有了一大家子人。初夏，楝树开花时，桂子养了一棚鸭。鸭是扁嘴，吃食厉害，经常看到他扛了个澡盆带着两个小把戏在塘里摸蚌。

吃过早饭后，女人们集中在村口塘里洗衣服，一边用棒槌噼噼啪啪地捶打着衣服，一边叽叽喳喳扯着南门经，很热闹。桂子的女人也在其中。

捉螃蟹

一匹蟹啊，

八条腿啊，

两个大螯夹过来啊……

蟹被喊成"毛蟹"，一对大螯上毛最密，黑乎乎的两团，蟹脚上也生毛，所以才不耐秋风吹拂。"秋风响，蟹脚痒"，秋风一起，所有水域里的蟹即刻得了指令，潜河下江急急朝着入海处赶去。

蟹外形甚不雅，瞪一对蝉目，吐满嘴泡沫，八字长脚横行，动辄张开如钳似剪的大螯。螯大毛密最张扬的都是公蟹，母蟹螯小，远没有公蟹生猛。在西安那边，西宁从未见过蟹，来青滩埝后，看到的蟹真多呵……特别是有雾的早晨，那些蟹，爬到河道边，爬到稻田里，爬到篱笆下，滋滋地喷一摊白沫，不留神脚下就踩到一只。放老鸭的人在河滩过夜，因怕有野物祸害，就把马灯点亮整夜高挂鸭棚上方。天要亮时，鸭子呱呱吵得凶，起来一看，栅栏内的空地上竟密密麻麻地爬满了蟹，鸭子给挤到一角……于是就扯开嗓子大声喊人过来捡拾。

秋天田里拔净泥豆，外乡张蟹网的就来了。那网通常为两扇，十来米长，半米多宽，撑在两根粗竹竿上。河岸搭个简易棚，一盏马灯照明，两岸灯火点点，都是张蟹网的。星光下，河水静静地流。网的上下两根线绳急剧扯动起来，有蟹触网。收网了，噢，好大的两匹蟹呵，西宁他们看得心痒，手更痒……于是，在葫芦的指挥下，找了一处平滩，拖来稻草，搓成几根粗绳，在火堆上过一下烧成半焦，一头系上砖块，扔到河中心，另一头集拢压在大石块下，旁边再烧一堆杂草，弄出螃蟹喜欢的烟熏气。一切张罗好之后，便打亮手电睁大眼睛盯住水面，水底的石子、薇草、鱼虾，都历历在目。待看到一连串细水泡从河底冒出，草绳动了……先是一团黑乎乎的影子，嘿，一只蟹攀着草绳上来了。刚一着地，横着八条毛腿爬得飞快，迎着手电光柱兴奋地舞起两只大螯，大螯上长满了密密的绒毛。西宁赶紧伸脚将蟹踩住，一手罩下去，掐住蟹背壳捉起来。

这仅仅是个开始，就像打开了魔盒，灯光照耀下，几匹大蟹排成了"一"字形，爬过来了！不知是谁弄出响动，只见那蟹群一下子炸了锅，立刻四散逃去……

有一种竹篱，又叫蟹簖。选一处河流，用细竹竿插成弯弯曲

71

曲的迷魂阵，簖口挂一盏诱蟹的马灯，蟹一进去，就找不到出路了。最后一齐爬进一条窄道中，一次能收捡上百匹呢。在浅水河床上筑一小坝，留一两处淌水口，只要守住豁口，拦路劫道捉的蟹也不少。

猫屎蟹，猫屎蟹，
半个肚兜翻过来，
吐泡当饭喂伢奶。

西宁一直怀疑“猫屎蟹”就是小石蟹的谐音。小石蟹随处可见，河沟里、水渠旁、田埂下，甚至只要是有水的石头缝里，到处可见它们活动的身影。这种蟹不大，除去几条腿，土棕色背壳也就有荸荠那么大，五六只加在一起还抵不上一匹大毛蟹的分量。从浅水里捉来小石蟹，翻看腹下的盖子，公的盖尖，母的盖圆，那是它们的肚脐眼，掐根草棍一捅，它会吐出一串串泡泡。

要捉到这些小石蟹并不容易，因为它们平时都住在洞里。一只小蟹在浅水中活动，觅食，连那两只可以向不同方向灵活转动的小眼睛都能觑得清清楚楚。西宁想捉住它，可不待伸手，身影一动，那小东西动作更快，早已机敏地跑入旁边一个小洞里去了，连线路都仿佛事先设计好了……这洞可能很深，还可能和别的洞连通着。仔细一瞧，嗬，两边水下像安营扎寨一样掘着好多小洞，有的洞口外还堆着新鲜泥土。这些洞，傍着水，倚着岸，两岸风光很不错，西宁不得不佩服它们很会选择住家环境。不过，真要想捉到这些藏在洞里的小蟹，也是有办法的——用小棍绑上晒得半干的蚯蚓伸进洞口，闻到了腥味，它伸钳子夹住不放，轻轻一拉就出来了。葫芦更绝，掐一根狗尾巴草沾点香油，就能从洞里拉出一个馋鬼。

和人一样，在这些小石蟹中，也有许多懒惰不愿掘洞修建家室的，或者曾有过家室但因为这样那样原因丢失了，或者是觉得鱼虾们从来都不掘洞也能活得好好的，所以它们也就不愿找那麻烦，索性做个彻底的无产者……总之，在弄干一个水凼或堵住一截水渠放掉水后，通常能捉到和慌乱的鱼虾混在一起的许多小石蟹。它们一旦连着泥水淋淋漓漓地给扔进四壁光滑的铅皮桶里，就没办法逃脱了。

西宁把这些小蟹弄回家，外婆将它们洗刷干净，裹一层搁了鸡蛋的咸面糊，投进油锅里炸得焦黄，又香又脆，里面小小的蟹黄尤其好吃。一只蟹横竖两刀一斩成四瓣，放上油盐红烧出来，也是非常鲜美的。有时捉多了，油炸、红烧，都没法吃完，那就做成蟹酱长年累月地吃。

外婆做蟹酱也很简单，先在水里滴两滴香油逼蟹吐尽腔内脏物，再一只只洗刷干净放进坛子里，加入盐、糖、烧酒、辣椒粉，用木杵一层层细细捣烂，最后扎紧坛口，外面抹上黄泥，封存起来。毛伢子家则用石磨把蟹慢慢地磨碎，一遍不够碎，要磨上好几遍，直至从磨槽里流出淡黄的黏稠膏酱。磨好的蟹酱，他妈在装坛时还放进白酒，说是除腥气，有利于保存，也会使日后蟹酱的味道更香浓。

个把月后，蟹酱发酵成熟，打开坛子封口，能舀出一层亮光光的蟹油卤汁，烧肉炒菜搁上一点点，十分鲜美。刚做好的蟹酱是乳黄色的，放饭锅上蒸出来，撒上点熟芝麻，酱香味浓，喝酒吃饭皆可。也有人家将辣椒去籽，切成一个个小圆圈，加入豆干丁，舀一勺蟹酱，兑上豆腐乳卤汁蒸出来，淘漉在饭上，那可真要当心给吃噎住了！嫩花生米、青毛豆米、茭白丁、红椒丁，都可以拌上蟹酱入锅里蒸。蟹酱也可以炒着吃，但还是蒸的蟹酱好吃，老话怎么说的，"蟹酱拌饭，碗底刮烂"！

圩里人走亲访友，携上一小碗蟹酱，就是很好的礼物。

74

放卡子

小侉子，放卡子，

二百五，三百落，

卡到个老鳖赤大脾。

卡子，又名卡钓，用弹劲好的竹丫削成两头尖的一寸多长的竹签，再将中间黄篾起掉，刮薄，捏住两头弯到一起，戳上一粒煮胀的小麦或大麦，怕弹劲太大撑破麦粒，有时还要加一小截薄薄的芦苇箍罩上。每个弯头中间系一根六七寸长的吊线，吊线又系在一根主线上，每隔五六尺距离系一个，放到水里，鱼咬吃麦粒，卡子就弹开，把鱼的两鳃绷住让它跑不掉。

卡子都是傍晚放于水中，第二天早上收取。小号卡子不到一寸长，收的多是二三两重的鲫鱼、鳊鱼，也有小金鸾和红眼睛鲲。中卡又叫"平节"，比小卡粗，大约有一寸半长，两头收拢，用芦柴管子套住，中间插一粒大麦。这种卡子捉的是中号鱼，要是卡到了一条斤把重的鲤鱼，会将卡线搅得乱七八糟，有时会扯断卡线逃脱。至于"龙头大卡"，弹性最足，最呱呱叫，专门对付大家伙，如果线绳得劲，五六斤重的鲤鱼和青鱼、草鱼咬饵卡了嘴都跑不掉。

为了防止香气过早散失，最好是临放前才戳上半生不熟的麦粒。早上收来的卡线要重新整理好，将一个个撑开的卡子捏到一起，套上芦箍，中间插进麦粒，一圈圈、一层层有序盘放在筜箩或竹筛里。一千个卡钓，称作一盘线，放出来怕有半里路长。麦粒不能煮熟，否则，受不住卡子的绷劲，提前在筜箩里"开花"，会把所有的线都弄乱。放卡人坐在小盆里猴子板凳上，筜箩或竹筛置于膝前，左手执桡插在水里控制小盆，右手捋线入水。小盆两头尖窄，中间宽，叫作"腰子盆"或"卡子盆"，摘菱角、采莲蓬都少不了它。

许多半大的孩子都会放卡子，但操弄得最好的，是小侉子和葫芦，埂脚那头曲滩村讲话不利索的孬宝凡火也算一把好手——别人怎么说的，"孬子孬，吃鱼腰；三大碗，堆多高"。这几个人，不仅都有卡子盆，自己会削卡坯，而且能削出大中小和特小四种类型……他们会在暮春时到河湾找寻一种细嫩的野芦，割下，煮熟，经日晒夜露后做成芦箍。

孬宝凡火其实很够义气，他曾给过西宁小半盘卡线，让他拿到水塘里自己玩，居然也有收获。但是没有盆，就只能端着卡子盘涉水到浅滩处放。收卡子时，西宁把卡子线收在吊于颈子上的圆篮子里，捉到鱼，穿在柳条上用嘴叼着。小伢子和葫芦都上学，只有起早摸晚下水，靠着卖鱼，他们才没有辍学。后来葫芦在小圩口让水冲走，小伢子却一直念到中学，并且与西宁一起成了从长塘小学走出来的两名大学生。

夏天的傍晚，电闪雷鸣，雨滴像密集的箭头，从阴霾的低空射下来，平地里腾起白色烟雾。房檐倾倒下无数条水龙，像小孩子憋狠的尿，起劲往下浇……有时还夹杂着冰雹。但雷暴来得快去得也快，等雨过天晴，空气像水洗过一样清新宜人，许多蜻蜓在飞。这时出去放卡子、下绷钓、捕黄鳝，最容易得手。

在河湾放卡子，水的涨落让人头疼，有时清早上去收卡子，突然涨水了，原来卡子离岸不远，现在到了河中心。那些嘴中撑了卡子的鱼，拖着线绳缠在水底小树或者水草上，拉不起来，用镰刀割够不着，只好下水扎猛子捉。有时，忽然发现卡子线全露在岸上，那是河水突然下跌的缘故。要是遇到突然涌来的洪水，卡线冲得不见了踪影，那就惨了。"三月三，水上滩；五月五，水上舞"，最好是河里来场小水，所谓"落水虾子涨水鱼"，涨点不太闹腾的小水，会有大群鲫鱼游过，每隔几张卡子就能挂住一条……有的卡子线纠缠到一起，一堆好几条，来不及捉，许多鱼得机会跑掉了。

鲂白鲤鲫、黑鱼老鳖，只要长着嘴的，都能上钩。每天傍晚放

77

下卡钓，就是放下满心希望，早晨划着盆到塘里收线，捉到了一条鲫鱼，却永远不晓得下一条是什么鱼，脆弱的线绳那端钩着什么……要是惊动了一长串排在岸边树根上晾背壳的乌龟，它们就啪啦啪啦一个跟着一个滑下水。最有趣的是，看到鱼贪吃被绷住嘴，吃醉了酒一样带着线在水里摇头摆尾划拨、挣扎，小心翼翼地控制着手里的线绳，把它牵到手边捉起。要是一条大鱼，就不能硬来，得顺着它，和它在水里玩上一阵子，等它累了窜不动了再捉。卡钓捉到的鱼，身上没有任何伤害，味道好，卖时鲜活抢眼，价钱也高。

葫芦最是艺高胆大，敢于划着盆到洪水咆哮的河中心捞毛竹木头。他的身边总是围着一批仰慕者，看着他削卡子、盘卡子，听他讲捉鱼的有趣经历。经常玩水的人，遇到的新鲜事、奇怪事就是多。有一次，他竟然卡到了一条两三斤重的鲇胡狼子，那长着胡须的大嘴巴足有一两寸宽，怎么会被卡住呢？用捞兜逮起来后，发现嘴里没有卡子，把吊线一拉，竟然从肚子里拉出一条小鲫鱼……原来这家伙吞吃了一条上了卡子的小鲫鱼，把自己也捎搭上了。还有一次，放卡放到河边的一棵柳树旁，树根上挂住了一只四腿朝上的死猪，鼓胀的肚子里塞满鳗鳝，用兜子一下兜了十多条，拿回家，没敢吃更没敢卖，全剁了喂鸭。

龙吊水

风来了，

雨来了，

老黑背个鼓来了……

"老黑"是哪个？"老黑"是一条巨大的黑龙。"老黑吊水"，可不是闹着玩的。

夏至一过，开始入伏。南风悠悠吹拂，总是上午起，傍晚歇。盛夏的夜晚，人们在屋外乘凉，坐在竹床上摇着蒲扇，最盼望的就是风从树梢上下来。但是雷暴一来，风势大增，人们的心又悬了起来。

先是要抢收晒在场基上的稻子，男女老少一起出动，孩子俯身按住大扬抛，小嫂子背绳子，大婶们推着小扬抛，拢出一条小长堆，几个老头挥起大扫帚把边沿散落的稻谷往中间扫。风一般行动起来的是壮劳力们，在队长拓佬的嘶喊声里，把平时堆放在边沿的稻把子拖过来搭盖在稻堆上，边沿再压上所有的工具，以防风掀雨漏……接着，就要回身朝自家住屋跑去。

每个村子都有一两幢上了岁数的高墙大屋，几家合住，不担心起大风。但大多数人家住的是那种叫"墙舍"或"穿枋"的草屋，土坯墙砌上顶，连排垛两三个"人"字架，往上面搭桁条钉椽子，铺一层芦席，再盖上稻草或是麦秆草。因为日晒雨淋，这些草必得一年一换，通常在秋天进行。把最上面一层朽黑的烂草扒掉，补上新草，拿耙子拍平整，再将曲柄竹筒绞出的长长草蓬子如网状罩上，不使屋草被风吹跑了……但即使如此，住在草屋里仍是担忧刮大风，特别是蓋在圩埂头上的草屋，那可是顶在风口里啊。

夏至时的长风威胁不大，起风暴就要命了。电闪雷鸣，天地变色，雨脚未到前的那种过路风破坏性最大，关着的大门都能撞开，几分钟工夫，就将埂头上的草屋顶一路扒了个乱七八糟。于是，大风到来之前，为了保住屋顶，家家户户将板凳、木榻、树段甚至还有磨盘等重物搬上去压住屋草。最危急的时刻，一家老少都趴在屋顶上。但作用似乎不大，风里满地是打着旋的乱草，有的挂在折断的树梢上，有的漂在河里随水淌走……

最恐怖的还是龙卷风，即乡民们所谓的"龙吊水"。

通常是在半下昼时，天边堆起了黑沉的铅云，树梢摇动，鸟儿仄翅疾飞，在田里干活的人拼命往各自家里跑。雷声隆隆，天边越来越暗，而另一半天空仍是晴朗的，黑云和晴朗的天形成一条直线，黑白分明，水汪汪地发着亮光。西宁知道，这就是"老黑"来了……只见一个大烟囱一样的黑柱从最黑的云团里伸了下来，很快就与白亮的大地连上了。那黑柱旋转着，扭动着，变成了一条头搭在天上而尾巴拖在地上的巨大黑蟒……"老黑"在"吊水"了，它要把地上的水"吊"到天上去。"吊"到天上干什么？再给你浇下来呗。虽然看不到鳞爪之类的东西，但映着黑亮的天光望去，那腾挪绞动的身体，不似幻像，绝对是个真实体……真是山河变色，让人心里怦怦直跳。有一回，天地之间竟然起了两个黑色大柱子，打着旋转，"砰"的一声，撞在了一起，把西宁骇得目瞪口呆！

"老黑"有的是力气，绞扭着，腾翻着，天昏地暗，尘土飞扬，眼看就要"吊"到头顶上来了。空气中充溢着浓烈的土腥味，剧烈的声响里，什么重物倒了下来……关着的门窗被暴力掀开，赶紧扑过去抵上，反倒被撞了回来，就用肩膀扛，用杠子撑。天地瞬间黑了，狂风嘶号，杂草碎屑在空中乱飞，树折了，墙倒了，房顶没了，盖在酱钵上的斗笠打着旋飞上了天。有生命的，没生命的，一股脑儿全都给你卷起，暴虐的"老黑"要把大地上的一切都摧毁掉……直到大雨倾盆而下。有一次，"老黑"竟然将桂子放养在荷花塘里的一群鸭子以及半塘水都吸上了半空，鸭子张开双翅不断翻着跟斗，像大鸟一样在天上嘎嘎啼叫着，扑腾着。事后，那群鸭子只找回来一半。但曲滩村陈老三家却十分出奇，屋倒了，

81

屋里家什不是砸个稀巴烂，就是刮上了天，土坯砌的鸡笼上却有只抱窝孵蛋的母鸡纹丝未动，二十多个蛋也一个没破，你说怪不怪？

"老黑"要是在田畈里随便打个滚，稻子就全倒伏趴下，那肯定要歉收了。

外婆说，"老黑"小的时候是"小黑"，并没有这样的暴脾气，甚至很有几分可爱，因为它是一条什么都不懂的只会贪玩的小龙，常常像个小孩子一样玩得全身脏兮兮的，所以叫作脏尾巴龙。这小脏尾巴龙啊，每年夏至以后，会去"走家婆"。贪玩的脏尾巴龙一路上欢欢喜喜、蹦蹦跳跳，踢个土坷垃啊，翻个跟头打个滚啊，却给人间苍生带来了巨大灾难。进了屋门，家婆问他："一路上都干了些什么？"脏尾巴龙回答说："打了几个喷嚏呗，还吹了一阵口哨，把没喝完的水倒了，看见路边有几棵小葱，就把它拔了……"其实那拔掉的哪是小葱，是比水桶还要粗的大树啊！

外婆还说，很久以前的某年，"老黑"不小心从天上掉了下来，人们怕它晒死，就搭了一个大棚遮挡烈日，还不停地往它身上浇水。后来下起一场大雨，"老黑"走了，但不知被谁抠掉了几块鳞片，于是"老黑"常常回来寻找鳞片……找不到，就发脾气。

车　水

小小水车一丈三，
车水哥哥要换班，
人不换班吃不消，
身上汗珠不得干……

　　"老黑"打几个旋便能把水吊到半空，人要用水，就得费老
劲了。农活中，车水算是最累的，不使劲，车页拨子转不快，水
提上来都快漏光了……"赤日炎炎似火烧"的暑天，田里急等水，
所以干这活的必须是壮劳力，人手不够时，女人也得顶上。要是
水塘不大，一天不到，塘水下去一大截，只得转战别处，"车半塘，
留半塘，留给奶奶洗衣裳"嘛。

　　水车的龙骨上有一长串脊椎样的木榫，连接着一张张竖起的
书本大的关水页子。手摇车轻便，两人并立，各伸一臂手握摇把，

你推我拉，车辘轳笃笃悠悠地转着。称作大车的，是脚踏水车，四个赤脚车水人俯伏在木架横杆上，连连踩踏转轮齿上的木桩，节节关水页子，像一群列队的黑鸭子，咿呀不停地钻下翻上，将水打入窄长的水槽箱传送上来，哗哗淌向稻田的四面八方。

夏秋之交，田里庄稼要喝水，而且要喝许多水，就得动用大车。一队人出发，抬着车筒、车梁，还有车身架——车梁足有一两百斤重，中间是一转木齿，两头分布十多个脚踏桩，力气大的一人扛着就走，但扛着扛着，稍不小心，头颈就有卡在桩桩中的危险……从搬运、安装到正常运转出水，是一门力气活，也是一门技术活。

先用锹将地面铲平，挖出对接的龙口，做好车埠，架车，装车梁，再将连着龙骨的车页拨子沿车轮滚上去，两头连接。然后有人脱光衣裳下水，插好夹车权棍，将半沉半浮的车筒下部架稳……接着再调试各部件的角度、距离，尤其是龙骨车榫、车页拨子与车梁齿轮的松紧关系。调试差不多了，四人一齐攀上车架，各个踏住桩桩，试车。

随着车尾那端响起"扑扑"的溅水声和车头"哗哗"的淌水声，"欸乃一个哎一来呵——"一声试水喊"线"的号子也随风扬起，"一来呵——！"其他人随声应和。八只脚飞快地踩动桩桩脚蹬，像在奔跑，其实是原地踏步。车水必须喊"线"，由一人领唱，众人随和，先低后高，先慢后快，婉转悠扬。喊"线"就是车水记数，系着红带的那个关水页子钻下翻上一个来回，就是一转水。"欸乃

84

一个哎八十——五来呵——""五来呵——!"从"一"数到一百，大约一根烟的工夫，叫作"一线水"。

车水这活出力气不说，还得老重复单一的机械动作，极枯燥沉闷。喊"线"不只是记数，更重要的是通过号子把几个人的情绪、精力、步伐协调一致，保持一个匀速的进度，释放身体负重的压力。常见的车水人都是俯伏在车架上，将头埋在屈着的小臂间，若不是双脚在不停踏动，你会疑心他们是否在打瞌睡。

"三线水"或"五线水"喊过，早已汗下如雨的四个"车水哥哥"顿时放松胯部，车梁渐渐减速。车架上下来两个人，两个换班的接替补了上去。换下来的人摘了头上草帽，顺手抹下搭在肩膀上的毛巾，边擦汗边喘粗气边喝水，然后坐倒或躺倒在树荫底下歇气，抽支烟。到了半下昼，树下的阴影长了起来，就有老人孩童送"接力"来，一大碗凉粥或锅巴炒米，填到空瘪的肚子里接力气，又叫"打个尖"。手摇车通常没有换班的，歇上一会子喝点水，收了汗珠又起身再战，田里稻秧也急着喝水啊。

对河三联圩一带，车水不喊"线"，以燃完一根香为一轮，上下轮换。他们那里有个被喊作五丫头的汉子，车水歌唱得好听，远近闻名。西宁天生酷爱音乐，听到好的歌就像丢了魂一样，有时就跑过去听他唱车水歌。他觉得，只需五丫头一放开嗓子，龙口的水花就发出欢快的和鸣，连一旁老柳的枝条也在风中婆娑起舞，一派生机勃勃。歌词多即兴而作，比如:"欸乃新做哇（个）水车……

咿呀下江河，两边咿呀挂着呵呵……鼓和锣。车干咿呀多少呵……塘和坝，累惨了哟嗬喔……多少（个）小哥哥，腰酸哎腿痛哎……怨呀么……怨车水啊！"

如果是田中急着等水栽秧，他唱出的歌，节奏转为急促，声调热烈："沟边有个小儿郎（啦），不吃饭菜尽喝汤（啦）。胃口不好光叫苦，咕噜咕噜翻肚肠（啦）。我的妈啊我的娘家哥！肚肠翻出水花花，流到田里活庄稼（啦）。秧苗长得鲜又嫩（啦），几天就要（啦）穿大褂！"有一回，看到河这边车水的是几个女人，五丫头顿时来劲了："小小水车节节扣，水车安在小河里。四个小妹来车水，八只小脚往后蹬；辫子搭在背后头，脚踩水车把眼勾……""哟嗬嗬——""哟嗬嗬——"同班车水的人不约而同放开嗓子齐喊，脚下生风，汗珠滚滚，车轮飞转，水花四溅。

三伏天里车水吃苦，若是春耕时车水则悠闲得多。绿水悠悠，小南风吹着，车埠旁，通常是大姑娘、小媳妇喜欢聚集的地方。她们在水车旁的青石板上一边洗衣、洗菜，一边同车水的男人们谈笑、撩水取闹。

六十年代初，修了柏山渠，灌区的圩田都能直接放水，车水的场面便少了许多。到后来，仅在冬天车塘捉鱼时才用得上。冬腊年底，天气通常不错，那些大大小小的水塘都被车干，活蹦乱跳的各色鱼虾连泥带水齐齐给捉进箩筐里。各家分得一堆，鲤鱼、草鱼、青鱼开膛剖肚洗净腌好之后，和腊肉一起挂到墙上晒。

大人车塘，等着捉野鱼的一帮小子在一旁玩游戏：两个身高的举臂搭成水车，口中"咕嘟""咕嘟"发出车水声响，其他人依次从下面牵手而过。被问及是什么鱼，须报上名称，"车塘人"或许放行，或许手臂一落照你颈后一孤拐。有时报上来的是黑鱼、黄鳝，或者泥鳅什么的令人生厌，就会被拦下来留置一旁"晒"你个干翘翘……

那年车长塘真够热闹，周边五六个村联动，四周架起几百盘水车，没日没夜地喊线喊号子。塘底渐渐露出，并非人们想象的像一口锅底，倒像是一片平缓的丘陵，有高有低。高处干了，低洼处仍然汪着水，变成了一个个小水塘，最大的竟有篮球场大，是根本车不干的。到处都是提着篮准备随时冲下去捉野鱼的小孩子，实在等得猴急了，就在塘边唱："车半塘，留半塘……车条大鱼扁担长。接姑娘，接姨娘，接到家里喝鱼汤！"

那回，逮了几百担鱼，有一条32斤重的花鳜，张开的巨口中塞得下大人一个拳头。最大的一条乌青重107斤，比扁担还长！

玩 水

堆战马，挎大刀，

大刀快，切白菜；

白菜老，切乌枣；

乌枣黑，切大麦；

大麦苑，切泥鳅；

泥鳅跑，切毛桃；

毛桃高，切（你）到河里漂一漂！

　　乡下人不说游泳，而称玩水。寻常那种狗刨式，两只脚拍打水面咕咚咕咚响，所以又叫"打划划子"。仰泳不须太费力，能持久，故称"漂海"或"漂尸"，也叫"漂黄瓜"。潜泳则叫"扎猛子"或"吃猛猛子"。没见过谁会蝶泳和蛙泳，但有一种直立身子靠双脚踩动前行的"踩水"，人直立水中，摇摇晃晃踩水而行，肚脐眼都能拔出水。"踩水"和"漂海"都无须手臂协动，故腾出的手能抓举衣物，有高人肩扛满满一箩稻米"踩水"过河，箩底不湿。圩乡多河港沟汊，常见行路人走到某处路尽头，不慌不忙脱下衣衫，卷成一个小包顶在头上，一只手扶住就下了水，大冬天也这样。圩乡人不会水，简直是寸步难行。

圩乡伢子，从会走路起就会玩水，赤条条钻到浅水区，扒着河坡或船帮沿"打划划子"，在水里泡长了，一个个自然而然都成了水猴子。西宁的泳技是在灞河里学的，来青滩埂三年，有了全面提升。当初妈妈送他来时，曾招呼过外婆，别太娇惯了，地头的秧子一起长，别人怎样他就怎样。

比西宁大两岁的葫芦，是捉鱼和玩水的高手，常爬到水边的大树梢头纵身跳下，扑通一声砸出巨大水花，在水底潜出老远才冒出头来，潇洒地甩一甩头，伸手从脸上抹一把水，让人结实地佩服一番。有时，一大排光屁股孩子，齐刷刷地背对塘水，一起喊："倒冬瓜，倒西瓜，倒到塘里没人拉！"喊完后，全部朝后倒去，水花溅起老高。更多时，是比赛"扎猛子"，看谁憋气时间长。有一种"砸秤砣"，就是扑通一声砸到水底，蹲住，纹丝不动，这需要相当的定力才能憋住身子不让浮起……水底特别凉，睁着双眼，夏日的阳光从水面照射下来，一浪一浪地荡漾，能看清小鱼放大的身影从眼前晃过，还有癞癞蛄子排出的卵一圈又一圈地缠绕在水底草丛中。

每个村子前后都有一口水塘，塘边有大路，有树林，有竹园，同村子衣胞相连。青滩埂下的大塘叫丫巴脚塘，传说当年张果老骑着毛驴来这里洗过脚丫。稍远处，就是被唤作菜园塘、鹭鸶塘、荷花塘还有上塘、下塘、东边塘、西边塘等一连串的塘……水瓦蓝瓦蓝的，清澈透亮，水底爬满螺蛳，水边的草丛里隐立着水鸟。按讲，只有外河才有沙，但丫巴脚平缓的塘底却铺着一层细沙，所以大家都喜欢在此玩水。塘水与河水，哪怕看上去一样清澈，但还是有区别的。在河里玩，手心越泡越白，还起皱；在塘里玩，身上总要沾上什么，出了水，一身"鬼毛"。

盛夏的午后，热浪阵阵扑面而来，狗呀鸡呀全趴在阴凉地上直吐舌头。趁大人歇息午休，一溜烟跑出家门，来到水边，扒掉裤头跳下去，凉意把炎热一扫而光……水的诱惑，实在难以抗拒，许多小孩借着捞薇草的名义一天到晚都泡在水里。薇草是长在水底的猪草，分别有毛薇、刺薇和鸭舌条，吸一口气潜到水底大把搂抱，绕成团一丢，漂浮上水面，最后统一捞走。边捞边玩，玩够了，猪草是不能少的，不然屁股就要遭殃了。大人要找孩子做事，比如浇菜地、喂鸭子、跑路送趟东西，或者是把解了轭的牛牵到埂脚边吃草啊，都得到水边放开嗓子大声喊叫。"毛伢子哇——""黑头喂——"喊了好多声，才有应答。浮在水面上一片黑乎乎的脑袋中，有一个不情愿地离了阵，漂移出来，光着屁股爬上岸。其余的人仍然忘乎所以地玩乐着，水花飞溅，喧闹震天。

第一件好玩的事当然是打水仗。两人面对面，侧下身，竖起一只单掌接连不断地劈出弧形水花；也可以正面双手抄戽，为了不呛着水，通常都须闭目屏气，尽力将头埋下或偏侧……等到双方渐渐趋近，一边击打着水，一边伸手推搡，直至有一方吃不消落败而逃。要是两拨人对垒，烈日下水花飞溅，炫目耀眼，呐喊喧天……打到最后，人搡人，人扯人，一场混战。

若是要玩点讲纪律来规矩的，那就"堆战马"，也就是叠罗汉打水仗。两边出多少人都行，最好能对等。赛前热身，要手拉手对唱"堆战马，挎大刀"，这一边唱上句，那一边接下句……最后一句"毛桃高，切（你）到河里水上漂"，大家一齐抢唱，明显就带上了火药味。游戏开始，由几个身壮力大能长时间憋水的人臂挽臂先蹲到水底，第二层几个人利用水的浮力坐到他们挽臂接头处，再上面，则又如是坐上第三层，有时还有第四层……然后一声号令，两边同时从水底起身，呐喊着相向走近。骑在"马"上的，包括跟在两边保驾的，就一起撩水胡乱混战。最后，照例发展到贴身肉搏，人仰马翻。有时，堆的不是坐马，而是真正的"站马"，每一层都是站在肩上的，这技术含量肯定要高超得多了，弄不好，双方还未接战，这边一声呼喊已轰然倒下！

本来大家也在河里玩，但自从葫芦说在河里看到水猴子，就没人轻易敢下河了……那回，西宁也在，他帮葫芦在河里捞薇草，感觉水特别凉，好像掉进冰水一样，腿都要抽筋了。浮上来换气时，

91

看见老闸门下蹲着个东西，黑乎乎的浑身长着毛，先当是狗，没料到那东西突然跳下水，狗怎么无端往水里跳哩……他情知不好，拉着葫芦死命游到岸边，捋了衣服就往家跑。第二年梅雨天，葫芦真的死在了水里，连尸身都没捞到……葫芦多好的水性啊。

圩乡有句老话，叫"淹死的多是会水的"，真的没说错。

叽哩子叫

叽哩子叫，

打早稻；

早稻黄，

接老娘……

叽哩子就是知了，书上称蝉。早稻要黄时从土里钻出来，在树干上留下黄褐的泥壳，然后爬到树梢头拼命长声嘶鸣，让满世界都充满它们的声音。尽管很吵，但要是没有了这种声音，还能叫夏天吗？

叽哩子出洞，先用前爪在下面刨，刨开一个小洞见光亮，到夜深人静，小洞逐渐刨成手指粗，就慢慢爬出来。下点雨更好，一是土松好刨，同时它们在洞里被雨水呛着，纷纷爬出来，纵然不出洞，也会洞门大开。刚出土的叽哩猴子，浑身脏兮兮的，是个

93

真正的泥猴子。只有当它们爬上大树一人高处，脱掉外壳，亮出一对透明的翅翼，才算焕然一新，破蛹成蝉。

西宁跟着大家一起抓这种泥猴，纯粹是好玩，或是为了收集空壳晒成"蝉蜕"卖给中药店。吃过晚饭，天断了黑，打手电到外滩树林子里去，往树干上照，看到攀上高枝的，就用竹竿把它捅下来。运气好，能在一人高的树干上看到一出脱壳好戏：干白的泥身向后仰着，爪子拼命向空中划动，两只翅膀卷缩着不动，尾巴还插在壳底艰难地向外抽动……这时最好不要去打扰，因为受了惊吓，这只叽哩猴子就再也变不下去，成了残废。

最有趣的是找到地上的小洞，里面有细黑的爪子在拱来抓去，手电光一照，便没了动静，用手去抠，或折根小树棍挂住前爪一拖，就出来了。拿回家放在窗子纱网上，它会在半夜里出壳，天亮后醒来，一个黑亮的大家伙已经爬上窗户顶框了。有时，叽哩猴子捉得多，放菜篮里用布蒙了，次日早起揭开蒙布，篮子一圈挂满潮乎乎的泥壳，把叽哩子放了，留下壳等着干透。偶尔有几个体弱的，脱了一半出不来了，就帮忙把它剥出来。

积的壳多，换了钱后，买来好吃的解馋，有人高兴地唱："叽哩猴，快脱壳，三担螺丝四担壳。有钱的，打酒喝；没钱的，舀水喝。"要是忙中出错，或者存心唱成"光头猴，快脱壳……"弄不好头上会吃一凿栗，光头猴眼神凶凶地站在眼前，论打架没人能打得过他，他牛高马大嘴角边已经开始长小黑胡了。

在树顶上开唱的黑大个叽哩子，最引人生出抓获的兴趣。折一根柳枝，弯成小羽毛球拍形状，绑到长竹竿顶端。屋檐头有大肚圆蜘蛛新结的网，翻转缠上，蛛网越新鲜越黏稠。循声找着一只唱得正起劲的，伸出网兜，慢慢从后面靠近，兜头罩住，只要它一起飞，就粘在网上……嘿，干倒了，大功告成！把面粉洗成面筋，附在竹竿头上粘叽哩子，手眼配合，只要粘在头背上，任其拼命扑动亮翅，怎么也跑不掉。但有时弄失了手，点到屁股梢上，三两下一扭嗤地飞走，还奖赏一泡尿飘洒到你的脸上。

黄雀和螳螂也捕叽哩子，有时听到树上叫声不对，抬头望去，会看到一只螳螂正用刀臂将叽哩子箍得动弹不得……树林里，吃虫子的狠角色还有牛角蜂、蜻蜓、瓢虫及蚂蚁。身上黑一道黄一道的牛角蜂最凶悍，它都不用尾针行刺，口器如钢钳。有一种红蜘蛛，很小，吃起蚜虫来，像砍瓜切菜一样。

长塘小学五年级教室里，快考试了，教室里正上着课。老师连比带画带讲题目，大家聚精会神地听。忽然，一阵高亢尖锐的叫声响起……片刻之后，同学们哄堂大笑。老师怒不可遏，脸都气歪了，瞪着眼走到某人桌前，手一伸："拿出来！"等拿到了从笔盒子里搜出的叽哩子，走到窗前用力向外扔去，随着"吱"的一声长叫，幸运儿快乐地飞向蓝天深处，留下一个耷拉着头的家伙站在座位上等着挨训。

也有哑巴叽哩子，个头不小，貌似有模有样，但任凭你再怎样捏它的胸板，口念"南瓜藤，丝瓜条，问你格（可）讨饶……"它就是一声不吭，只好弃之不要。要是捉到有牛眼睛大的黑炭头一样的"牛叽哩子"就带劲了，一捏胸板，叫起来声音洪亮高亢，一里路远都听得到。林子里只要一个叫，引来一片叫，一浪一浪的，从太阳快当顶叫起，到日落西山，以日头当顶为最，愈热燥叫声愈大。

那种个细翅长的洋叽哩子，后背银灰或浅蓝，像是涂了一层粉，腹部亮片音箱为玉白色，透明的翅膀上翅脉却是绿色的。它们才是名副其实的"知了"，雨后放晴或傍晚逆着满天霞光时叫得最欢。"知——了啊""知——了啊"，有时听起来又是"傅——友哇""傅——友哇"，一声接一声的，悠扬酣畅。但只要小侉子在场，大家就要忍不住发笑，因为小侉子的爹推车老傅，大名就叫傅友华。有一次光头猴说要"捉老傅"，小侉子同他狠狠打了一架。洋叽哩子机警异常，闻惊即逃，很难逮住。它们喜欢歇落在油树、檀树和柳树的枝干上，这些树背着阳光的一面颜色很浅，正好跟身体的色彩融为一体。

整个夏天，只要没有大人喊着做事，孩子们大多的时候就是钻树丛。村里村外到处是大大小小的桦树、刺槐、杨树和毛桃树，河边有成排的柳树……有谁爬树不小心蹭破了皮、跌青了脚骨，忍着点痛倒没什么，要是剐破了裤子，回家瞒不住，肯定没好果子吃。树下蚊子多，牛苍蝇子也多，孩子们常常被叮得一头的包。还有洋辣子，碰到了就像被针狠扎了一下，嘴里咝咝倒吸凉气，好几天后还刺痒，有时睡在梦里无意用手一挠，立时疼得汗出痱子炸。

　　吃了苦头，邪火一来，有人就玩恶作剧，用棉线把两只叽哩子一头一只拴了，朝天上一抛，看它们纠缠着扑腾乱飞。马齿苋的籽成熟变黑，这东西有趣，一剥两半，正好套住叽哩子那对鼓鼓的眼睛，犹如戴上定制的眼罩，然后也是往天上一抛，天晓得这倒霉蛋能飞到世界哪个角落里去……

萤火虫

萤火虫，

挂灯笼，

跟我走，

到门口，

门口塘，

一条鲤鱼八尺长……

黑黝黝的夜晚，在屋外乘凉，一只只亮闪的流萤从眼前飘过，总是忍不住挥起手中的芭蕉叶扇去拍打。"啪"的一声轻响，却不见落在何处，左看右看找寻，它已从某处悠然飞起……通常，萤火虫都是被扇子带起的气流击落，并未怎么受伤。要是捉到一只握在手里，一明一灭的绿光，会从指缝间流泻出来。倘是一击未中，自然是跟在后面追赶。有时这些流萤像是看透了你的心思，刚待要挥扇，它已曳着绿光飘上你够不着的高处。不过，这个去了那个又来，忽高忽低，忽前忽后，忽左忽右……孩子们就唱："大麦秸，小麦秸，萤火虫，快下来；不打你，不骂你，给我玩玩就放你！"

无数闪烁的流萤，把夏夜点缀得异常美丽而神秘。捉到流萤，装入小玻璃瓶里聚积起来，绿莹莹的光亮把人脸也给映照得碧幽幽的。要是拿根细绳系住瓶颈挑在竹棍上，提在手里，真比打灯笼还有趣得多。走在路上，互相比着谁的萤"灯"最亮，照得最远。西宁更喜欢蛋壳做的灯，光亮差些，但兴味十足。"鸭蛋壳，做灯笼，装上萤火虫，照亮我们跑西东，你要回家它来送。"几个孩子提着蛋壳灯笼，唱着自编歌谣，好不得意。要想做成蛋壳灯，得瞅准机会，晓得外婆要打蛋了，西宁赶紧跑过去帮忙，在稍尖一端轻轻敲出个小洞眼，让蛋液流空，伸根中间系线的小棍进去，横着拎起，再将外面的线头系到小竹棍上就成了。

不管是什么样的灯，只要提在手里，都会引来别的萤火虫绕前绕后跟着飞。西宁常将萤火虫带回帐子里，一闪一闪的光亮，泻至窗外，就有过路客给招引进来，歇落帐外。帐内的萤火虫马上爬过去，凑到一起一明一灭地亮……萤光闪闪，夏虫唧唧，不知不觉中就睡着了。

常玩萤火虫就会知道，若黄色中透出绿光，这肯定是一只健壮的萤火虫，装在瓶子里能养好几夜。飞起来有气无力的样子，萤光淡淡的黄，是养不过夜的。它们死了后，尾上的光亮不灭，放地上用脚一踏，会印出一道长长的萤光印迹——有人据此来猜测当年的收成，越长就预示着田里稻穗长得长。

小孩子追萤火虫玩儿，大人们总是警告不要跑远，跑远会被蛇咬或是掉水里去。说萤火虫是替水鬼拉人的，在水边飞来飞去，引诱你去追撵，一不小心掉进水里，被水猴子逮住——水猴子就是水鬼，专吸小孩子身上的"真气"，一旦"真气"被吸完，你就变成了小水猴子，再去吸别人。有时，浮水去河对岸偷瓜，四周都是黑魆魆的树影，点点流萤的幽光更增添恐怖气息。忽然有人鬼拉筋般一声大叫："啊——水猴子拽我腿了！"一帮人顿时狂奔上岸，鬼哭狼嚎，四处逃散……引来远处阵阵狗吠。

萤火虫喜欢互相追逐，一只从草丛中飘起来，很快便有另一只得了感召般向它赶去。一前一后地飞，前面一只忽然隐没了，或者飞到水面上，与水中的星光混杂了，要不就是飞入芦苇或稻田里，让那枝叶给遮住了……追逐者丢失目标，迟疑一阵，方才转个方向飞走。有时，它又反被别的萤火虫追逐，而且这样的追逐往往不止一对。到后来越聚越多，稻田上，堤岸边，林梢头，一明一暗，一上一下地闪光，与天上的繁星一样多，映着水面，显得格外稠密。

这样的夜晚，孩子们都会出去疯闹，而扛几张虾罾去水边扳虾倒是很相宜的。虾罾是外婆用旧蚊帐布做出的，二尺见方，两根细竹片对角撑起，竹片交叉处绑一块砖头，抹上饵料，放进水里等上十分钟左右，提起来，就有活蹦乱跳的虾。西宁扳虾时，一只又一只的萤火虫飞过来给他照明。

那一回落弓桥放电影，半下昼就栽杆子扯起了白布。干活的人早早收工，孩子们更是积极，晚饭前就搬着板凳去占场子。场子外是一大片白汪汪的水塘，塘边长满深草。天还带着些微亮，一只只流萤从草丛里飘出，星星点点的光闪，映衬在渐渐沉寂的夜色里格外分明。有几个孩子爬上水塘边两棵黑乎乎的大树，几盏萤"灯"分别挂在树下垂向水面的枝丫上。树顶头有风，凉爽极了，蚊子也少。电影是武打片，一对兄妹跟一帮官兵打……约摸放了一半时，放映灯熄灭，银幕上正打斗的人忽然消失。黑压压的人群里响起喧嚷声，手电筒光柱朝四处乱晃乱射。

"咦，快看下面！"不知是谁低叫了一声——回头望去，这才发现：两棵大树下靠水面一侧，流萤特别多！围绕着那几盏萤"灯"，上下左右都是一闪一闪的光点，而且，还有不知多少光点正源源不断地朝这里飘来……忽然，奇迹出现了，那些流萤停落下来，密集地汇聚在枝叶间。先是不分彼此地乱亮，渐渐仿佛调整齐了，它们一齐闪亮，一齐熄灭，一棵树的枝叶间先亮，另一棵树的枝叶间接着亮……每棵树枝叶间停落的萤火虫不知有多少，但行动一致，连同那几盏萤"灯"里的萤火虫一起，竟没有一只错亮。两棵树相隔五六米远，映着水面，就像受到天空闪电照射一样，一会儿漆黑，一会儿明亮。看到这奇异有趣的光景，许多人涌了过来，没有一支手电筒朝树上照射。大家都惊呆了！

不知过了多久，直到场子里电灯又亮了，扩音器里传来丝喇喇的响声，那些萤火虫仿佛接收到讯号一样，纷纷从树枝间飞开散去。

乘 凉

天上星，地上钉，

钉钉拐拐挂油瓶。

油瓶漏，炒蚕豆；

蚕豆香，炒紫姜；

紫姜辣，炒皮塔；

皮塔尖，挑上天……

盛夏里，晚饭吃得迟，人们趁着太阳倒阴多干些田里活，回到家往往是蚊子撞脸了。晒了一天的屋子热似蒸笼，搬出竹床、长凳和矮椅，晚饭在露天里吃。先将一桶桶凉水泼到地上，热浪腾空而起，水马上被吸干，淡淡的湿痕里，热气倒是少了许多。吃过晚饭，跳到河里泡个澡，一天的疲乏就随水而去了。

圩堤上是最热闹的地方。埂面很宽，断断续续的人家一直延伸着，连埂脚底也挤满房屋和林木。在圩堤上占地要趁早，那些没有人家遮挡的埂面是黄金地段。太阳刚一落山，老人和小孩子就搭帮抬了竹床或卸了门板、扛着板凳、拖着靠椅来占场子，迟了就没处下脚。竹凉床照样是主战场，几张围凑在一起，你跳过来我追过去，在上面大闹天宫。要是几十张竹凉床连成一线，能在上面"走天桥"走出老远。"六月天气热，扇子借不得。如要借扇子，等到十二月。"某个倒霉蛋扇子被抢走了，在竹凉床之间抛来扔去，吵吵闹闹，直至大人出面阻止。

夜幕终于降临，大地由远及近慢慢笼上一层轻纱。水边蚊子多，有人夸张地说："青滩埂的蚊子大似鹅，挨一扁担还飞过河。"但大埂上的蚊子不多，要是点上一把半干艾蒿或是辣蓼草，放在上风头，淡烟徐徐不断，蚊子就更少了。有迟来的人，手摇芭蕉扇，腋下挟一卷凉席，见缝插针，寻到一小块空当，铺了席子仰身躺倒。最晚赶来的总是那些中年妇人，她们要摸黑洗完锅碗、洗净晾好全家人的衣衫，一切都收拾停当，才拖着疲惫的身躯走出家门。年轻的女人从婆婆手中接过婴孩，侧身躺在竹床上，边解怀喂伢伢（奶），边吟唱催眠小曲。一旁，奶奶手中的那把大芭蕉扇，时不时地轻拍过来。

"青石板，石板青，青石板上钉银钉……"西宁睁大眼躺在黑暗里，头顶的天空挤满密密麻麻的星星，渺渺茫茫的银河两岸，牛郎织女星遥遥相对，格外明亮。牛郎星与两颗小星星成一条直线，那是牛郎一担挑着他的两个小儿。牛郎星附近是一口八角琉璃井，由八颗星星连成，牛郎在井边还掉了一只鞋子。西宁听外婆说过，每年七月初七后半夜，如果不睡觉，就能看到牛郎织女鹊桥相会……但谁能撑到后半夜一直不打瞌睡哩？

男人或坐或躺，嘴头烟火明灭闪烁，一边吹着凉爽的河风，一边天南地北地扯着九经。扯天气收成，扯一些道听途说的古怪事，也打一些并不难猜的谜语，比如猜茶壶和烧锅捣灶的火钳："一只无脚鸡，常在桌上立，喝水不吃米，来客敬个礼。""两个姊妹一样长，日里扎火，夜里乘凉……"一些鬼怪狐狸精的传闻，也在这时登场。如弓的残月带着风圈挂在西天，河面上，东边黑乎乎，西边波光粼粼。一颗流星划过，引得一片惊喊："驰星了，驰星了！天上落颗星，地上死个人，不知谁上天了……"然后等待下一颗流星出现。

扬州佬老刘光着上身，手摇芭蕉叶扇从埂那边林子里走来，说睡不着，棚子里太热，睡了一身汗。众人取笑他棚子里藏了宝贝，要看紧点。还说，快回去吧，当心贼不怕热，把宝贝偷光。老刘嘿嘿一笑说，棚子里有个装满鱼牙齿的坛子，小偷不嫌弃的话，偷去拉倒！有一段时日，他系在船尾鱼篓里的鱼经常被偷……老刘留了个心眼，熬了锅鳔胶悄悄倒在船舷旁，贼还真给粘住脚，原来是只吃鱼吃顺了嘴的狗獾子！

这样的夜晚，总是有许多故事的。三年前，对河小汪村人乘了一夜凉，第二天早起，发现多了个大辫子姑娘。她是汪老大家念过高中的二儿子在苏州那边当兵时结识的，就拐带来了。大辫子姑娘活泼开朗，见人爱笑，爱唱曲。许多人浮水过去看她在月地里唱曲，看她手腕上的银镯闪闪发亮……可这一年夏天，她竟然独自在家喝了农药。许多人再浮水过去，看见她仰躺在堂屋里一张新草席上，脸上盖一张黄表纸，一手屈着，一手无力地垂搭在草席边，两个银镯静静地——该是姆妈为她套上的吧？此后，常听到那边埂头上有人唱："我与你前世里姻缘有分，初相见两下里刻骨铭心……"声音绵韧柔长，听得懂的人解释说，这是昆山水磨腔。

碰到特别闷热焐燥的夜晚，一丝风也没有，寥寥可数的几颗星星眨巴着眼睛，萤火虫曳着绿光在墨黑的河面上飞来飞去，比往日里稠密。有人就打起唤雨的口哨："哦嘘……哦嘘……"小孩子跟着喊："扯豁了，打闪了，风来哟，雨来哟……"远远的天空中果真连连打着豁闪，一闪一亮的，但就是老不到边上来，这叫打干闪。于是，人们就更起劲地打口哨，呐喊助威。并非所有的干闪都是一场空，有时扯着扯着风大了起来，黑乎乎的树梢上下起伏，突然间哨子吹得嘒嘒响，有人扯开嗓子喊赶快去队里场基上收稻子……所有青壮男子都奔跑起来，剩下老人小孩赶紧收拾家什撤回家，顺便把院墙头上的酱钵子也盖严实。随着一声惊雷当头炸响，瓢泼大雨从天而降……

西宁最爱这大月亮时光，这样的夜晚，再热都热不到哪去。

溶溶月色之下，有夜渔的小船激起粼粼细浪，摇碎了水中的月影。小船行过，漾动的水面忽又恢复如初，平滑如镜。间或有几声狗叫从远处传来，幽静极了。圩畈里，青青的秧禾、幽幽的树林之间，聚散着缥缈的雾霭。

夜晚的清凉与草木的气息，渗透在每一缕空气里。竹床冰凉，身上早已没有了黏黏的汗渍，摸上去润滑润滑的。语声不闻，瞌睡早已爬上眼皮……艾草燃尽，夜便深了。大人将孩子一个个叫醒回屋里去睡，说是露水重了会生病。有人极不情愿地揉着惺忪的睡眼，腿高脚低走入家门，摸到热浪熏人、蚊子嗡嗡叫的房中，一头钻进厚厚的蚊帐里。而另一些人，则干脆在外面睡到天亮。

大清早，会看到三三两两卷起草席、挟着枕头、趿拉着鞋的人，噼里啪啦地朝家里走去。留置在外的凉床上，还隐约有些露水的痕迹。

长日悠悠

②

走家婆

冰冻冰冻烊烊，

贴在家婆墙上，

家婆出来看看，

烊了一大半半……

家婆就是外婆，也有喊成家奶奶的。当地发音，家读作"嘎"，与"嘎婆""嘎奶奶"相对应，外公便是"嘎公""嘎爹爹"。有一种十分有趣的昂丁鱼，又叫作"安鸡"，支棱着三叉戟样大刺，你要是捏住背上那根刺提起来，它不怎么扭动挣扎，却会瓮声瓮气地发出"嘎公嘎公"的叫声。所以常看到昂丁被人提在手中，追着某个被哄笑的家伙迫其喊"嘎公"。

"月光光，骑白马，过莲塘，我到家婆家歇一晚……"家婆那里，无疑是一个温暖的港湾，让人充满向往。从上埂头到下埂头，中间隔着四五里路，小时候姆妈抱着去，稍大点，就能自己走着去了。"鸭儿乖乖，走路拐拐；姆妈不来，家婆接来。"家婆见到自己的外孙子，真是亲哦，老远就张开双臂，搂着又是亲又是唤，还要背到背上摇晃，"背背驮驮，送给家婆；家婆不要，往河里一摺——"身子故意一歪，一老一少尽情笑闹。家婆脸上尽现菊花纹，心底的慈爱像水一样往外流溢，好吃的东西大把捧：夏天的瓜果，秋天的栗子和菱角，冬天的荸荠，过年时的炒米糖、山芋条……尽管招呼。

就连那个脏尾巴龙"老黑"小时也爱"走家婆"，走过一片菜地，旁边有两个池塘，过了一个渡口，或是一道木板搭成的小桥……这个贪玩的孩子，一路上欢欢喜喜，蹦蹦跳跳，踢个土坷垃啊，揪下一朵小花，翻个跟头打个滚呵，却给人间苍生带来了巨大麻烦。

某小子特别不安生，好动手动脚，太闹腾，如孙猴子转世，就常听到有人忍不住呵斥："格个小把戏哟费得伤心！你嘎奶奶没带你抓周吧？"孩子满周岁那天，必须由家婆买来好吃的和好玩的东西，摆那里让其伸手抓取。凭所取之物，预测一生的性情志趣和立业方向，此即"抓周"之习俗。少了家婆还真不行，人生不得完整。

无论什么样的伢子，在家婆眼里，都是心肝宝贝。夏天捉叽哩子，掏鸟窝，钓黄鳝，跳到水塘里洗澡，家婆拦不住，讲水猴子捉人也吓不住。冬天从塘里敲来冰块，未必贴在家婆墙上，而是吹个洞，用麦秆草穿了提在手里当锣敲，把家里弄得水汪汪的。还有把炮仗放到空缸里炸，埋到灶灰里炸……想怎么玩就怎么玩。

家婆背弯着，腰间系着围腰，又叫围裙。它的功能实在很多，做事时能挡污，能擦手，还能掸尘；牵起两角往腰带上一掖便成一个大口袋，针头线脑和菜地里摘的茄子、辣椒都可装在里面；若在上面绣上图案再换上一根红绿绢丝的腰带，又是很有风情的衣饰。出门时，家婆总忘不了扎块头巾，那是不可或缺的头饰。其功能自然也很多，除了装饰和遮阳挡雨外，解下来也能掸尘，甚至还可走到水跳头洗把脸。

家婆会喊魂，也就是喊吓。有时玩过头，或是受凉，头痛脑热蔫巴了，家婆说是受惊吓把魂给弄丢了，要把魂给喊回来。喊魂的仪式通常是在日暮傍晚进行，让家婆牵着手来到一些有标识性的地方，比如水塘边、老树下、老屋宅旁或是岔路口，认为小孩子的魂是最容易在这些地方弄丢或迷路的。于是在苍茫暮色中，拖长了的声腔响起："小宝子——哇——在水边在树下骇到了——记得回家啊！隔着山爬过来，隔着水划过来啊——"随在身后，在长声呼唤中，便有一声声童音应答："嗯，家来啦……""记得回家啊——""嗯，家来啦……"家婆一边柔声呼唤着，一边在回家的路上不断撒下茶叶米，以便让那个迷失的魂魄认清返家的路。

但是，家婆再亲再疼爱，却是不能长住，终归还要离开的，就

113

像姆妈当年在家做姑娘，最后总是要嫁出去一样。听家婆说，当年做了新娘的女儿要离家了，姆妈一边帮着梳洗装扮，一边哭唱着："枣树开花叶叶青，娘送女儿出家门……"声声叮嘱，希望女儿要做婆家的好媳妇，兴旺过日子。把这些往事讲完，家婆总要附上一句："若是不把娘的宝贝女儿送走，哪来你这小讨债鬼啊！"言语里流露着许多欣慰。

"山喜鹊，胖墩墩，我到家婆家住一春。家婆看见怪喜欢，舅母看见瞅两眼。舅母舅母你别瞅，豌豆开花我就走……"也许，这是家婆年纪大了，早已不能当家，舅母成了掌实权的人，去家婆家的路，就快要走到尽头了。说起来有点心酸，却是无法改变的事实。

三年前那个夏日，把小学一年级念完，西宁就从遥远的西安"走家婆"被送来青滩埂。刚来时，西宁改不了口，一直称呼"外婆"，现在，当着众人早已入乡随俗跟大家一样喊"家婆"了；但背地里或二人相处时仍叫"外婆"。他知道，这是一个心理定位的漫长过程。

家婆老了，家婆的人生积累都成了歌谣，好丰厚。微风轻拂的夏夜，晚饭过后，和家婆一起把竹凳和凉椅搬到屋外乘凉。草虫的低吟浅唱，流萤点点，幽远的天穹上，月亮在一片片薄云里穿行，搞不清是云在移还是月在行……家婆摇着芭蕉扇，轻声哼唱起久远的歌谣，声音悠长，韵味十足。

"月亮粑粑，照见他家，他家兔子，吃我家豆子，我拿棍子打，甭打甭打……它是我舅子。"

　　"月亮月亮粑粑，里面蹲个大大；大大出来洗菜，里面蹲个老太；老太出来烧香，里面蹲个秋娘；秋娘出来梳头，里面蹲个老牛；老牛出来喝水，里面蹲个小鬼；小鬼要吃油炒饭，家婆煎两个荷包蛋。"

　　"落雨大，水浸街；阿哥担柴上街卖，妹妹屋里做花鞋；花鞋花袜花腰带，珍珠蝴蝶两边排……"

　　还有"反唱歌"："反唱歌，倒起头，家婆菜园里菜吃牛，舅母房间里头梳手，听见门外人咬狗，拿起狗子砸石头，石头砸得血直流。"

　　月色如水，洒在小小的庭院里，随着柔柔的歌谣声，一切都悄悄进入了梦乡……

养媳妇

棠梨子树，开白花，
吊甜酒，接亲家。
亲家亲家你请坐，
你家女儿是个小腿货。
叫她门口塘里挑担水，
她拿扁担打小鬼。
叫她灶锅膛里搁把火，
她拉火钳敲簸箩。
叫她淘米做个饭，
半边生来半边烂，
中间夹着乌梅炭……

养媳妇就是童养媳，穷人养不起孩子，或为省下将来女儿长大后的嫁妆，或遭逢变故……就将幼女送给有男伢的人家做童养媳，养到成年"圆房"结婚。领养的也多是贫家，供两年饭食，稍长即能帮家里干活，算算也是一笔进账。还有人家传了代，从太婆到婆婆都是养媳妇熬出来的，"二十年媳妇二十年婆，红烧蹄子敬太婆"，熬出头，就好了。

英子梳着一对小辫，细花袄蓝裤子，脚上是双花布鞋，刘海儿包着额头，却遮掩不住大大的眼睛。英子从一岁多点被抱过来，就注定是别人的媳妇。那年她爹进山烧炭跌断腿，在床上躺了半年，直到家里断炊才把最小的女儿送出。小小鸡，怕翻窠……但是，英子命不苦，渐渐大了懂事了，每隔三两月，爹就过来看她，有时还带来山楂、毛栗和瓜枣等好吃的东西。她爹跛着脚赶来，水生的爹——也就是她的公公，天生老好人又结巴，只晓得赔笑脸，敬水烟，肯定不会朝着亲家数落，讲出"你家女儿是个小膪货"的刻薄话。水生的娘也是养媳妇过来的，小时从苏北逃荒到这里，饿得实在走不动路，被家人留了下来。

水生家是把英子当女儿养，无奈家底薄，英子小小年纪就要帮衬着干活，春天挑猪菜，夏天放鹅，秋冬季节砍柴、摘菱角、挖藕、扒荸荠，洗衣做饭样样干。英子比水生大三岁，发育早，高出水生一个头，两人下塘抬水，一头低一头高，后面的英子死劲拉着水桶不朝前滑。英子把自己的"小丈夫"照顾得好，水生要摘杏，她用肩膀扛他上树；水生下塘摸鱼，她就拎篓抱衣提鞋，鞍前马

117

后侍候。

最让西宁诧异的是两人都在长塘小学念书，都是六年级，坐在一个教室里。学校以前是个水神庙，黛青的屋顶灰白的墙，菩萨早没了，但两边墙上还画着许多神仙图像，被稀薄的白石灰水涂过，缥缥缈缈像在云雾里，学生常跳上青石板台几上乱摸乱敲。别的班级人也都知道他们是对小夫妻，少不了要打趣起哄，把两人朝一起推，喊"抱一抱，亲个嘴"，故意怪唱："十八岁大姐八岁郎，说你是郎不是郎，说你是娘不是娘；还要给你解扣脱衣裳，还要把你抱上床。"还有"板凳板凳歪歪，菊花菊花开开，新娘子送花来。什么花？牡丹花。我不要，我要婆家大花轿。四个人吹，四个人打，四匹骡子四匹马"……有时闹狠了，少不了翻脸打架，英子总是挡在最前面。有时，她会死死地瞪着对方说："别痞了……你打不过我的！"

刚入冬不久，极其罕见地下了场鹅毛大雪。正在上课，窗外雪花一瓣一瓣往下飘，头顶亮瓦很快被雪遮盖住，屋子里暗得看不清黑板。冷风从各个墙洞往里灌，大家不停地用嘴巴对双手哈气，使劲跺着地面。冻得实在受不了，学校提前下课了。"落雨啰，落雪啰，冻死老鳖啰——"野外都是追着跑的人，一路打着雪仗往家跑，英子替水生挡了不少子弹，还脱了罩衣给水生蒙头。半道上，他们家土狗虎子一溜烟奔跑过来迎接，摇头摆尾，在裤脚边蹭来蹭去。

腊月里，水生娘死了，英子正式主家，再没去学校了。

听外婆说，圩里有养媳妇的人家多的是，但像英子这般修下好福分的少见。养媳妇命苦，比黄连都苦，吃不饱，穿不暖，整日手脚不停地干活。就连过年过节也脱不了苦难。"养媳妇，过端午，恶婆婆打得哭呜呜"，"养媳妇，快春米，婆婆回来打死你"……无人怜惜，无人庇护，生活做得千千万，心里心外都是苦。

有一种鸟叫"苦哇子"，也叫"苦恶鸟"每年暮春潮湿天气里，彻夜不停"苦哇""苦哇"地悲啼。苦哇子苦，苦连天，西宁相信，苦恶鸟的前身是个养媳妇，受恶婆婆虐待而死，化为怨鸟。

苦恶鸟体形俏丽，像一只苗条的系着白围裙的小黑母鸡，白额白脸，长着一双细伶伶的长腿。它们在近岸处和水生植物间东一啄西一啄翻拣找食，很用心地寻觅些蚯蚓、水蜘蛛、小舍巴以及各种草籽。当它们踩着漂浮水面的菱角菜或是野茨菇草行走时，突起的尾尖会不时地上下翘动，那些被踩过的鸡头叶盘子一角会在瞬间塌陷下去，但很快又会从水下浮上来。

如果在临水人迹少至的竹枝和灌木荆棘丛中，看到有碗大的一团东西，那通常就是苦恶鸟的巢。西宁见过雏鸟，浑身乌黑，喜欢撒腿跑，跟家里孵出的十分淘气的小黑鸡没有区别，只是两条像踩着高跷的细腿特别长，一双小黑豆似的眼睛也更加灵动可爱，而且见到水就能潜下去，显得对于这个世界的悲苦一无所知。这真让他不忍心去想：如此可爱的小家伙，长大后，也会在夜深人静时，不住声地"苦哇，苦哇……"啼叫着满腹的辛酸吗？

关于苦恶鸟的故事，还有一个说法：从前有一户人家，夫妻二人，加一个瞎眼婆婆，日子过得很苦。丈夫卖柴回来捎了一斤肉，叫媳妇炖给婆婆吃。肉炖熟了，香气扑鼻，媳妇经不住诱惑，尝了一块又一块，结果吃光了，只好挖些蚯蚓炖了。婆婆吃着觉得有土腥气，就留了一点给儿子吃。儿子得知实情，一气之下，用大缸把媳妇扣了起来。七七四十九天后，揭开大缸，媳妇变成了一只鸟飞了出来，成天叫着"苦哇，苦哇……"据说叫一百声，才能找到一条蚯蚓填肚。

五月底六月初的傍晚，走在水塘边，运气好的话，会看到一只体态绰约的白脸苦恶鸟，从荷叶梗下或是野荬白草丛中的水道间悠然游过，后面跟着它的孩子们——长长的一串黑茸茸的小苦恶鸟。它们的身影从水面上静静地掠过，恍惚间，水中如同有着它们说不清的前世。有许多小鱼儿在水面上跳，大阵的琥珀色蜻蜓兴致盎然地用尾巴点着水，空气中充满了金银花的醉人芳香……一只晚航的大鸟飞过头顶上方。突然，从塘埂那头跑来两只吃草的羊，咩咩叫了起来。受此惊吓，一阵水花"哗哗"响过，那些可爱的小苦恶鸟仿照着前面的老鸟，屁股一翘，一只跟着一只潜入水底去了。

"养媳妇当婆婆，慢慢熬。"——猜一生肖。

你猜着了吗？就是羊呀。"羊"温驯善良，又与"养"同音。

大奶奶

大奶奶，

精怪怪，

睡在床上不起来。

儿子称肉来，

孙子打酒来，

大奶奶，

一骨碌爬起来……

　　大奶奶经常成精犯怪躺在床上不起来，都是有原因的。大奶奶一双小脚如同粽子，行动不便，走路离不了拄杖。看到她颤悠悠地一捣一捣走来，只要她的孙子光头猴和毛伢子不在场，就会有人跟在后面喊："一走一捣，捣通小桥……"接着就哄唱："大奶奶，尖尖脚，老虎来了跑不脱！"大奶奶听到了，转身挥起拄杖，作要打人状，吓得小屁孩们作鸟兽散。

罩一件洗得发白的斜襟长衫、挽着巴巴髻的大奶奶，眼亮牙也亮，的确有许多精怪处。大奶奶屋里供着天花娘娘和水花娘娘的神龛，小孩子过麻花（麻疹），求了土地婆婆，还要过来求娘娘。清明节里大大小小坟上标的白花花纸钱，几乎全是从大奶奶手里铰出的。她系的围腰带，蓝底上绣着红白相间的"卍"字挑花图案，十分惹眼，腰带间总是斜插一把黑亮的刮痧板。有人头疼脑热了，就过来刮痧。刮痧板用水牛角制成，有点像长方形的书签，边缘钝圆，抓在手里沁凉的。大奶奶还能拔火罐，一拔就是一个黑红粑粑印，要是在你背上拔了五个火罐就是五个粑粑印，要是拔了七个火罐就是七个粑粑印。冬天晚上去找光头猴和毛伢子玩，常听大奶奶坐在火桶里絮絮叨叨扯鬼经，讲吃小孩手指的老妖精，讲打水车拨子的水鬼，讲埂弯老坟滩上黑狗精追咬夭折的鬼火，讲夜里走路听到身后脚步声一定不要回头，左回头会吹灭左肩头阳魂之火，右回头会吹灭右肩头阳魂之火……

后来大奶奶就不再给人消灾解难，也不再扯鬼经和表彰自己的功德了，而且脾气渐大，一不如意，不吃不喝躺在床上，几个儿媳轮流侍候。大儿媳一双脚先前缠过后来又放弃了，是"解放脚"，鞋里头塞着棉花，这让大奶奶常摇头表示不屑。背地里有人骂老精怪，说："老了脱壳，有的活！"大奶奶儿孙众多，要出门走亲戚，儿子们就将一张竹榻四脚朝天翻过来，两边绑上长木杠，垫上棉被，做成躺床，抬了就走。

有一天，家里人怎么也找不到大奶奶……最后只好去落弓桥求大奶奶的一个老姐妹。老姐妹给接来，打了个哈欠，让"仙姑老太"附上身，掐着指头一番念叨，就给算出来了，说："出你家门向东北方向走十步远是不是有一个草堆？人就在那里。"家人找到那个草堆，先看到一只黄鼠狼，周围一股浓烈的酒气，再往里面，终于见到了人……老太太抱着个酒瓶子，仰天躺着，四肢向上蜷曲着。醒了后，还问别人，我身上怎么有这么大的酒气？

和外婆不同，大奶奶是最后一批裹小脚的女人。在毛伢子的引荐下，西宁有幸看到那对三寸金莲的模样，惊得一双眼睛瞪老大：两只小脚被扭曲得不成模样，脚背高高隆起，趾骨弯曲，五个脚趾紧紧挤在一起，变成了一个尖三角，除了一个大趾外，其他四个脚趾已退化成花生粒大小的颗粒。

"小脚一双，眼水一缸……"裹脚那真叫苦呵。裹了脚，难过活；小脚裹得小，做事做不了；小脚裹得尖，走路喊皇天……女人哪能逃得了裹脚哩？早先三联圩沈万才家的四姑娘，人喊"抱小姐"，就是一双脚太小，跨不过门槛，进进出出都得要人抱。大奶奶特别喜欢西宁，絮絮叨叨不停：先前的女人，哪许挺奶子翘屁股，女伢早早就要束胸，脚没裹小，会嫁不出去，被人骂作"丑死了"，连娘老子都要捎带挨骂。她讲自己五岁半开始裹脚，姆妈先用热水将她的双脚泡软，把大趾外的其他四趾朝脚心拗扭，在脚趾缝里撒上明矾粉，拿白棉布裹紧，塞进尖头弓鞋里，白天让人扶着行走，活动血脉。夜里脱了鞋，裹脚布还要用线缝紧，防止松脱。一双脚痛得不能着地，晚上睡床上火烧火燎地痛，有时肿得黑紫……半夜哭醒是常有的事，经常一夜不能眠，把脚贴在墙面上取一点凉。第二天早上又得解开重缠，又哭又喊，神仙也救不了。天天加力裹，脚心窝进……再往后，就不晓得痛了。

如今的大奶奶，不用裹脚布了。早上起来，两脚先套上一双厚袜一样的软鞋，再塞入弓鞋里，用力蹬紧，就下了地。没事时，大奶奶坐在加了小碎花棉垫的高背竹椅子上，穿针走线，亲自动手做出一双双鞋，有软的，有硬的，常常拿出来晒，像搞展览一样，摆满一张竹榻。

她床头那个簸箩里装着许多布片，都是从旧衣上剪下的边角料。积攒到一定数量，就让儿媳们打一锅糨糊，再卸了门板扛到墙根下，刷一层糨糊贴一层布片，在太阳下晒成干壳，称作铺衬。把几层铺衬叠一起剪成鞋样后，衬上麻笋壳和里外两层新布，再滚上一圈边条，就能交给儿媳们纳鞋底了。纳鞋底用细麻绳，每纳一下，把针在头发上蹭一下，然后用套在中指的铜针箍一顶，引过的麻绳绕在锥子把儿上使劲地拽勒紧，那密密麻麻的针脚就留在鞋底上了。针脚细密，鞋底才耐磨。

最后一年，大奶奶做了几十双鞋，形制各异，五颜六色，有绑带面的，也有松紧面的，还有绣了狮子、老虎花纹的小鞋……却没有一双是弓鞋。原来，老太太感觉自己活不多长了，就把鞋都做给了后辈，其中有几款老虎头婴儿鞋，是留给未出世的重孙们的。

又到了清明，稻种播下秧床。特意留下一饭箩长胡子芽稻，磨了发酵后，做成香甜的芽稻粑粑。几个小把戏边吃边哼："奶奶奶奶你不信，锅里七个粑粑印……"只是，到了晚上他们再也没人敢跟奶奶睡觉了，怕夜里被她将手指啃吃了。

小白菜

小白菜，

地里黄，

三岁头上没了娘。

跟着大大还好过呀，

就怕大大讨后娘。

亲娘呀，亲娘呀……

后娘来了一年半，

生了个弟弟比我强。

弟弟穿衣绫罗缎，

我要穿衣粗布衣；

弟弟吃面我喝汤，

端起碗来泪汪汪。

亲娘呀亲娘呀……

青滩埂往下，程家涝有个叫小白菜的，也不晓得她本来就这样叫，还是亲娘去世后别人改称的。

　　数年前的一个秋日，埂弯老坟滩那里传来悲切的唢呐调和一个小女伢凄惶的哭声，满圩里人才知道打鱼的程大脚的老婆死了。死了亲娘的小女伢，顶着一头营养不良的稀拉黄毛，尖下巴，兔子牙，两只小手蜷起来，像小鸡的爪子。"月光光，星亮亮，回到家里没亲娘——"谁提到亲娘，或是一个异样的眼神，她就会哭。

　　又过了两年，程大脚领回一个喊作"秧子"的脸皮黄黄的女人。一年工夫，女人面色红润起来，生下一个男孩，取名二萝卜。很快，二萝卜后面又有了三萝卜……一下多了三四张吃饭的嘴，任凭程大脚田里、塘里怎样发力，日子也过得艰难。

　　天气转暖，春天说来就来了，大树小树都披上让人喜欢的嫩绿色，塘脚边两棵杏树已经开满繁花。清明前后，种瓜点豆。人们忽然看到埂塘边程大脚家那块菜地有了变化，"秧子"后娘挥锄使锹，把泥土细细地掰碎，耙平，小白菜跟在后头用小铁铲拾掇利索。整出一块块苗床，撒上许多菜种，浇了水，又盖上稻草。不几天，掀去稻草，冒出一片活泼鲜青的菜秧子。

　　原来，女人先前在镇郊时就是育种卖菜秧子的，如今她又重拾这门手艺救急。但也不是什么季节的菜秧子都能卖钱，只有那些萌芽差或早春就要下土的黄瓜、瓠子及茄子、辣椒种子，才须特别处理，提壮秧苗……其他像豆角、四季豆、南瓜、丝瓜什么的，将种子点到土里就行，哪要如此烦琐侍弄。

西宁在外婆的指导下育过茄子、辣椒秧，种子先放在温水里浸泡，再用布包上，晚上睡觉还要放被窝里孵，在温暖和湿润的环境里，才好生出白白的小芽。小白菜家那块秧床的土都是用牛粪草烧过的，再拿箩筛筛一遍，特别细碎、肥沃，泛着油黑的光。拿排刀在秧床上每隔一两寸就切一道小沟，小白菜小心翼翼地一粒一粒地插着豆种，用心保护着它们的小白芽。那么一大片种子，整整齐齐地站成一排排，犹如学校操场上排队的学生。插好种子，一丝不苟地撒一层均匀的毛灰，再薄薄地铺一层草。每天早晚，拎了个白铁皮焊的花洒子对上面喷水。几天后，掀去草，嫩嫩的小苗长出来，整个秧床被一块块绿色覆盖，看上去就喜人。

等菜秧子长到手指头长时，大清早带露拔起，十棵或二十棵一把，用大叶杨的叶子包了，外面扎一截稻草，放竹篮里让小白菜拎到外面卖……一茬一茬的秧子，一茬一茬地卖。一个比吃饭桌子高不了多少的黄瘦女伢，挽着竹篮走过一村又一村，稚嫩的叫卖声任谁听了也心酸。人们两分钱一把或是一个鸡蛋三把地帮衬着，好让苦命的孩子早点卖完菜秧回家。

"六月里日头，晚娘的拳头"，六月盛夏日头太强烈，晒在身上火辣辣疼，但是后妈的狠毒还要超出。小白菜黄瘦，她的弟弟萝卜们白胖，这一切似乎都暗合了那首歌谣。晚娘都没有好心肠的，小白菜从一开始就缺水少肥，注定命比黄连苦。"抬头看见月亮想亲娘，清明时节哭亲娘，思亲娘啊哭亲娘……"忘不了那个冥纸伴着芦絮低舞的秋日，人们充分发挥着自己的想象，几乎是痛恨程大脚：有了眼前的老婆，就忘了前妻，忘了自己的亲生女儿。

挨打挨骂的事，从未有外人撞见过。倒是小白菜渐渐有了变化，头上光鲜，衣裳也不邋遢了，和萝卜弟弟们站在一起，无论黄瘦白胖，眼神都是一样的清亮，纯如小狗小猫。他们家屋前的地里，一横六竖的菜垄总是拾掇得干净悦目。靠近水塘一角的老桑树下堆了几个稻草垛，掀开某个草垛的底角，被捂得黄嫩的草里蹦跶着各种蛐蛐，表明一个秋天行将结束。

这一年秋天来得早去得也早，双晚稻出穗却让人叹息，田里歉收是明摆着的。今年不如往常，往常还收三担稻，今年收个稻种包。没的吃，没的烧，白菜梗子炒辣椒。天气逐渐寒凉，夜晚，贴近地面的水汽在草木上凝结成白色水珠。西宁知道，这便是"白露"的来由。"白露田中一片空"，除晚秋稻子外，所有庄稼已全部割完，稻草也挑上来了。从青滩埂到程家涝，各家门口的大小场地，堆满了大大小小的草堆垛，像宝塔，像粮囤。"寒露小麦霜降菜，秋风育菜秧。"这样的季节里，总是小白菜和她的"秧子"晚娘在地头忙碌着，萝卜们则在旁边尽情玩耍。

北方那边将大包菜叫作白菜，但本地人从未种过大包菜，故白菜、青菜就混归一统，都成了青菜的称呼。而在所有的蔬菜里，又数种小白菜有意思。它长得快，一畦地，种子撒下去，盖上稻草，早上洒水，傍晚掀草……两叶小芽秧一出土，就齐刷刷地长。一天一个样，碧叶水灵，绿茵茵一片。老话说"小白菜是挤着长的"，一点没说错，小白菜生性好挤，团队精神极好，兄弟姐妹长一起，那情景真是很养眼的。

白菜秧子分量大，不可能提篮叫卖，都是人家担着箩筐上门来买，这有一个专属称呼，叫"判白菜秧子"。来到地头，抽下扁担放倒在菜畦上量，一扁担一个买卖单位，通常的说法就是"判"几扁担菜秧子。小白菜又称"水白菜"，菜秧子买回家栽到地里，只要水浇得勤，两天就返青，定了根后，施上浓淡相宜的肥料，便又是一茬疯长。"小白菜，弯弯腰，我是亲娘小娇娇……"隔着株距行距，一棵棵白菜体形优美，线条流畅，白绿相间，令人喜爱。

白菜长到一定时候，也会抽薹开出一片黄灿灿的花。这通常都是春深时节，桃红柳绿……比白菜开花更有阵势的，当然是油菜花了。白菜与油菜，都是同宗姐妹，可以相互漂移和走动，相互拿来说事。所以说起白菜想到油菜，说到油菜也是在比喻白菜。"油菜花，满地黄，七岁八岁没了娘。跟着大大还好过，不久后娘讨回家。后娘讨来一年整，生了弟弟比我强。他吃肉，我喝汤，拿起碗筷泪汪汪。我想亲娘在梦中，亲娘想我一阵风……"

歌声飘在静静的花丛中，飘在寂寂的树梢上。

大 头

大头大头，

下雨不愁，

人家打伞，

我能打头。

头大的人实在太多，随便捞个姓王、姓李的大头，都能编歌唱："× 大头，爬墙头，三块瓦，打破头，奶奶哭，老娘揉，哎哟哎哟……我的乖乖 × 大头！"有时不仅动嘴，还要动手，少不了上演一场好戏。

渡口旁边，靠粮库一侧，吴大郎的修伞店生意一年到头不错。吴大郎脑袋奇大，像一个大冬瓜顶在细脖子上，当胸系着的围裙下面罩一对罗圈腿，站着并不比坐着高多少。那时多是油纸伞，竹制的细骨在伞面下一根根密密排列，收起来就是很粗的一把，或者快要算得上一捆了。油纸做伞面容易戳破，相比起来，油布伞就结实多了，伞骨硬朗，不必排列得很密。但也因为油布会老化、收缩，绷紧了力道太足，七八根竹制的粗伞骨撑不住，越发被拗弯，容易折断。

开修伞铺子，要会干各行各业的手工活，才好对付这样那样的毛病。油纸伞戳破洞，吴大郎就剪块桃花纸贴上去，再刷上一种既当胶水又当隔雨油膜的涂料，颜色还得和原来的一样。要是人家拿把布伞来打补丁，就得捏针穿线，依着那洞的大小，用剪刀剪出同颜面的布，再细细缝好……有时他又成了篾匠，对付竹制的伞撑和伞骨，剖篾，起簧，还要拿一把皮钻在那上边钻上细细的洞眼，穿铁丝。

吴大郎的手艺自是没得说的，再破旧的伞，到他手中三两下一收拾，就给整治得有模有样。收费时，那张冬瓜脸上会显出一副老练圆滑的认真表情，说本当收多少多少，看在老熟人的面子上，他就只收点工夫钱吧……当然，年头实在久了，伞坏到不值得修的程度，或者是脱胎换骨地整修还不如新买一把划算，就劝你不如把破伞折一两角钱卖给他算了。他会拆卸下还能用的零碎东西，日后修补到另一把旧伞上。

吴大郎做过一柄极精致的小伞，没有纸和伞布，光剩伞骨，这伞撑开来也就有脸盆大。他干活累了，要休息一下，就把这柄小伞插在一个石头洞眼里，在每根伞骨子上系上各种小玩具，如小关刀、小水桶、小镜子等。然后，从一只木箱子里抓出一只拇指大的训练有素的小老鼠放在伞顶上，嘴里发出只有老鼠能听懂的信号。如要老鼠玩刀，老鼠便会爬到系着小关刀的伞骨子处，用爪子玩起小刀来；要老鼠提水，老鼠又会利索地跑到伞骨子尖处，扯起系桶的绳子玩起来……很是神奇精灵。

吴大郎貌丑，心里却极灵慧，还无师自通地学会了画画。有爱漂亮的妹子请吴大郎用鲜艳的红绿色彩在自己的阳伞上添上牡丹花或凤凰鸟，打出去就是一道好风景。鉴于吴大郎门户守得严，账算得精，尤其是他那个精灵老鼠从不轻易示人，有淘气的孩子就编了词唱："吴大郎，大头鬼，对着缸，喝不到水，讨个老婆瘪瘪嘴！"

其实，在西宁看来，吴大郎的老婆除了嘴有点塌外，真说不出来还有哪里不好。那女人叫香香，里外一把好手，不知怎么就看上了吴大郎。听人说，正是有了好帮衬，吴大郎才将渡口的小摊子发展成了眼下的店铺，免去了风吹日晒。铺子是两年前从一个裁缝手里顶下的，前面是店堂，后面住家，一道篾笆墙隔开前后，篾笆墙上贴了一张胖娃娃的年画。店堂正中有把竹躺椅，吴大郎累了就躺下来靠靠。一张小方竹桌，摆满修伞工具：尖嘴钳、铁锤、剪刀、钢锉、螺丝刀、成卷的铁丝，还有一个装了针线、顶针箍等小件的铁盒子。墙角箩筐里，插满各式各样的伞骨架，几捆伞纸、伞布和一桶桐油也搁在旁边，那个装着能玩刀提水神奇小老鼠的木箱，则搁在窗下桌档里。

他们家住室的窗户不高，但嵌着一排结实的铁条，窗台外是一片菜地。正是初夏时节，地里的茄子、辣椒开出细碎的小花，豇豆起秧架藤子，架下的空当里，长着苋菜和空心菜，看上去那么爽心和亲切。这天，香香一早就上了老三的渡船，回对河娘家去了。快近中午，天热起来，吴大郎就把手里的活拿到屋外做。那处高坡正对渡口，右侧是他家的菜地，左侧有一堵粮库的废墙刚好挡住了太阳，小南风悠悠吹来，很是惬意。

不知何时，一个跛腿老乞丐走到面前，眼巴巴地朝他望着。吴大郎看他眼里露出饥饿的神色，遂去屋里把香香做好的饭菜盛出大半递上。老乞丐也不客气，接过来一气吃完，用衣袖抹抹嘴就走了……走出十来步远，又回来将手中一颗核桃给了吴大郎，说是能讨吉利。核桃用一条红线穿着，黑褐的表面光滑发亮，放出一丝诡异的幽光。

太阳顶中，那堵墙快挡不住光照了。吴大郎自己后来对人说，他是贪念小南风吹在身上舒适，就没挪回屋。他已修好两把伞，手头歇下来有点无聊，就从口袋里摸出老乞丐给的核桃把玩。那拴核桃的红线突然断了，核桃掉在地上，骨碌碌往坡下滚去，于是起身就去捡。刚弯腰捡到核桃时，身后传来轰隆一声巨响……刚才坐那里的墙倒了，灰尘起处，那些工具连同刚修好的两把伞和小椅子，全都埋在一大堆砖头和土坯下……吴大郎看呆了，真是好心有好报，要不是捡核桃，不死也是重伤呵！

小木匠

拉大锯，

解大板，

八仙桌子摆花碗。

请你姑，

喊你姨，

接你家婆来坐席。

木匠各地都有，但"三分下料七分做"，就好比写毛笔字，不同的人写不同的字，不同的木匠手艺也不一样。像三联圩的"板爷"，他做出的活计，基本都是卯榫结构，不用一个铁钉。

队长拓佬要打一房家具，给大儿子平水订亲，差不多在半年前就打招呼预约了"板爷"。开工前，先借一条砍凳来家。砍凳都是伤痕累累，不知用什么树木做的，反正很大很重，也很硬，木匠们就在它上面用斧子砍木头，把圆木砍成方形，把弯的砍成直的……有木匠来干活，一个村子的孩子都透着兴奋劲儿。

"板爷"带着两个徒弟上门了。叫黑尼的是个膀大腰圆的壮小伙，另一个却让人看着奇怪，只有十三四岁的样子，脑后还拖一条半尺长的小辫，被喊作小辫子。有句老话叫"教会了徒弟，饿死了师傅"，所以师傅从来不在家门口收徒。"板爷"自己介绍，大徒弟家在江北，小辫子则是徽州山里伢，都是亲戚介绍来的。徒弟住在师傅家，早朝起床，要帮师娘掏锅灶灰，要扫院子，还要把水缸挑满。

木匠来了先解（读"改"音）板，把打过墨线的树段子绑到大树干上，两个徒弟你推我送地对拉大锯。大锯也称二人抬，锯齿大，向两面斜出，专用来开料解板。小辫子个矮，站在板凳上拉，拉了一阵，再把树段子颠倒过来拉，直到将一段树分解成一块块薄板，白花花堆了一地。总是有人喜欢围着小辫子，看他干活。长得比小辫子还要矮的三矮子几次想摸小辫没摸成，就模仿拉锯动作，带几分挑衅地喊："解锯，解锯，解倒槐树。槐树倒了，木匠跑了。跑到山上，掉了干粮。回去找找，掉了帽帽。再去找找，找到个破棉袄。"岂知人家却咧嘴露出一对兔牙笑笑，并不把这话当回事。倒是有一次见三矮子头上斜戴了顶看不出颜色的破鸭舌帽，小辫子就笑着说："帽子歪歪戴，老婆讨得快……"三矮子也笑笑，还要把帽子给小辫子戴。

板解好，"板爷"终于要出手干活了。俗语说"木匠斧子一面砍"，"板爷"似乎总是有砍不完的木料，顺着茬砍，戗着茬砍，砍一会儿放眼前吊一吊线，再砍。黑尼坐在砍凳上打榫眼，左手握凿，右手举斧。斧子既能砍，又能砸，还能敲钉子，作用太大了，但要经常磨，这都是小辫子的事。还有手钻也很别致，打开呈十字形，钻头上铁钉银光闪亮，钻眼时，左手握紧钻杆顶端的轴柄，右手如拉二胡一般拉几下，一个眼就钻好了。干活前，小辫子要给师傅和师兄把工具摆好，斧子、刨子、锯子、凿子、小钻、墨斗、直尺……大的、小的，木质的、铁质的，形状各异，惹得旁边看热闹的孩子总是想伸手摸一把，但这是犯忌的。"三分手艺，七分家伙"，凡是手艺人，都不让别人随便翻动他们的家伙。

干活期间，小辫子还要给师傅、师兄倒茶水，递毛巾。中午，趁师傅吃烟喝水，要赶紧把工具磨快，坏了的要及时修理。师傅吃的烟叫黄烟，是一种切得很细的黄灿灿烟丝。烟具是一截小指粗、一尺多长、中间打通的竹竿，一端留有鸟头那样尖翘的包着铜饰的根兜，中间挖一个比豆粒稍大的用于按放烟丝的孔穴。师傅做活做累了，就停下来喊小辫子把黄烟拿给他吃，顺带把纸捻子点上。他左手食指与中指夹烟杆，掌心托着开启的装有黄烟的铁匣，右手指间夹一根燃着的纸捻子；捏一撮烟丝捻成小团按入烟杆一端的孔穴里，将纸捻子噘口吹出明火，点向孔穴中的烟丝，衔在口中便抽出浓烟来。三两口过后，"噗"地吹掉那端烟灰烬，若一两口没吹掉，便往桌椅或墙根上敲几下。

看他们吃饭，也能看出门道：师傅不动筷子，徒弟不敢吃。师傅的筷子伸向哪个菜，徒弟也跟着吃哪些，徒弟不能想夹就夹……师傅丢下碗，徒弟没吃饱也得跟着丢下碗。拓佬当队长的，嗓门大，有时夹菜到小辫子碗里："吃吃吃，哪来格些讲究！多吃多长个子……"大家在一旁看笑了，给小辫子使眼色，似乎也是鼓励他多吃，那些好菜，不吃才孬哩。混熟了，在一起穷聊，小辫子告诉大家说，木匠眼里最好的木头是香椿，树身又直又紧实，颜色红，有香气，被皇帝封为百木之王。桑树气量小，听到了这个消息，当场就把肚子气破了。所以现在你看到的桑树，总是长不高，并且长到一定的时候树皮就爆裂了。还有水塘边的柳树要是长得弯曲了能成精……他们曾经做过活的一户人家，女主人突然得了怪病，一向挺直的腰背不知为何越来越弯，看过医生，都没用。后来师傅去了，在他们家菜园塘边找到了一棵弯腰勾背的柳树，把这棵树砍了，病人就好了。

他还透露了一个秘密，有一次，师哥黑尼一不小心，将已成形的八仙桌子的一条腿锯掉了一寸多……师傅急中生智，立刻把另外三条腿也锯下一截，再用椿树雕刻了四只老虎脚，抠出凹槽，严丝合缝地装在了桌腿上，不知底细的主人连伸大拇指夸赞。有人便问他那句老话"木匠的斧子厨子的刀，光棍的行李大姑娘的腰"，大姑娘的腰有什么窍门吗？小辫子抓耳挠腮答不上来，只好说："哪天问问我师兄吧。"

三矮子和光头猴都想做一把手枪，小辫子理所当然予以支持，且用的就是香椿下脚料。枪身做好，装上撞机和皮筋，子弹是火辣子，能在货郎担上买到，鲜红的一板有一百多粒。把皮筋拉着的撞机扳上去，往枪膛铁片上贴好火辣子，然后大拇指摁着一顶，撞机猛然前推，"叭"就炸开了，特别过瘾。

还有下流坯，也是小辫子又砍又刨帮忙做出来的。下流坯上圆下尖，头面平整，肚子凸圆，大小相当于手电筒的电池，用绳子在它的上部缠几圈，猛一抽，就旋转起来。"下流坯，不打要撒尿——"不停地抽，它就不停地旋转，在凹凸不平的泥地上蹦跳不休。要是一块场地上有十多个下流坯飞转，十多杆鞭子"啪啪"作响，那场面甚是壮观。

木匠活终于做完，拓佬家堂屋里放满白花花的家具。"板爷"领着两个徒弟收拾好工具转往下一家去了。

下流坯玩了一阵，大家都收手，兴趣又转移到别的方面去了。只是再看到有人家请来木匠上门做活，才又想起小辫子。

三矮子家屋后有一棵香椿树，是全村都望得见的最高的树，被喊作"椿树王"。每年的大年三十晚上，三矮子都要端一碗肉汤浇到树根下，一边浇，一边嘴里念叨有声："椿树王，椿树王，我们两个一齐长，你长粗，我长长……"

139

打铁两兄弟

张打铁，李打铁，

打把剪子送姐姐；

姐姐留我歇，我不歇，

我要回家学打铁。

一打打到正月正，

家家门口挂红灯；

一打打到二月二，

前头村口挑野菜；

一打打到三月三，

三月喜雀闹牡丹；

一打打到四月四，

一个铜钱四个字；

一打打到五月五，

划破龙船打破鼓……

这是一首流传极广、不知多少代人唱过的童谣。两个伙伴到一起，不论男女，只要有一人提议，另一人立即响应，伸出巴掌对拍，交叉拍……边拍边唱，噼里啪啦，很有节奏，围观的也帮唱，好不开心。

陈打铁的铺子，在渡口上埂处，离那棵老桦树不远，是从路边的一幢老房子厚实的砖墙上开了个门，门头上有"陈记铁匠铺"几个字。夏天，因为怕太阳晒，檐口撑出一块灰白的布帘子，下面一张低矮的木案上，整齐地摆着锄头、镰刀、粪耙、铁叉等农具和菜刀、火钳、链条、抓钩等生活用具。

进了屋，里面别有洞天，高大宽敞，像个仓库。屋顶有亮瓦，塌垮的墙头露着一大片缺口，阳光循着声响照进来，风也能轻易吹入。墙边，有一个半圆带烟囱的打铁炉，炭火烧得很旺，墙壁早被熏黑，墙角地上摆着一大堆铁件，一边还放了个装满水的大钵。炉子前坐两个人：一人持钳把握铁块，一人拉风箱，风箱停下来就拿起大锤锤打。陈打铁矮而壮实，看上去三十多岁的样子，一只左眼有点残，炭火星溅的，身上系的深色围裙上尽是斑斑点点的烫洞，脚上的鞋也有许多烫洞。他的手显得特别大而有力，打铁的架势有板有眼。那一个同样壮实且年轻的是陈二铁，由此而知，陈打铁原来应是"陈大铁"。

陈打铁左手持一把黑铁钳，熟练地夹起一块铁棒，放在炉火中烧，二铁拉着风箱呼哒呼哒地鼓风。待铁棒烧红，陈打铁将其夹出，放在铁砧上，右手里那只三斤重的小锤"叮"的一声敲在铁砧子的"耳朵"上，仿佛是试敲，第二锤才落在红铁棒上。伺候在旁的二铁得了小锤指令，立即抢起大锤砸下……"叮当叮！""叮当！叮当！""叮当叮！""叮当！叮当！""叮叮当——叮叮当！"小锤落哪里，大锤也精准地打在哪里，兄弟俩你一下我一下，在四溅的火星里砸出一片金属的亮声。

　　没事时，西宁常跑过来看他们干活，他喜欢那一蹿一蹿的炉火，喜欢那叮叮当当的悦耳声。看久了，便能看出许多门道。打铁有"锤语"，小锤敲得急，大锤也砸得急；小锤敲得慢，大锤就跟着慢。单击与连击，轻击与重击，均由"锤语"引导……若是小锤再一次敲打在铁砧"耳朵"上，大锤就要停下来。

　　兄弟俩将铁棒打出一个尖头，然后折弯，铁棒的颜色重又暗下来，埋入炽红炭火里烧，取出，再打。最终，将成形的铁件放入淬火的水钵里，滋的一声，一溜青烟冒起，这样的铁件才算真正坚硬了。稍稍歇上一会儿，到水缸里舀出凉水，仰头喝个痛快。二铁给炉子添了一小锹碎煤，重新放上了两根粗铁棒，又拉动风箱，蓝色的火苗呼啦一下四散升起，要冲出来的样子。

　　所谓"趁热打铁"，打铁时的温度很重要，要是温度已降，颜色也暗了下来，还在锤打，铁件被打裂，修补麻烦，很难再敲到一起去。说割麦、栽秧、捞泥巴是最累人的三样农活，人生三大苦，则是打铁、拉锯、磨豆腐……打铁排第一，说明确实苦。打铁是力气活，你看那二铁，挥甩很大的锤子，每一锤都要狠劲砸下，黝黑发亮的赤膊上，总是挂满汗珠。虽说陈打铁把铁块稍为轻松，但须凭目测把握火候，不断翻动铁料，与砸大锤的二铁配合默契。所谓打仗要父子兵，打铁需亲兄弟，这兄弟俩配合，不用讲一句话就心领神会，只管闷头去打，精准而简约。

人们喜爱兄弟俩打的刀具，他们打的菜刀很讲究工艺技巧，两片铁包着一片钢，反复地折叠、锻打，打出来的刃口比纸还要薄，特别锋利，真有吹毛立断之功效。兄弟俩合力加工过最粗重的零件，就是长塘村油坊里用的锤头，榨油必须由人工操控锤头使劲撞击压榨，将木槽中的菜籽油挤榨出来。而这种纯铁锤头一个就是三十多斤重，锻打时，陈打铁用铁钳牢牢夹住锤头，二铁则甩开膀子挥锤对准烧得通红的锤头一番猛砸，直到锤头成形。他们还打制过秒地用的铁耙，给船上人打制过较为复杂的铁锚。

兄弟俩是三年前从外地过来的，几乎和西宁同时到的青滩埂，家室在河沿外坡，半砖半土的墙壁，半瓦半毡的顶盖。一年前的洪水将屋子泡塌一半，倒了一方墙，连房顶都是以后修补的。屋子里却有个长得很周正的年轻女人，喊作水妹妮。一女侍候二男，难免有一些难听的话传出来。不管怎么说，有女人缝补浆洗，操持一日三餐，屋子收拾得干净明朗，连外面坎坡也爬满南瓜和葫芦的翠碧藤蔓。新稻登场，水妹妮生下一个男伢。人们交头接耳猜测这到底是老大名下还是老二名下的……当事人不讲，留给外人的只能永远是个谜。外婆和余师母还有队长的老婆腊英都帮忙照料过月婆，村里许多人给他们送过东西。

月亮亮亮地照着的夜晚，从他们那个小屋旁走过，昏黄的灯光在窗户上映现出年轻母亲抱着孩子的剪影。有时孩子哭了，便能听到水妹妮边拍边哄，有轻轻吟唱声传出来："一打铁，二打铁，打把剪子送姐姐。姐姐留我歇，我不歇，我要家去学打铁。打到正月正，家家门口挂红灯；打到二月二，番瓜葫芦落了地；打到三月三，野菜花上赏牡丹；打到四月四，一个铜钱四个字；打到五月五，杀鸡杀鸭过端午……"

夏天很快过去了。秋天的时候，陈打铁收拾了一副带有被袱卷的铁匠担子一肩挑出了门。

深秋的河流，寂静而幽凉，偶尔有南飞的雁影从水面上掠过……那以后，再也没见陈打铁回来。

船拐子

日头沉地落，

船拐子拉断索，

乌龟淘米背个钵，

虾子挑水刮个脚。

  江南的河流，就像树上的枝，枝上的叶，叶上的经络，数也数不过来。有水道，自然就有悠悠地来了又悠悠转去的行船，总是有几只水鸟跟着船走，呱呱叫几声，又飞走了。有时，从河的上游不知怎么就漂来了长长一溜木排或是竹筏，排上搭着小棚，一只或两只牛背鹭缩着颈子静静地立在排尾，被风领航，载向远方。行船人的柴米生涯，就是在这样的时光里一点点积攒起来的。

  船上用品，比如脸盆、水缸和吃饭碗，都是木制的，无论船怎样颠簸，都不用担心摔坏碰碎。俗话说，行船走马三分险，小心能驶万年船。因为水上不似陆地，船家一年四季打赤脚，撑的是篙，扯的是帆，所以讲究多忌讳多。"天亮了，鸡叫了，船拐子起来屙尿了。烧根香，拜菩萨，保佑起风不起浪。"事实上，男人不许站在船头撒尿，不可脚踏两只船，女人不可抬腿从船头跨越。就连修船也有讲究，比如把船翻过来补底板，不能叫"翻过来"，要叫"滑过来"。为了镇水怪，船尾架一把长柄大木刀。靠岸停泊，船头一律迎向上水。

在大江大河里行船跑码头的人，走南闯北，见多识广，能说会道，心思活络，是所谓"一肚子拐"，再加上那些古怪的忌讳，因此被称为"船拐子"。船上当家的不兴喊"老板"，"老板"与"捞板"谐音。尽量不和姓陈及姓方的打交道。据讲，正是此举惹恼了一些人，他们才编了话教小孩子站在岸上喊："大脸盆，小脸盆，船拐子，船要沉！""大船湾，小船湾，船拐子，船要翻！"还有，"船拐子，背袋子，掉到河里鼓泡子……"

这讲的是运粮、运肥、运石灰、运生产资料的船，体大，桅高，下江入湖，跑远程。由于吃水重，只有在丰水期，这类船才能一只连一只进入经络一样的汉河。船行进在河里，纤夫在岸上拉，有时还要喊号子。一条船就是一户人家，男女老少都有，女孩子长得豆芽菜一样白净，还养了鸡和狗。有的船上有矿石收音机，架了天线。船靠在岸边，一块长长的跳板是上岸的路。每天傍晚，他们都会用木桶打水冲洗舷帮，拿拖把在船上反复擦抹。

146

夏秋交接时，农民交清公粮卖余粮，青滩渡粮库场院外排满等待过磅的箩袋，人山人海。都是干透的稻子，抓上一把咬几颗，嘣嘣脆响。这边进仓，那边灌包扛上船，马上运走，运往一个很远很远的地方吧……那些粮船上的人穿戴体面，眼里有神，讲着城里人的话。他们在岸边老柳树下系一张吊床，悠悠然躺在里面，把两条腿搭在外面晃着。时常走到村子里买蔬菜及一些鸡鸭鱼蛋，算账特别精明，把一毛钱说成一角钱，一块钱说成一元钱。夜色降临，每艘船上亮起灯，灯光随着水流一漾一漾，像是梦幻。总之，有运粮船来了，连西宁都莫名兴奋，觉得他们带来了一种新鲜生活。而船上人每次看到夹在一群混小子中的西宁，眼中也是微露诧异之色。

再后来，渐渐有了机器船，突突突响着溯水开上来，船后拖着一两个盖着灰绿帆布的平驳。只要有响声传来，大家就跑向河滩，扒掉短裤跳入水中，争先恐后地朝驳船游去。追上了，抠紧船帮让船带着前行，十分惬意。要是前面拖船上无人干涉，就爬上船，站成两排，喊"一二三"一起往下跳，比赛看谁一个猛子能扎最远。从船底穿过时，几乎是贴住河床，尽管有泥沙给搅起，但仍能清楚看到长发一样的绿水草一起一伏。

有一种在漳河上载客的乌篷小船，通常是一个黑瘦的人抱一根开着许多裂口的木桨吱吱呀呀地摇……乘客二三人、十多人不等。坐在船头或舱中，看着两岸的景物缓缓变化。还有一种小板船，

147

船上有被褥、草席能睡觉，专门载客夜行，故叫"夜行船"。由县城到芜湖，终年航行，风雨无阻，遇到水涨或水枯时，篙桨操纵不便，便有人上岸背纤。

最多的是渔船，这些船不大，统统有着陈年旧色的外貌。翻开后舱盖，下面是一个小小的房间，有床有桌，麻雀虽小也五脏俱全。船尾梢上拴一只小盆，船头堆着渔网，或者其他渔具，贴船帮外沿搁着镣。镣乌漆墨黑，有两排长齿，状如一个"非"字。打镣时，人侧坐在盆里握着扁圆的镣柄在水底一来一回地划扫，一些沉底的鲫鱼、鲤鱼、黑鱼就会被利齿挂上。渔船上人即使歇着，手上也抓个小磨石不停打磨一种一两寸长的利钩，这就是滚鳞钩，一种专逮大鱼的极残忍的渔具。它们一个连一个系在细绳上放入水中，游鱼被挂上，肯定要翻滚挣扎，越滚动扎进身上的钩越多。扯钩也是一种利器，有小秤钩大，系在绳子上沉入塘底，捕鱼人拉着来回扯动，手上有感觉，将绳提起，准是一条三五斤重的大鱼被钩上来了。

下黄鳝笼子的苏北船，船和人一样黑瘦，每年都来，只是不知道今年来的是不是去年的那只……本地黄鳝笼子都是单口，而直角笼有两个进口，收获大得多。晚上担了一筐笼子去水田里放，清早起回，取签，倒鳝，手法极快。做完了这些，就拿个工兵铲一样的小锹去挖蚯蚓，到下午全家上阵把蚯蚓穿上竹签，再于暮色中挑出去放。总是带有几分神秘色彩的摸蚌船，也是从苏北那

148

边过来的。他们行到一处河段，就停下来，从船尾取下一个三角形铁篮，在水下拖来拖去，有时则套上黑胶衣下水，两个人搬个箩筐又是淘又是洗的忙碌不停……他们似乎只要那种蛤蜊大的蚌，也不知卖哪里去，有人猜是做纽扣用的。

船家一生一世就在水上漂，男人做生活，女人洗衣做饭，干活时搭帮手。小伢子怕掉水里，用绳子拴着，腰间系两个葫芦，来加一道保险。总是旧篷换新帆，这些船如同候鸟，夏秋来，冬天去。但有一只捕鱼船却例外，连续数年未移窝，或许是漳河里鱼太多，舍不得离开吧。

船主老刘，络腮胡，凸颧骨，自称是扬州人，领了一大两小仨丫头在船舱里钻进爬出，那么窄小的场子，不知怎么转得开身？"没娘女，真作孽，河里洗澡船上歇。"老刘那张旋网常常要浆，把渔网放在新鲜的猪血里浸透，再晾干，这样渔网就不吃水，耐腐蚀，出水时也轻快利索。大丫头管家，捕来鱼都是她拎到镇上卖。下霜后的大晴天里，常看见一个穿着黄白牛皮罩衣的毛脸汉子站在小划子里撒网收网，一个十四五岁的小姑娘撑竹篙，按照父亲的指点，把小划子一会儿撑到东一会儿撑到西。只是，父亲每一网撒下，她还不能熟练地将小划子固定住，会招来一阵轻声呵责。撒网打上来的鱼，大都是不到半斤的鲤拐子、红眼鲩、鲫巴子、桃花痴子，有时会打到乌龟。

后来那个卖鱼的大丫头不知怎么竟同九十殿的一个小伙子好

上了，嫁到岸上。就像有一根桩拴住了，这老刘走不远，索性在青滩埂外坡林子里搭了窝棚长住。

夏夜乘凉，幽微星光下，常听到埂头上有人像是捏着嗓子唱："扯起船帆回扬州，扬州过去到东洋，三个姐妹前后长。大姐把到九十殿，二姐嫁给海龙王，三姐没处把，留在船上做姑娘，姑娘做到头发白，穿红着绿过江北……"

渡　船

一二三，四花棍，

花棍五，五八索，

索渡船，收渡乡，

汉城江，汉而汉，

连声叹，探到底，

上来个铁拐李；

铁拐李，一脚蹬，

蹬开三万八千里。

两三个小儿，玩打花棍，各人手持一支"花棍"，边打边唱，见什么唱什么，唱词胡乱，亦颇有趣。索，在外婆抹的纸牌中也叫"条"，同时，索又是绳子的别称，但青滩埂人从来不说绳只说索，牛索、麻索、稻箩索。比如像茨菰河、女儿河上那种只拉着

151

绳却无人管的渡船，叫作"揪渡"，也叫"索渡"。说到"渡乡"，其实也是一种收费名目，文雅点应该写成"渡饷"才对。

上船过渡，边近人不必给船资，摆过来渡过去每趟都掏钱收钱，麻烦不说，乡里乡亲面子上也抹不开。于是，每年腊月尾，摆渡的丁三挑两只空稻箩，挨村挨户地去收渡乡。村人见丁三来了，倒茶递烟，寒暄几句，讲讲当年收成，然后有钱给个三元五元，没钱就从米缸里舀几筒子米倒进丁三的稻箩里，也有人用葫芦瓢端来些鸡蛋、鸭蛋……丁三不计较多少，一律收下，口里道声"多谢"，转身去另一家。一年收下来，据说也能抵上十多担稻子，除了养家活口，还可挤出一点资费修补渡船。

俗话说，隔河千里远。但隔河不隔渡，长长的河岸上，每隔数里远就有一处渡口。渡船没有篷，不大，船头宽宽正正，船尾尖尖翘起，舱内有横档，隔成几个小格子，船身经桐油油过多遍，呈深棕色。青滩渡形成于何时？没人能说得清，反正很早的时候精瘦的丁三就在这里摆渡了。实际上，丁三也才四十岁点头，但长得太老，脸皮如船身一样棕红粗糙，还有他那紧握船篙的大手，骨节嶙峋，青筋凸显，全无这一汪碧水带来的灵秀，所谓"干精精，瘦壳壳，一餐要吃五钵钵"。但有的孩子起哄唱"丁三丁三，不坐船帮，屁股焦干，生个鸭蛋"，不知是何道理。

丁三摆渡，靠一支带闪亮钻头的手腕粗竹篙，黄梅天水大时，竹篙触不到底，就从家里扛来一支木桨装到船帮沿桨桩上。竹篙一插到底，桨是斜平着挂水，所以人们把摇桨说成"摊桨"。平时，这样的船很少能坐满人，有时半天才上来一两个人，要是急着去对岸，丁三就拔出插在船鼻子里的竹篙，往岸上一点，再一使劲，船就离了岸，掉头往河心而去。丁三立身船头，凭一支竹篙，左撑一下，右撑一下，碰着船帮咚咚响，或是胸脯抵住篙梢踩着帮沿从船头走到船尾，船便在河中缓缓而行。微风徐徐，碧水澄清，侧身能看得清附在船底的青苔。要是碰上退水，岸边一片烂泥，丁三就从船头踢出一块跳板搭上，跳板上缠着一道道草绳，防止打滑。

丁三很尽职，不管刮风下雨、烈日当头，只要对岸有人叫喊，哪怕半夜三更，也要把船撑过来的。摆渡最苦要数寒冬腊月了，握着湿淋淋的竹篙，真是彻骨之冷。下雪天，蓑衣笠帽上一片白色，整个世界银装素裹，河水呈现出一种别样的黝黑，像是一道无底深渊……但不管怎样，渡都要摆，所以有人总结"世上三样苦，撑船、打铁、磨豆腐"。那一次，西宁跟着会计保生进城给爸爸拍一封电报，起大早赶路，月亮还在头顶挂着，天十分冷，地上一片白，分不清是严霜还是月光……未待放声叫喊，丁三已提着篙立在船头，他的船都摆过一个来回了。保生踏上船时嘿嘿一笑，念了一句："莫道君行早，更有早行人。"

外地人过渡，一次收三分钱。如果实在掏不出，或是大票子找不开，也就算了。倘若遇到故意不给钱的，丁三只是不屑地瞅他一眼，然后默不作声走开，去拔篙撑船。倒是船上的其他人看不过去，会发话："我说这位大哥，摆渡的手掌心当大路，方便大家，就格么三分钱嘛，给了吧……与人方便，自己方便。"那舍不得给钱的人便面红耳赤，讪讪地伸手到内衣口袋里，抠出带有体温的一枚或两枚银角子，轻轻扔入船头一个陶罐里。

每到过年过节和新正月里，是丁三最繁忙的时候。上街下镇、走亲访友都要过渡，提篮子的、挑担子的，什么人都有，有的坐在船帮上，有的坐在船舱里的横档上。一上船大家便聊开了，什么稻种啊，年成啊，分粮草啊，哪个队一个工分值多少钱，或张家走了老人，李家添了孙子，哪家盖房子了，还有哪个村的队长有魄力，哪家新媳妇过门才两天跟谁谁跑了……老头们从后腰带上摸出黄烟杆叭滋叭滋地抽着，呛人的烟味就在船头船尾弥漫开来。

慢慢地，船将拢岸了。立身于船头的丁三将手中的船篙抵向岸，以减轻撞击力。当船噷一下触岸，丁三的船篙已从船鼻子里插下，牢牢插进淤泥中，口中"慢点""慢点"招呼着……于是，人呀，货呀，全上了岸，走出柳林，步声杂沓，各往各要去的地方而去。"过河哟，过河哟，丁三把船撑过来哟！"对岸，又有人在喊了。

要是没人过渡，丁三就弯腰撅屁股地摆弄船舱中的隔板，拿一个硕大的蚌壳往外舀干那下面的水，再把板一块块铺平整。小孩子似乎又找到拿他打趣的话头："船板一撬，打到我的腰；船板一脱，打到我的脚，我找丁三讨膏药！"这话是有来历的，因为婆娘一年到头犯筋骨痛毛病，丁三常向人讨膏药，西宁就给他送过好多回。

有一种鸟，总在河滩湿地上跑，两脚交替快速划拨着跑，有时候一只，有时候两只，很少看到成群结伙。没有人知道这种鸟应该唤作什么，大家都叫它"跑滩脚"……给丁三送过膏药，西宁有时就站在河滩边望着它们发一阵呆。

青滩渡下游五六里处，两个圩口对应，夹出一条叫女儿河的汊流注入漳河。女儿河上也有一道"揪渡"，但只在冬季水枯时才用。平时因为要走船，河面上拉着绳索肯定碍事，就拆了，船倒翻在岸上，只留下一条掩映在枯草中的路。秋天时，开满美丽的红蓼花。

豌豆花

豌豆开花花心红，

蜻蜓子飞来蜜蜂子嗡，

豌豆结荚好留种，

来年种下小豌豆，

花开更加红。

麦苗快要孕穗时，豌豆那些曲曲弯弯的柔蔓活泛开来，生出许多晶亮的触须，微微卷，轻轻摇，满田垅铺展蔓延，寻找一切可以纠缠的东西。阳光慢慢温热起来，树荫浓深，有了暮春的味道。一些花苞从枝枝杈杈的叶腋下冒出，三两日工夫，就由下往上渐次开满玉白色的小花，星星点点，像无数扇动翅翼的小蝴蝶，又似闪亮的眼睛。

招摇在风里的豌豆花，都以姿势取胜。每朵只有两大两小四片素白的瓣，简单、清晰而明丽。两片小瓣朝下，似掩肌肤胜雪的娇羞；两片大瓣朝上，若罗裙翻飞，俏丽撩人。它们三五朵一起，被一截总梗挑着，娉娉婷婷，显得异常轻盈。与豌豆档期相同的蚕豆也在开花，蚕豆花舞不起来，只能紧贴在茎秆上直直地开放。

蚕豆花大得多，是另一类蝶形，白底上起黑斑，尤其花心里有一块黑，像是卧着一条虫。西宁记不清在哪听来的民歌里有一句"蚕豆开花黑良心"，肯定是话里有话，反复品味，颇觉有趣。青蚕豆剥出用线穿起来，烀熟，套在颈子或手腕上，一粒一粒地揪着吃。要是炒老蚕豆吃哩，就唱："炒蚕豆，炒豌豆，骨碌骨碌翻跟头……"也有人不这样唱，把后面一句改成"炒出个白胡子老头翻跟头"。

豆子地里的草，深长而鲜嫩，放牛的伢子常牵了牛过来吃草。蚕豆叶茎的气味不好闻，牛一般尽量不去碰，豌豆头重脚轻，香味浓，牛横着舌头一裹，就扯起一大片。有时会将一只孵蛋的野鸡惊起，咯哒咯哒叫着飞往远远的塘梢处。

杨柳依依，青山绿水，走在田野里，仿佛置身画中，满眼都是生命绽放的青葱繁茂。阳光照耀，鸟叫声变得急促起来，处处花香四溢，许多叶蝶子在飞……这是江南常见的白叶蝶子，学名叫菜粉蝶，翩翩飞舞在豌豆花丛中，你分不清哪是蝶哪是花，花是歇落的蝶，蝶是飞动的花。有时，能在路边意外地邂逅一小片紫红的豌豆花。此前，西宁一直以为豌豆花都是玉白色，却不知，竟有这般若洒了玫瑰血的绯红迷离……

在西宁用心记下的童谣中，有一首这样唱道："山喜鹊，胖墩墩，我到家婆家住一春。家婆看见怪喜欢，舅母看见瞅两眼。舅母舅母你别瞅，豌豆开花我就走……"豌豆花儿开过不久，底部钻出弯弯的绿针，这就是最初的豌豆角。豌豆角逐渐变大伸长，扁扁嫩嫩，顶端粘附褪色的花衣，碧绿莹润，在春风里笑，在春风里长。扁长的绿荚宛如一叶轻舟，闪动着幽静的光。等到荚壳略略鼓起，就可以摘来吃了。咬在嘴里，齿间轻轻一叩，满口的汁水，淡淡的腥甜，淡淡的清凉……小七子那个每年菜花黄就发癫的二哥亮度，教会西宁用青黄豌豆壳做口哨，嘘溜嘘溜吹出好听的调子。

豌豆老了，外壳变黑，籽粒硬如铁。打下来后，除了炒熟做零食外，一般都拿来做豌豆酱。先经水泡发，再和剥出的蚕豆瓣一同蒸熟，加麦粉捏成粑粑，用黄蒿捂出白霉黄霉，兑了凉盐水搅开入钵晒，直到晒出黑黄的酱油。春耕时牛干重活，把煮胀的豌豆包成一个个粗香肠那般的稻草包子，喂食后牛的力气大增。

有一种带麻点的野豌豆，专门缠附在麦子上，开出妩媚好看的紫花。它们只有正常豌豆的一半大，分壳上有毛和没毛两种，和麦子一道成长，麦收时被一起割下。每捆麦子里，都会有称作"乌豆"的黑乎乎的野豌豆悬挂着，成熟的豆荚早已晒干，一碰就炸，噼叭一声轻响，细小的豆粒被射出。"羊马马，白嘟嘟，要吃豆荚壳，门前两只角，后头乌豆簌落落。"因为"乌豆"是一种野草，所以要拔掉的，勤快人家的地里少些，懒惰人家的地里则多些。孩子们会抢在藤蔓还是鲜青时就钻进麦田沟将它们扯出来，在野地里架火烤熟，捏着豆荚一捋，一排小豆粒全进了嘴，又甜又糯。还有一种身形更纤细的超微版野豌豆，清明时节，柔嫩的苗叶丛丛对生，是极细小的椭圆状，也是开紫红迷离的小碎花，攀附在杂草上，结实比菜籽粒大不了多少。

大队部旁边有医务所和代销店，实际上是一间屋子开了两个门，后面连通着，由一对夫妻两边经营，男人陈玉才看病，女人卖东西。他们有一双儿女，分别叫作麦子和豌豆。每到归家天擦黑前，女人在披厦屋里做好饭，就把如歌如吟的呼唤声飘散在晚风里，不用多久，就听到应答"豌豆"的是个女孩子，细细的嗓音拖得老长，收尾时一个折转顿住，有股天然的韵味……

金樱子

推磨磨，

赶晌午，

小伢要吃刺果子……

金樱子与开白花的野蔷薇有点像，花期也差不多。它们繁茂的枝条粗壮坚韧，形似长藤，生满密刺，高出其他灌木许多。

四月末，河滩林子里已是一片新绿。牛大黄、牛筋草、白刺苋、婆婆纳、细米菜、尖叶苦菜、含巴叶子草，铺满地面。早晨的阳光星星点点散落下来，周围很静，只有小鸟唱着歌在头顶欢快地穿梭，跳跃。清新的空气里，弥漫着一股鲜嫩而纯真的草木的芬芳。小路边盛开着一簇簇、一蓬蓬的金樱子花，白色纤巧的花朵，被茂盛浓绿的野草和灌木簇拥着……翻过大埂，在远离林子的水塘岸边，也垂挂下一丛丛缀满白花的枝条，飘散着若有若无的阵阵清香，蜂吟蝶飞，一派祥和。这些金樱子究竟活了多少年，没有人关注过。只晓得它们极其能活耐活，冬天衰竭了，春风一吹便又是一季蔓生疯长，将一大片白花摇曳在荒野上。

金樱子花比野蔷薇花大，结构非常精巧，金黄的雄蕊在花心外密密排列，呵护着中间浅绿的雌蕊，有着不尽的浓情蜜意……风吹枝摇，白绫般的花瓣一片一片飘下，落在长满绿草和泛着潮润水汽的小路上，让你感觉那就是生命最真实质朴的美。金樱子花期不长，前后只有十来天。

像所有的野蔷薇一样，金樱子的枝条，特别是四向披散的小枝以及花柄上，全都长满扁而弯的皮刺，让你不敢贸然下手。野蔷薇结的是红豆一样的果子，簇簇挺立在枝叶间。金樱子的果子是微黑或黑里带着红晕的，有枣子大，又像缩小版的酒杯，外面包着毛茸茸的刺，自然就称它为"刺果子"了，也有喊"糖罐子"的。

"刺果子"一直是孩子们夏天里的最爱。吃"刺果子"得有几分勇气，首先要不怕被刺，摘下一把"刺果子"，手臂上肯定给拉出横一道竖一道的血痕。"刺果子"柄托萼片上有刺，小心翼翼地用指甲从中间剥开，果心很像一条虫子，抠去簇聚的籽粒，剩下一层软软的皮，吃在嘴里酸甜酸甜的。吃多了，舌头牙齿也会被染成紫黑色，把汁水弄到了衣服上，很难洗掉。要是有人对你说"一个坛子，装着麦子，吃了坛子，剩下麦子"，谜底嘛，就是"刺果子"了。大批"刺果子"红透时，老远就闻到一股醇浓的香甜味，会引来鸟雀和成群的昆虫。

问题是牛角蜂也喜欢"刺果子"，这就麻烦了。牛角蜂有小指头粗细，身上黄一道红一道的，屁股下面有根长针一伸一缩，最令人生畏。"嗡嗡嗡，毒尾虫，长脚佬，牛角蜂。"不过要是弄到蜂盘子，撕开来，里面有好多蠕动的白胖幼虫，放火堆里烧得啪啪响，吃起来又香又脆，蛮有滋味。还有一种通体灰黑专在草丛中营巢的狗屎蜂更厉害，人被蜇了会周身浮肿。有一次在河坎下摘"刺果子"，哪知里面藏着一窝蜂，受惊的狗屎蜂如同战斗机一样倾巢而出，疯狂地扑来。大家叫声不好，翻过衣裳包了头撒腿就跑，实在跑不及，就滚下河一个猛子扎到水底……光头猴那样的厉害角色，只慢了一步，惨叫声里，头上就留下三四个箭，眼睛肿成一条缝。据说，弄一把七星草放嘴里嚼过，一直咬着舌头不讲话，毒蜂就不蜇人了。这法子效果究竟如何？谁也不敢试。

由于有了这些掩护，阴沉沉的黑鱼在你不敢走近的地方安心生长。周边田里的稻秧长起来，蝌蚪变成拖着尾巴乱蹦的小含巴，就能听到咚雀子"咯咚""咯咚"叫了。咚雀子总是在稻秧长起来后才出现，其他季节不知躲到什么地方去了。鬼针草的种子也很讨厌，要是粘到衣服上，扯半天都弄不干净。西宁小心翼翼地探身在水边摘"刺果子"时，看到水面起了一团滚动的"黑鱼花子"。他晓得下面肯定有一大一小两只老黑鱼看护，便捉了一只土含巴扔过去，"呼啦"一声响，老黑鱼从水底蹿上来，一口吞掉了土含巴……

162

这些地方太好了，老鳖会在夜幕下结伴爬到刺蓬子下面，留下几行细腻的脚印，表明它们来探过路了。

在今后的月夜里，它们会在这里扒开泥土产下一窝光溜白净的蛋……那将是一场夏日惊喜的开端。

南瓜花

油炸糕，

油炒饭，

萤火虫，

嘎（家）来吃晚饭……

南瓜花开的夜晚，星空下流萤闪烁，暗夜的微风吹送阵阵花香。孩子们举着放有鲜嫩南瓜花瓣的玻璃瓶，追着一闪一闪的流萤喊："油炸糕，油炒饭，萤火虫，嘎（家）来吃晚饭……"西宁上过自然课，他知道，萤火虫的美味佳肴是蜗牛，萤火虫并不吃那鲜嫩的南瓜花，只有孩子们自己才爱吃南瓜花。

初夏，南瓜藤蔓疯长。它们伸出长长的卷须，见什么抓什么，有的攀缘到水塘边的瓜架或是矮墙长篱上，有的借助树枝或竹竿的引领，会蹿上有烟囱的披厦屋顶，牵牵绕绕，不断分支，浑身似有使不完的劲儿。也有许多南瓜栽在塘坝边，这里地势低洼，沟底常常有水，被瓜叶遮盖，黄鳝、泥鳅特别兴旺。那一回，葫芦就是在瓜叶底下的水沟里逮到一只下蛋的长着一对细葱鼻管的老鳖，养在自家院子一个口小底大的坑洞里，盖上树叶杂草，结果还真下了一窝白花花的蛋。

清晨露水很重，来到菜地里，碧绿的南瓜藤上又一路逶迤开出好多黄花。那些花儿，可不是一般的黄，而是一种热烈耀眼的金黄，连花蕊也是黄澄澄的。四周都是植物的清香，它们就像自绿意荡漾的密匝匝心形叶片中伸出的一个个小号，迎着刚升高的太阳恣意吹奏……一位老人担着桶走进菜园子，把地浇了个透，又摘了一抱茄子、辣椒和空心菜。当他走到菜园旮旯那一大片筋骨粗壮的南瓜藤蔓前停下来，将一些爬到了路口或伸向不该去的方向的瓜头轻轻牵回，再小心地走进藤蔓中，掐下一些南瓜花。出来时，露水已打湿了他的裤腿。

南瓜花有公母之分，掐来做菜的都是公花，又叫"谎花"，母花不能动，母花是要结小南瓜的。公花花冠裂片大，前端长而尖，由一根细长的柄托举着，一开一溜线，此起彼伏，能持续好久，随时都可传粉。而母花的花柄粗壮，与藤蔓不相上下，粗壮的花柄上托着绿色的南瓜宝宝，宝宝头上顶着一朵金黄的母花，像是戴着皇冠，看上去是那么喜人。但有时候，这个小小的绿色南瓜宝宝会变成浅黄色，那多半是因为授粉不成功，已经停止生长。外婆说是气死的……西宁听了，半懂不懂，不知南瓜宝宝为何要被"气死"。

南瓜花的柄和托，还有花冠都能吃。有时为采摘那些开在篱边的南瓜花，西宁胳膊上会给拉出一道道红印子，汗水一腌，火辣辣地痛。因为要很多朵南瓜花才能做一小碟菜，所以，外婆每次都不会干炒南瓜花，总是连花柄一并炒入锅里，那花就只是配角。花柄若是单炒，撕去有许多细刺的表皮，再捏碎成窄窄的片，青润润的，加上一点青辣椒丝，清炒出来，润滑怡口，实在好吃……新麦登场，挖一碗刚碾的面粉，加水加盐，和揪碎的南瓜花一起搅拌，在锅里摊成红红黄黄的面饼粑粑，偶尔打入一个鸡蛋，就是无比的美味了。

有意思的是，南瓜架下常能逮到灰黑色的磕头虫。小东西长着六条细歪的腿，却活动自如，奔跑迅速。一旦受到威胁，就会忽然停下，蜷缩起来，一动不动地诈死。你把它肚皮朝上放在地上，过一会儿，感觉没有什么危险了，它头胸部一勒，腹下伸出一个刺状的东西，一弹一突，咔嚓一声，就翻起身，快速钻进瓜藤下逃跑。当你再把它逮住轻轻捏在手里，它会头向下不住地摆动，像磕头，并发出啪啪的响声。折根草茎套住磕头虫的肚子，让它"开火车"或"背大船"拖着跑……磕头虫撑开六条小细腿，拖着长长的草茎，起劲地爬呀爬，或原地折腾，或来回转圈，或走出不远就翻了个底朝天，样子十分搞笑。当它身子一解脱草箍，转眼之间，就钻进草丛不见了。

乡村的夏天，一切都生机无限。夜里下了一场雨，早上起来时，太阳已经出来了。经过雨水的洗涤，那些盘子大的叶，朝上一面布满了许多凸起的掌纹和绿色的血管，片片相拥，密密匝匝……刚刚撑开的五角形花瓣，惬意地随风舞动，闪着丝绒一样的灿黄光泽。老话说，"不冷不热，五谷不结""越热越出稻"，正是孕穗旺期，水稻田里浮动着一阵一阵的热浪——这才是好兆头哩。

天近晌午，群蝉高歌，南瓜花黄得晃眼。

鸡头菜

什么圆圆圆上天？

什么圆圆在水面？

什么圆圆街上卖？

什么圆圆姑娘前？

太阳圆圆圆上天，

鸡头叶子圆圆在水面，

烧饼圆圆街上卖，

镜子圆圆姑娘前。

鸡头叶子浮生水面，遍布大小池塘。圆盾形绿叶经脉凸起，边缘一转向上翘起而多皱，翻过来一面紫红。满塘的叶子像被擀面杖擀开一般，看似挤挤挨挨亲密无间，实则叶、梗、苞无一处不满布尖刺。鸡头菜果子是球形，顶部似鸡头，刺最长且密。其长达数米的嫩叶柄或花柄，撕去带刺的外皮，即为鸡头菜，又称"鸡头苞梗子"。

鸡头菜是地道的草根菜。乡下逢夏秋无雨，地里的茄子、辣椒、青豆多奄奄一息而无暇他顾，筷子只好向水塘里伸。两个半大孩子弄一张腰子盆，下到水塘里，看准那一张张大浮叶，先用绑在竹竿上的锯镰刀贴水面割掉浮叶，再将刀伸向水底齐根割断叶柄。一人割一人收，运气好，一刀同时割断几根叶柄、花柄还有苞柄。因为都是中空的杆，底下一割断，立马横着浮上水面，捡到盆里就行了……看到满塘侧翻凌乱的叶，像遭受了一场风暴，西宁的心里总是涌上一阵惋惜。

但这东西遍身是刺，怎么抓都会扎手的。弄回家一根根撕皮，待撕出一堆光滑的"鸡头苞梗子"，一双手——尤其是拇指和食指，密密麻麻地扎满暗黑的小刺，挑也挑不尽。好在都是软刺，并不阴险，你不去管它，任它在肉里埋藏着，十天半月后就一点感觉也没有了。有些胼手胝足的婶子大伯，甚至可以赤足碾踏或整把地抓起那些刺猬一样的"鸡头苞"，尖刺亦奈何不了老茧皮！

将鸡头菜折成寸段，用刀拍扁拍裂，与红辣椒丝一起爆炒出来，十分可口下饭。鸡头菜如藕茎肠子那般有许多中通小孔，生吃甜津津脆生生的，能吃出一股来自水域野泽的清新气息。西宁学着别人把它衔在嘴里潜到水底换气，还拿它作电话线，牵起一端塞进耳孔，另一人将那一端握在拳心贴紧嘴边"喂……喂……

喂"喊话，声音通过气孔传输，还真有点打电话的感觉。

鸡头菜的花开在悠长的夏日里，挺出水面，紫幽幽的。布满尖刺的粗壮花梗，也是紫红色，顶着绿色花苞，从厚叶下撑破一个洞升上来，水淋淋的样子。有多少荒僻的水面，就有多少鸡头菜花，蜻蜓喜欢绕着花苞飞，累了就停歇在刚打开的瓣尖上。白脸秧鸡踩着满是尖刺的叶盘子跑来跑去，被踩过的一角会在瞬间塌陷下去，但很快又从水下浮上来……居然有翠绿的小含巴一直伏在叶盘子上一动不动。近岸处，茂盛的茨菰禾子上，开满一朵一朵小碟子样的黄花。

每年这个时候，圩野里到处飘浮着阵阵清香，随着小南风吹入鼻孔，总能让西宁的心肺为之一颤。一场暴雨过后，西宁最喜欢看一颗颗晶亮的水珠在叶盘子的尖刺间滚来滚去，它们像一个个顽皮的小孩，一刻也不肯停歇……花苞上也挂着雨珠，就像挂着夏日的梦幻。紫梗鸡头菜开紫花，如果是白梗，就开白花。花苞外包着刺萼片，花瓣像彩纸那么薄，外面是紫的，往里渐渐晕染出霞红，明黄的蕊柱头呈辐射状排列，汇合成一个小小的圆盘。其实，鸡头菜的花只开一个上午，开完后就从戳破的叶子洞窟原路缩回，沉到水底孕育刺包里的鸡头米去了。

鸡头菜在水下都是一窝一窝的，一棵根茎上先后能长出十多个花苞，花谢苞沉，水底坐果。孕实的鸡头苞，海绵泡里包满石榴籽一般的果实，嫩时鲜红，可以连壳嚼，是乡间小儿专享的零食。

老了，剥掉黑壳，里面的白米就是芡实，炒熟了当零食吃。要是舂出来洗成粉，用沸水冲了再撒上糖桂花，比藕粉更稠更香郁。

无论是珍珠粒苞头米还是芡实粉，都可卖到供销社去。收获鸡头苞的季节里，常见一些老头老太聚在一起，边拉家常扯九经，边用一把鱼形钳剪鸡头米，飞珠溅玉，手法极是灵泛。他们脚边分别是两个筐箩，一个装黑溜溜的果，一个装莹白的米仁，地上留一堆空洞的壳……仿佛就是那些盈满水泽气息的紫花们遗落的梦。

秋天水还不太冷的时候，便有一个满脸胡茬的瘦老头过来收割鸡头苞。老头沉默无语，几乎从来没同他人说过一句话。从水下割出一堆鸡头苞，就坐在塘埂边剥刺，他用脚踏住一个，拿镰刀对着外壳轻轻一拖，脚一碾，皮就脱掉了。将一个个白色、紫色海绵泡包裹着的石榴状果实摊在地上晒，到晚上就半干了，收入两只麻代里一肩担走。

老头的扁担上有个暗槽，内藏一截钓竿，随身携带一个小酒壶和一个小罐。每到近午时，老头就地用镰刀掘个灶洞，再从掘出的土里捡几条蚯蚓，往塘口撒一小把米，钓竿一伸就有鱼上钩。太大和太小的鱼一律放回不要，只留下巴掌大的鲫鱼，收拾到罐里，灶洞塞进干草点燃，一会儿工夫便有香气飘出。老头掏出小酒壶就着云淡风轻，慢慢唱着……

水红菱

菱角花，

朵朵开，

新娘子快过来。

大盆小盆划过来，

咪哩呜啦吹过来。

绿毯子，

软悠悠，

新娘子脸，

亮悠悠，

水红菱，

甜悠悠。

水红菱颜色深红，气韵生动，一篮子水红菱就是一篮子花。红艳娇俏的水红菱,人见人爱,同新嫁娘子一样水灵动人。水红菱壳极好剥,抓住两个腰角一掰,莹白的元宝形菱肉就出来了,一层薄薄的内衣上犹自洇出一抹飘逸的轻红,在嘴里稍一嚼,满口甜浆合着袅袅清芬,在心头缓缓释放。

西北不产菱,那边好多人一辈子都没见过菱。过去,妈妈曾向西宁描述过菱,但他就是无法让这种"水面上长出来的水果"在头脑里定型。现在,他对菱已是无比熟悉了。菱角采收季节,傍晚,家家都飘出焖菱角的香味。腾腾的热气中,揭去盖在菱锅上的大荷叶,一家人——有时也有串门的邻人,便开始了菱角代饭的晚餐,一片"咔嚓""咔嚓"的响声……吃饱了,站起来拍打拍打衣襟上的粉末,女人则忙着打扫满地的菱壳。小孩子通常是白天采菱时坐在腰子盆里就已吃饱了脆甜的嫩菱,只是嫩菱吃多了尿水也多。

每一口水塘都铺满菱叶,碧油油地发亮,许多鼓着眼睛的小绿含巴和不知名的水鸟就在这些"软悠悠"的"绿毯子"上面跳来走去。菱四五天翻采一遍,过了时辰,就会自动脱落沉入水底。采多了一时吃不完,就晒干舂成菱粉,也有人家挖一口水窖,将整筐整筐的菱倒入里面,什么时候想吃就用长柄的瓢舀出一些。而到冬腊年底,生产队车塘捉鱼,便有许多黑乎乎的老菱水落石出。于是,孩子们有的捉野鱼,有的在岸边掏乌龟洞,也有的专拖了一只大箩筐拾捡落水菱。

这些甜津津的吃在嘴里有一股淡淡沤臭之气的落水菱必须拾

173

尽，否则年复一年退化，长出的就是角刺粗而肉少俗称"狗牙齿"的野菱。落水菱当然捡拾不尽，来年夏初，水塘里会蹿出好多细瘦的菱芽，抓住轻轻一提，就能拖上来下面乌黑发亮的母菱。菱壳黑亮已蚀得很薄，菱肉仍然莹白，而且由于贮存的淀粉变成了糖分，吃在嘴里别有一番醇甜味。新年里煮了乌菱招待孩子，取菱与"灵"同音，吃了念书聪明。

菱的叶柄生有枣核一样的浮囊，内贮空气，故能浮在水面。圩乡人栽菱很有意思，先把在别人家水塘里扯上来的菱秧盘好，堆码在木盆里，每一棵根部都打上结，然后用撑盆的竹篙顶着这揪结，缓缓插到深水下的淤泥中。也有省事的，只在菱秧根部系了个瓦片扔到水中，照样能沉底分蘖发棵。菱始花于立秋，白露果熟。

"小公鸡，跳花台；菱角花，朵朵开。"向晚时分，菱塘开满星星点点的细小白花，每花必成双，授粉后即垂入叶腋下水中结实。菱角对生，抓起菱盘，老菱脐眼发黑，手一托就下来了。采下一菱，不用看就知对应一边还有一个或两个。菱两端伸出的角叫肩角，两腹的下角叫腰角。孩童斗菱，就是互以抱肋的腰角勾挂，然后扳拉，角折为输。"鸡婆菱"最甜嫩，粉红色，鼓鼓的。也有无角的菱，称为元宝菱。桀骜不驯的野菱结出的米，倒是特别粉甜糯香，比栗子还好吃。野菱米与肉或仔鸡同烧，浸透了肉香，油光润亮，清甜粉酥，远胜出板栗不知多少。

菱菜盘子的利用价值更大。将捋去毛的嫩茎和掐掉浮囊的叶柄

174

用水焯了，切碎再下锅炒一下，拌上蒜子淋几滴熟香油，便是农家饭桌上从夏到秋不变的风景。即便到了寒冬腊月，端上桌的仍是一碗发黑的腌菱角菜，吃久了牙会变。有了一塘菱角菜，养猪就要省好多事，用两根竹竿一夹绞上来一大抱，剁碎，撒点细糠一拌，大猪小猪吃得两只耳朵一掀一掀。

采莲蓬、摘菱角，是女人和小孩子的"私活"。一些姑娘小媳妇下塘采菱，为挡烈日暴晒，就身穿长衣长裤，头扎彩巾。她们坐在盆里的小猴子板凳上，身子前倾，左手抓住菱角菜，右手飞快地摘下成熟的菱角，摘满一把，抛向身后的盆里。调皮的小鱼在盆边游来游去，有时直往手心里钻……两个时辰下来，身后堆满菱角，盆被压得不再后翘了。把盆划到岸边，拿起瓢将盆里的菱角尽数舀到一只箩筐里，掉转盆头再去采摘。整箩筐的菱角压到水里漂一漂，沉底的为老菱，浮在上面的嫩菱掳下来留着生吃。嫩菱要是同老菱混在一起下锅烀熟，会软瘪得一塌糊涂，苦涩不能进口。

圩乡叫莲的女孩多，叫菱的女孩也多，红菱、秋菱、香菱……喊起来声音相近，有时你分不清哪一声是"莲"哪一声是"菱"。

喜　鹊

花喜鹊，

尾巴长，

关起门，

砸冰糖。

砸完冰糖想老娘，

老娘变成屎壳郎，

嘭咚嘭咚撞南墙。

如果说乡村有灵魂的话，喜鹊就是乡村灵魂附体的鸟。喳——喳喳！喳喳——喳喳喳！叫得脆响，树枝悠悠晃晃。喜鹊叫，喜事到，喜鹊不是一般的讨人喜欢。

外形俊逸的喜鹊，羽色清爽，黑头，黑背，白腹，两肩各有一块白斑，搭配鲜明，清晰爽目。它的叫声清脆响亮，且跳且叫，长尾也随之上下翘动，透着一股机灵劲儿。清晨，门窗打开，树上的喜鹊叫声连连，顿使人神情一振，心底生出喜气。

喜鹊很少结群，多成双成对或四五只一起活动在较为空旷的地方。春天里，树木发芽……两只喜鹊喜结亲了，就从村头地尾衔来一根根细枝，在高高的大树枝杈上搭出一个球形的窝。

小孩子对于神秘的东西总是遏止不住想探视，于是就爬上大树去看个究竟。平时在树下仰望，喜鹊窝也就篮球那么大，到了近前才知足有洗脸盆大小。最让人惊奇的是喜鹊窝有顶，不像其他鸟窝那样张口朝天。那些树枝巧妙穿插形成了一个遮风挡雨的盖子，一侧开一个小口，便是进出的门。里面光线和通风都不错，宽敞的圆形空间里，铺有干草、碎布条、白或黑的羽毛，以及一些干黄柔软的苔藓，像是一层厚厚的地毯，搞得十分精巧舒适，有一种贴心的暖意。喜鹊把家室打理到了极致……家是抚慰身心的地方，打理好家也就是打理好自己。只是，住得那么高，夜深人静时，一轮明月悬挂头顶，很容易会对太空冥想噢。

对于喜鹊，乡村人有着特殊的情感。顽皮的孩子天生喜欢抓雀掏蛋，却很少对喜鹊下手。一次，曲滩村的双喜爬到青滩埂那棵老桦树上掏了一对小喜鹊，当晚就得了怪病，膝盖弯不起来，家里慌忙派人把八老头请去。八老头问明情况后，在双喜颈背上一阵按捏，又照着腰眼猛拍了几把，说赶紧将小喜鹊送回巢，就什么事也没有了。家人于是捧来了那对背上还是一层绒毛的小喜鹊，

177

小喜鹊眼睛黑亮黑亮的，你同它们对视时，疑心它们会和人一样有心数哩……小喜鹊被送回，一直在枝头鸣叫不休的一对老喜鹊立刻安定了下来。要不是巢里还剩有两只小鸟，老喜鹊早就弃巢而去了。第二天，那个肇事的双喜，膝盖终于能弯了，很快完好如初。

喜鹊与老鹰常发生摩擦而打架，它们时时三两只一起攻击一只老鹰或者鹞子，要是落了单，则反过来又被追撵，双方均无胜负可言，无论谁都不穷追猛打，戏总是草草开场匆匆落幕。喜鹊和老鸹亦是恩怨颇多，它们一主吉喜一报凶兆，但这两种鸟却同出一源，乡下人称喜鹊为"喜鸦鹊"或是"鸦雀子"。老人训诫自己偷懒的儿孙时，往往会痛心地说："鸦雀子老鸹子含（衔）来喂你……还要你张嘴哟！"

和喜鹊最沾亲带故的，是灰喜鹊。灰喜鹊又被称作"山喜鹊"或"山鸦鹊"，身形稍小于喜鹊，打扮得有点流里流气，头和后颈油光黑亮，灰背，白腹，特爱显摆它那天蓝色的双翅和长尾巴。

灰喜鹊没有一时歇息的，整天都在找吃的。它们成群活跃于村头村尾的树枝间或人家的茅草屋脊上，这里刨那里啄，游击式活动，骤然飞到这里，又一哄而散飞向另一个目标。它们没有方言，所有灰喜鹊都以同一种腔调"嘎——吱、嘎——吱"地吵闹着，不甚畏人。灰喜鹊是捕虫高手，常见它们头朝下尾朝上倒挂了身子在树干或泥墙上啄食，天牛、放屁虫、土鳖虫，还有茅草屋上给雨水泡出来的骚板虫，逮到什么吃什么。夏天，乌桕树和柿子树上都长了洋辣子。灰喜鹊特别喜欢吃洋辣子，而且处理那种红绿相间的刺毒毛尤有心得……你看它从叶子背面叼起洋辣子后，不忙吃掉，在树枝上蹭几下，将刺毒毛刮去，然后一仰嘴，美滋滋地吞下。

灰喜鹊智商高，敢进入农舍盗食，该出手时就出手，关键时刻决不犹豫。所谓艺高胆大，它们能贴近门扉或悬身从窗台上方窥察动静，作案时，通常留有一两只在屋外警戒，其余登堂入室，如果没有危险，则会翻箱倒柜，轮流享受。每至冬腊时节，农家多在户外晒些鸡鸭鱼肉等腊货，最要防备灰喜鹊，稍有不慎，让这样一群戴黑头套、披灰马甲的盗贼得了手，一刀肉或一条鱼就给啄个精光！

灰喜鹊骁勇异常，攻击性特别强。它们为了护雏或守卫领地，也会像喜鹊一样奋起驱逐老鹰，在空中与老鹰纠缠厮打，轮番冲击，老鹰常给啄得羽毛纷飞，落荒而逃。老鹰若想打劫灰喜鹊，只能选择落单掉队的，要是惹怒了鹊群，场面肯定非常难看。

有一次上学路上，西宁看到一群灰喜鹊不停地厉声鸣叫，上下扑腾翻飞，原来是在攻击一条酒杯粗的大蛇。那条倒霉的菜瓜色花蛇开始还挺起上半身，口中不断吐着红芯子进行还击……但经不住灰喜鹊轮番从各个角度闪电攻击，渐渐地被扑啄得皮开肉绽软下了身子，连艰难地爬进旁边的深草丛中逃遁也不行，最终，竟给这群目露凶光的灰喜鹊分食了。

喜鹊、灰喜鹊，还有乌鸦，都是同源的鸟，喜欢人语炊烟，喜欢噪闹。

黄师娘

黄师娘，

黄师娘，

这树叫到那树上；

不想大，

不想娘，

光想穿身好看的黄衣裳……

西宁在西安灞河边和终南山见过黄师娘，因为这鸟太漂亮了，过目难忘……但那里喊作黄莺，也称黄鹂。

黄师娘窄腰收肩，两翅细长，曲线玲珑的身段与画眉相当，在鸟中的个头算是中等偏上。它那一身鲜黄的羽毛，十分引人注目。黄师娘妆容也是不落俗套，嘴色粉红，脸两侧有一道宽阔的黑纹，通过眼周直达脑枕部。翼和尾的中央亦呈黑色，脚铅蓝色。黄黑

181

搭配，娇俏动人。

黄师娘衣饰华丽，带着文艺腔的鸣声更出彩。暮春时分，天空一碧如洗，地里的油菜花黄着，秧苗绿着，蜂吟蝶飞，凉荫肥绿……你听，黄师娘站在高树梢上叫了，叫得格外圆润嘹亮，时而婉转似笙簧，时而又突然尖锐如笛音：克威，克威！克威儿克威儿！喈威喈威！曲曲儿，曲曲儿……一叫叫好久，半天都歇不住，那是它的语言亮色，原汁原味。

外婆家后院外面的水塘边有一株棠梨子树，枝叶婆娑，开满一嘟噜一嘟噜的白花，于是便经常成为黄师娘歇脚的地方。西宁每天在梦里就听到鸣叫，直到醒来……吃早饭时，黄师娘还在叫，一边啼鸣一边弹跳，拨弄得粉白淡紫的花瓣纷纷坠落。清脆响亮的歌唱，流水般随着花瓣一起滑落。要是两只鸟飞来飞去地兜圈子，这通常就是要成亲了。一旦确定了关系，这两口子就开始合力营建新宅，生儿育女，繁育后代。

黄师娘的窝与众不同，一眼就能辨出，因为那是一种吊篮状悬挂巢，是用一些草茎、细根、卷须及蛛丝缀合而成，像马蜂窝一样缠绕着横挑在平伸的树枝上。这种营巢技术，颇能体现女人的细心和精巧。

很少能见到鸟卵，但只要看到老鸟衔满一嘴虫子往哪棵树上飞去，就知是小鸟出生了。有一次，两只黄师娘跟一群喜鹊缠斗，翻上飞下，打斗激烈，啼声尖厉刺耳……原来，那枝杈上摇摇晃晃吊着一个巢。黄师娘一张粉红的大嘴又尖又长，一看就不是好惹的，只要哪只喜鹊攻近巢边，它就凶狠地啄上去。最终，因为两只黄师娘泼出性命护巢，那群喜鹊竟没能占到便宜。

黄鼠狼又称"黄老鼠"，算是够声名狼藉的了，乡民们却硬说黄鼠狼就是黄师娘的大伯子。弄得黄师娘看到在寻食找吃的黄鼠狼就数落："你整天这里偷那里摸，把老黄家的脸都丢尽了……为什么就不能学好哩？"黄师娘自己的伙食一直不错，菜单上食物丰盛，荤素兼有，既能衔满一嘴的昆虫，也啄食各类浆果，它们还飞掠水塘上叼鱼。

当楝树的紫色小花簌簌地落在地上时，黄师娘的幼雏出巢了。它们一出巢就能跟在老鸟后面找吃的，四五只、六七只一起在花树间飞来绕去，能让你看花了眼。等到蚕豆结荚，小麦秀穗，满世界都飞着它们脆黄的身影，高枝跳到低枝上，啁啾个不停。

巧合的是，下塘黄村有个做挂面的黄老四，为人厚道，他老婆被人尊称黄四娘。黄四娘一口气生了六个姑娘，吃饭时满满一桌扎小辫的脑袋，一起叽叽喳喳，就像一窝巧舌的小鸟。六千金中，大女儿强梅念过几年书，人长得好看，性格也颇刚烈。那一年，她和四喜的哥哥大喜谈恋爱，因为早些年两家上人有过一些误会没能消除，结果弄得双方父母都不同意这门亲事……眼看两人结合无望，强梅便拉了意中人一起私奔出走。正值隆冬季节，两人各带了一个包走到县城，已买好去芜湖的汽车票，大喜却临阵变卦，退了车票，硬拖着强梅返回家中。事后，大喜对强梅的解释是天太冷，怕在外面冻坏了她。

后来，强梅远嫁他乡。出嫁前，听四喜说，哥哥送给强梅一个绸缎面笔记本，上面写了两行字：两个黄鹂鸣翠柳，一只白鹭上青天！数年后，强梅带着一双儿女回娘家，大喜却已招工去了江西的一个林业队，在那边成了家。

燕子回旧巢

小燕子，

穿花衣，

年年春天来这里。

燕子燕子你为啥来？

这里的春天最美丽。

人间四月天，风轻轻地吹拂着，千条万条的柔柳，齐舒了它们婀娜的身腰。燕子轻灵地斜飞于舒旷无比的原野上……吱的一声，已由这里的水田上飞到了那边的高柳之下。在掠过清亮的水塘时，它们会一侧身，翼尖在水面上一拖，便有小晕涡一圈一圈地漾了开去。飞累了，就歇落在电线上，排了长长一串，像是五线谱。

燕子和人最亲，住家过日子也随人。有一条谜语，"嘴像红辣椒，尾像剃头刀，天天都在土里宿，离土还有丈把高"，说的就是燕子。燕子窝是土垒的，垒在离地丈把高的屋梁上。"燕子生蛋背驼驼，三岁小伢会唱歌"，是说燕子机警灵泛，把小伢子也带聪明了。

清明一过，稻种撒田，田里都灌满水，整个圩野一片白亮。这时的燕子极为活跃，不停地啁啾鸣叫，来来往往在湿地里啄取泥土，是要筑巢了。它们选好一户人家厅堂屋梁——以梁上的钉子、铁花或凹凸处为依托，也有的在走廊上方找好一个夹角，就一口一口衔来泥球往上粘着垒。一对燕子携手工作，整日飞进飞出地忙着。因为是立于巢内垒泥，由里向外堆砌泥球，所以尽管巢外面凹凸不平，但内里却十分平整。没几天工夫，一个灰白的、半边碗状的巢便初具规模。巢开口向上，内铺软毛以及细柔杂屑，刚刚容得下两只燕子横着身子伏在里面。假如筑巢时就落下隐患，泥土没有取好，还有房梁太光滑，或是钉子朽断了……也会发生垮塌事故，整个工程就得从头再来。

新巢落成，便算有了温暖的家。夜幕快要降临时，一只燕子从门外飞进，直冲巢口，减速，一缩身子就进去了，接着是另一只。几天后，母燕开始生蛋、孵蛋。蛋如小指甲盖一般大，白色，有红褐色斑点。这个时候，田野里秧苗新绿，麦浪翻滚，杏果已长得有模有样，在枝叶间稍稍黄红了腹面。枣树的花蕾如同针尖，石榴花咧开嘴，椿树也悄悄开出娇滴滴的细碎小黄花。

那天，西宁找小侉子借《新华字典》，小侉子的妹妹荷香正靠在门边哼唱《牡丹花》："牡丹花，一点油，三个大姐来梳头，大姐梳的金头，二姐梳的银头，三姐不会梳，梳个燕子窝。燕子来生蛋，爹爹奶奶都来看……"实际上，在乡村，牡丹花比较稀罕，最常见的是野蔷薇花，水红的，月白的，河坎下，田埂上，水塘边都开满了。

小燕子一出世，就张着嘴要娘给喂食。新添家口，老燕子一时不歇地忙着捕虫，衔着满口食物刚飞进屋，小燕子就一齐挤到巢口，张开比头还要大得多的嘴，就像举着一个个黄碟，唧唧地叫喊、争抢……老燕子嘴对嘴地把虫子给喂下，然后一个转身又飞走。燕巢的斜上侧，往往会有一块玻璃明瓦，阳光泻下，光柱一会儿照进燕巢，一会儿落在地上，再过一会儿，又移到墙上去了。

小侉子家新屋亮堂，竟然住进了三窝燕子，地上免不了常淋淋漓漓洒下粪便。有时端着碗坐在厅堂里吃饭，一只淘气的燕子飞过，遗下排泄物，竟不偏不斜地落到碗里。"燕子燕子飞，屙屎一大堆；大燕往家飞，小燕后头追。"也有燕子进屋前，总是在门楣摇头窗上先逗留一会儿，天长日久，那摇头窗上便积满一层白花花的粪。但屋主人并不怪罪，经常打扫一下就是了，绝不会把燕子赶走。因为家里住着燕子，就是住着福气和吉祥……偶有几家没有燕子光顾，孩子们便很失落哩。

也有的燕子不须年年劳神费力搞安居工程，一个巢修修补补，一用就是好几年。燕子恋旧，不管房子高矮，只要选中谁家垒下了

187

泥窝，次年春天必定不远万里，一路飞回旧家园，还不会找错地方。西宁有点疑心这事，就和小侉子一起趁夜晚在他家一只燕子脚上悄悄系上红线。第二年，果真有一只红脚的燕子如期归来……让他们感动得一塌糊涂！

农家早起，天刚蒙蒙亮，吱呀一声门就打开。巢里的燕子也醒了，探出小小的脑袋，左右晃动几下，吱吱几声轻鸣，扑哧一下就飞了出去，冲进晨岚之中。接着，一只，又是一只……一会儿工夫，绿树丛中，村塘水面之上，到处都是飞翔的身影和轻悦的鸣叫。

春末夏初最繁忙，村里人天不亮就下地，耕田，播种，除草。许多人家只把房门锁上，堂屋的门却大敞着……给燕子留着门，方便它们进进出出。

燕子有一个超级宽大的下巴，飞翔时大嘴张着，就像是一个张开的网袋，滤食在空中的飞虫。夏天暴雨前，气压低，空气湿度大，弄潮了飞虫的翅翼，燕子们就会反复低飞，张着嘴，来回兜扫，同时也能给你预报气象。西宁早就发现，燕子不像麻雀，除了筑巢时到湿地上啄泥衔泥，平时很少落地……小侉子的叔叔老傅的解释是，燕子腿脚软，在平地上站不稳。

一场秋雨一场寒。秋天深了，燕子们必须在霜降前上路，飞向更南的南方。

发棵鸟

五月天，

六月天，

哪有闲人在路边，

人人都有一把秧在手，

'发棵''发棵'叫上天。

发棵鸟就是布谷鸟，青滩埂人不会知道，它还有个文诌诌的学名叫"杜鹃"。发棵鸟最关心农事，总是在小满前后稻秧分蘖发棵的时候飞来，嘹亮清晰地叫着：发棵发棵！发棵发棵！

五月，天蓝得透明，清澈的水流绕着竹树繁密的村庄。水是长流水，不停地分出岔去，一湾又一湾。金银花开了，栀子花开了，铺天盖地的香。圩野里，黄熟的麦子和油菜正待收割，新插下的稻秧已返青，一片片黄，一片片绿……发棵鸟叫了，打破了乡村

189

的沉寂，然而它的身影，却让人始终难得见识。它总是在高树梢上，在云端里，一声接一声悠扬响亮地叫着，声音像被水洗过一样。听到这样的叫声，你便仰起头，在蓝天上寻觅。也许是它们飞得太高，总是只闻其声，难觅其踪。

发棵鸟叫声的特点，是四声一度：发棵发棵——发棵发棵！也可听成：割麦插禾——割麦插禾！尽管声音在头顶回荡，但却无法判定它身在何方，始终不能找到那只让人无限遐想的鸟。很少有人见过发棵鸟的真容。也难怪，发棵鸟鸣啼的时节农事正忙，除了孩子，还有蓝天上那一朵一朵蓬松的云，谁会有多少闲情去弄清一只鸟？

学校放麦收假了，湿热的南风在麦田里掀起层层麦浪。大片大片的槐花，似乎一个早晨就忙着全开了出来，村里村外，田边地头，一树树白花在风里招摇，老远就闻到醉人的清香。一拨又一拨的叫天子从沾满露水的地头弹射而起，划破天际的清脆悦耳鸣叫声，也从它们的喉间弹出。麦田边、菜园旁、草丛里，常有野兔跑出来立起两条后腿打哨望，无论发棵鸟还是叫天子，只要一有啼鸣声传来，它们就侧耳谛听。野兔隐蔽性强，在它不动时，其毛色与周围杂草混在一起，即使快踩到背时也不易察觉……野兔似乎也知道这一点，在你不注意时突然从脚下蹿出，吓你一大跳。

"芒种小麦刀下死"，当麦子的香味和阳光的香味混在一起，家家户户的磨刀石开始霍霍地响起来，将镰刀磨得飞快，只等队长拓佬一声"开镰"喊过，便一头扎进麦地。女人们在田里割麦子，男人们便用两头尖尖的冲担将麦捆挑到村里的稻场上，堆成垛。收割后的麦田沟坎下，有时能找到整窝的野鸡蛋，但地垄上硬硬的麦茬，会把拾麦穗的小孩子的光脚戳得生疼。

三年前，西宁在那个遥远的雁塔小学上一年级时，曾与一个长得像瓷娃娃的女同学一起被老师领到广播电台演唱了一首《布谷鸟》："布谷鸟，布谷鸟，布谷布谷叫……"终于，西宁在野外近距离见到了布谷鸟。那天他拾完麦穗，到一片林子边找"梦果子"，突然有"发棵——发棵"的叫声传来，叫声并不是来自云端，而是就在附近的树上，好像还不是一只在叫……西宁循声走入林子深处，却发现上了个当，原来是另外两个和他差不多大的小孩在模仿发棵鸟叫。其实这手段大家都会，因为发棵鸟叫的时候，最容易逗引你情不自禁地尖起嗓子跟着它"发棵——发棵"地叫。两个孩子仍然非常投入地在那里学舌，他却渐渐听出了一点门道，这附近确实有一只发棵鸟穿过叶隙在叫……突然有一种预感，这只鸟或许是专为他出现的。

当他悄悄来到林间的一棵大树下，先看到低处横枝上沉闷地蹲着一只白颈子老鸹，再往上看，终于看到了一只体形比鸽子稍细长的暗灰色鸟，站在高高的梢头，正"发棵——发棵"忘情地叫着。从下往上看，它的腹部布满了横斑。啼鸣时像画眉那样头向前伸并向上昂，两翼低垂，翘散开尾羽，很用力的样子，怪不得它的啼声能传得那么悠远……很快，这只鸟警觉起来，两翅一张，急速无声地飞走了。从此，西宁再也没有像这般近距离地看到过发棵鸟了。

对于农人来说，这些日子里，犁田插秧、种瓜种豆这类事总是忙个没完。"发棵——发棵"天上叫，发棵鸟除了和节令相关催人劳作外，更传递着发棵繁密、秧禾茁壮的祷祝。背负着青天，背负着太多的季节，发棵鸟的叫声里，永远洋溢着土地的芬芳和对丰年收成的企盼。

打鱼郎

打鱼郎，

要讨亲，

请了媒人蚂蟥虹。

癞癞蛄，

穿钗裙，

纺线婆婆来作成。

被喊作"打鱼郎"的翠鸟，有点像啄木鸟，虽然比麻雀大不了多少，但身手不凡，捕鱼本领高超，天生有一种别的鸟无法做到的俯冲绝技。让它和癞癞蛄成亲，实在是糟蹋了。

早晨，西宁走在水塘边，小路两旁黄豆已经挂花，豆叶遮盖了整个路面，同浅水处繁茂的茨菰禾子、茭瓜草相接，露水很快将裤脚打湿。突然，不知从哪里掠出一只翠鸟，石头一般砸向水

193

面……随着一声轻响，水面涟漪起处，翠鸟已叼起一条白亮的小鱼飞入塘那边的灌木丛中去了。

"打鱼郎，嘴壳长，背背绿，肚皮黄。"能仔细观察翠鸟的机会可以说是非常稀少。翠鸟羽毛以翠绿色为主，呈赤红色的嘴壳是它吃饭的家伙，硬长而强直，有点大得不成比例。翠鸟头顶黑色，额具白领圈，一条亮橙色的眼带贯穿眼睛如同戴了太阳镜，喉部是黄白色，像在脖子下面系了个白色的餐巾。其上体羽蓝色具光泽，下体羽橙棕色，配以宝石红的双腿，在光线照射下，显得异彩纷呈，艳丽夺目！

翠鸟尽管尾巴很短，但飞起来很灵活。它有时紧贴水面直线急掠飞过，并把一串尖细的鸣叫融入潮湿的空气里。平时，翠鸟像一个孤独的隐者，常常一动不动，仿佛粘在荷花的箭苞或水边的木桩上，缩着脖子静静地盯着水面，一副遗世独立的样子……但往往就在你一眨眼的当头，一支宝蓝色的箭矢射入水中，待你定睛去看时，只剩水面荡漾的波纹和兀自晃动的枝头了。

翠鸟很少失手，运气好的时候，可以看到它很有意思的吃鱼镜头：衔着鱼的尾部，急遽地摆动大脑袋甩砸在树枝或石头上，反复数下，直至将鱼砸晕弄服帖了，才一扬脖，用一个小抛接动作调整好鱼体，头先尾后吞将下去。

夏天里，水蒸发得厉害，一些露出新鲜泥滩的鱼塘边常能看到缩头孤立的青桩，别看身架那么大，但它吃得并不多，所以养鱼人也不怎么驱赶。它也从不会去刻意寻找食物，吃饱了，就蜷缩起一只脚，把头与喙插在翅羽下，开始休息，任那些长脚蚊子、水蜘蛛还有开着四瓣小白花的野菱角散布在它的身边四周。有一种被喊作"跑塘脚"的白脸小鸟，好似系着黑色小头巾、扎着白围裙的小姑娘，就爱围着青桩两脚湿漉漉地跑来跑去。而在水塘那边，一些垒得高高的稻草堆在水面上映出它们沉沉的倒影。

炎热的午后，当隆隆的雷声传到耳底，头顶已是阴云密布。暴雨将临前的池塘，忧郁而宁静，却又积聚了即将爆发的力量，具有一种难以言喻的美。劲风吹过来，能看到天空有好多鸟儿仄着翅膀急急地飞过……而翠鸟却仍如往常那样一动不动地守在岸边。水底的鱼也兴奋起来，随着风浪渐大，游鱼激蹿到了水面。这时，翠鸟突然出动，像一枚闪光的弹头，刹那间扎进水里，激起一束水柱，旋即又钻出水面……

翠鸟都是隐蔽地独栖在水边，如果相隔十来米出现了另外一只，那肯定是一对夫妻。因为好奇，西宁曾下功夫追踪搜觅到一对翠鸟的巢。那是在一处废弃水闸的陡坝坎下一个极粗糙的洞穴，外面有一个枯黑的树桩，树桩下是一层绿茵茵的苔藓，六枚比蚕豆粒稍大一点的莹白色卵就直接产在巢穴的泥地上，竟然一点铺垫也没有。这同它们华丽无比的服饰相比差别太大，翠鸟把日子过得简直太马虎了，要是有人帮着打理或指导一下才好哩。

生产队在西埝边鹭鸶塘与荷花塘里放了几年鱼苗，却收获不多。先是怀疑给人偷捕了，后来才弄清，原来那两个鱼塘边各住着一对翠鸟夫妻，每年投放下的小鱼苗，几乎都成了它们的美食……它们于疾飞中从水面叼起那种小指头粗细的又爱浮聚的鱼秧子，实在是太容易了。后来放养鱼苗，将"春花"换成二两左右的大规格的"冬片"，那美丽的偷鱼贼才无法下手了。但次年春上，队长拓佬却又招呼桂子仍挑来少量"春花"投放到两个水塘里。

其实，偷鱼苗最厉害的是夜哇子。夜哇子在黄昏和夜间飞行觅食，白天藏匿于林中僻静处，或三三两两分开栖息在沟坎、涵洞或水塘小岛上的灌丛中。偶尔梳理一下羽毛，有时单腿站立，身体呈驼背状，大多数时间一动不动，仿佛忘记了时光流转。当你走到跟前时，它才"扑啦"一声突然从水边或是树丛中冲出，边飞边鸣，鸣声单调而粗犷，是一种"呱——呱呱"的深沉喉音。树在晚风中摆动着，把一些影子有一阵没一阵地投到水面上……这让你无法不对这种水鸟另眼相看，仿佛它们能飞往另一个世界的窗口。

小麻雀

小麻雀，顺地滚，

问你家哥哥格买粉；

买来粉不会搽，

问你家哥哥格买麻；

买来麻不会搓，

问你家哥哥格买锅；

买来锅不会煮，

问你家哥哥格买鼓；

买来鼓不会敲，

问你家哥哥格买刀；

买来刀不会切，

问你家哥哥格买鸭；

买来鸭不会钳，

问你家哥哥格买田；

买来田不会种，

我说你哥哥烂无用！

"格"就是"可"。在青滩埂，就算平时见面打个招呼，也是"格吃了""格来了""格冷""格热""格好""格要"，几乎每句问话都带"格"。有时，"格"又当"这"讲，"格时候""格场子""格个人"……西宁刚来时，老是给"格"迷糊，日子一长，总算渐渐搞清楚了。

且说麻雀的这位"哥哥"到底是不是这么"烂无用"，没人能说得清。但麻雀的兄弟姐妹们实在是多，在收割的田地中和上学的路上，它们快活地呼朋引伴，灵巧地穿梭跳跃，像无数团绒球一样在你的周围跳来跳去的。

麻雀最接地气，灰褐色的羽毛，铁色的尖喙，细细的小爪，都呈泥土的颜色，说不上是漂亮还是难看。夏秋，麻雀多在田野活动，到了初冬季节，地头找不着吃的，便从四面八方汇集到村庄里。"叽叽啾，叽叽啾"，屋檐下、场院里、篱笆墙头，到处都是它们卑微而小巧的身影。它们操着不变的乡音，互相追逐，穿梭于农舍间，跳到这里啾啾，蹦到那边啄啄，有时与鸡鸭争食抢吃……一旦有人走近，立刻腾空而起，不大一会儿工夫，又落到地面。或许，它们都以在这样的地方生存为荣。

麻雀一点点大的身子，撑死吃也吃不了多少，但它们有时刨啄麦田和菜地里的种子却叫人很头痛。乡人就在地头插一个稻草人，戴着破草帽，吊个迎风飘摇的破蕉扇吓唬吓唬。腊月里蒸了阴米饭来晒，怕麻雀吃，也在一旁插根竹竿，飘张红纸，但阴米饭不比种子，真要吃了也就吃了。

　　麻雀大约分两类。一类是把窝安在屋檐下或墙洞瓦缝里的，和烟火相伴，鸡鸣狗叫相闻，这是最常见的一种麻雀，叫家雀，也有称瓦雀子的。家雀很少集群，飞起来显得杂乱，无章可循。它们随遇而安，窝也不讲究，一片檐缝，一个墙洞，叼几茎草，几片芦花，就成了家室。还有一种就是禾雀，也称谷雀。它们把巢安在树上或是河坎下，飞起来常常是一大群，外形比家雀更俊逸，喙尖黑，性子比较躁烈，要是被人捉住关进笼子里，绝食是它唯一的选择，最终碰得头破血流，至死都紧紧地闭着眼睛和嘴。

　　孩子们几乎都干过捉麻雀的事，就连哄小弟小妹时也说："莫哭，莫哭，逮个麻雀给你玩——"冬天下雪了，就在院子里扫净一块雪地，撒上稻谷，用短棍支起一个盘篮或是竹筛，牵着绳子，人藏在屋子里，等麻雀来啄……不一会儿工夫，便能听到有物倒地的声响，随着一声悦喊，一只或两三只麻雀就给罩住了。

　　还有，就是到洞里掏麻雀。以前，到处可见那种高檐灰黑的老屋，单片砖的墙上窟洞多。搬了梯子往墙上一靠，攀上去，捋起衣袖，手往洞穴深处伸，探到底，碰着软软的草，摸到身上寸毛

199

不生的光秃秃的雏鸟，就带出来。有时，则会摸出有灰色麻点的蛋。老麻雀成了"愤怒的小鸟"，吱吱地叫着打圈子，很焦急，很疯狂……有那失去理智急红眼的，就飞过来照着你的头猛啄，生疼生疼，赶都赶不走。

掏麻雀的时候，嘴不能张得太大。据说，河那边三联圩有个小孩，因为掏麻雀的时候张着嘴，结果洞里一条蛇蹿出来，哧溜一下直钻到喉咙里……那小孩就死了。

西宁养过一对小雀，是三矮子从墙洞里掏来送给他的，先是放在抽屉肚里用烂絮孵着，等红分分的身子上长满绒毛，就把它们换到鸟笼中。小麻雀吃活食拉白屎，要是吃死食拉黑屎就撑不多久了，所以常要捉来小青虫混搭着喂。那小小的黄圈嘴，讨食时张开来像碟子，却是直肠子，吃了拉，拉了吃，食量惊人。小雀养大后，很黏人，做作业时，它们就歇落在西宁的肩头或是桌子一角，他走到哪它们跟到哪……后来，不知怎么，说飞走就飞走了。

这样的养育，当然没有回报。而在外婆的歌谣里，为子女的付出则大不同了："麻雀子叫，谷雀子音，姊妹三个共盏灯。你出线，我出针，做双花鞋把母亲。母亲怀我十个月，哪个月里不当心？日里当心天到晚，夜里当心打五更……"

一滴水，一只雀，三两年就是一生，麻雀们早已习惯了卑微。冬天里，太阳将要升起时，它们聚集在高处，迎着晨光梳理羽毛，仿佛比赛谁梳理得最好。有一只领头的麻雀欢唱，许多声音立刻响应，叽叽喳喳地响成一片，让乡村充满了生机。

在所有的飞鸟里，麻雀总是最易被人们拿来说事的。快乐也好，悲情也好，或者是一种无奈，似乎都有麻雀的份，比如："麻雀子，钻草堆；草堆倒，哥哥讨（娶）嫂嫂；嫂嫂生个小宝宝，宝宝喊我喊姥姥（姑姑）。"还有这首："麻雀子，三根毛；请你下来吃毛桃，毛桃没开花；请你吃黄瓜，黄瓜没落地；请你瞧小戏，小戏没开台；请你摸小牌……你也没钱，我也没钱，关起门来好过年……"

水葫芦

水葫芦,

不怕丑,

上面穿棉袄,

下面打光鸟……

哦嘘,

哦嘘!

"水葫芦"只是一个充满乡土意味的绰号,一般人都搞不清楚确切的称呼,而把它们当作小野鸭子。其实,它们并非无名之辈,西宁查过,它们真正的学名叫"小䴙䴘"(读作"辟梯"),很生冷古怪,拗口难念,大大影响了它们的知名度。

水道成网的江南,圩堤如影随形,那些总爱惹出事端的孩子站在圩堤上,只要一看到它们浮在水面,就戏谑地跳脚喊:"水葫芦，不怕丑，躲在水下头……哦嘘！哦嘘！"那不怕丑的"水葫芦"哪见过这阵势，屁股一撅，躲水底下去了。

水葫芦腹部着灰白羽，远看以为不讲文明地光着下身，这冤枉它们了。家鸭也常撅屁股扎猛子，从水下找那些小鱼虾和螺蛳来填腹，只是这种不那么善飞的貌似野鸭的水鸟，体形实在太小了。但它们根本不是鸭子，只是潜水的方式有点像鸭子。小伢子在丫巴脚塘里下丝网曾挂到过一只，并把它捧给西宁看，只见圆圆的屁股上是一团松松的白毛，几乎就是光秃秃的没有尾巴，尖细的嘴也与鸭子的扁嘴不同，这凿子一样的尖嘴，用来戳小鱼、小虾，肯定一戳一个准……还有那对白圈眼睛也很特别，瞳仁红亮，嘴角也有白边，花哨的眉纹，更像画的戏装。

水葫芦体形较圆，一律灰头灰脑，模样跟浮在水面的䴙䴘极相似。有趣的是，䴙䴘中最小最不起眼的一类，也有个浑号叫"药葫芦"，那种体形中等的赭红色䴙䴘，则叫"火葫芦"。

水葫芦虽不是什么季节性候鸟，但秋冬时候才更容易看到。它们三五只、十来只一起，若即若离地分散在那种大塘的宽敞水面上，伴着尖细的鸣叫声，这边一只扎猛子下去，那边一只冒出水面，然后甩甩头，继续在水面晃荡。早晨的水塘散发着一阵阵白烟，有时你数花了眼，也没弄清它们到底有多少只。

看得出来，它们不是那么容易沟通的，相互之间都保持着一点距离，从不扎堆在一起追逐嬉乐。当然，它们心情稍好的时候，也会在水面上悠然自得地梳理羽毛。悠悠的风儿将它们啄下的乱羽打着旋旋吹向岸旁，只有这时你才能数清它们的数目。和家鸭不同，家鸭通常只是像鹅那样倒翻着一对脚蹼在近岸浅水区潜泳觅食，累了就到草墩高地上歇一会儿……水葫芦却总是长时间在深塘广水之下搜觅那些小鱼虾和螺蛳，手段肯定要强得多。

它们游动时，水面上就分出两条剪刀形浪线，向着后方延伸，扩展。水葫芦翅膀短，不是迫不得已很少起飞。突然受到惊吓时，可以像展示轻功一样一路打起水花跃离水面，几乎贴着水面飞上两圈或直线飞翔一段，便回到原地或者径直潜入水下——毕竟潜水才是它的强项。水葫芦从来不上岸，连夜里睡觉也如同一个不沉的葫芦那样漂浮在水上。一般来说，它们只要选择了一处水面，就不再轻易离开。

长塘周边的浅滩上，生长着茂密的芦苇，芦花似雪的秋天，水面上漂浮着水葫芦，也漂浮着野鸭。野鸭的称呼亦有意思，两两相守、个头最大的叫"对鸭子"，四个一伙的叫"四鸭子"，八个一伙的就叫"八鸭子"。有一年突然来了许多绿翅鸭，连窄窄的茨菇河里都有，这其实就是"八鸭子"，是最小的一种野鸭，比水葫芦大不了多少，翅膀亮绿，头部栗壳色，两侧为绿色带斑纹。它们成群结队地出现在河流堰塘里，就有嘴馋的人晚上用小鱼虾去钓一两只改善伙食。

在大队部旁开医务所的陈玉才，不知从哪里借来一杆鸟铳。

那天傍晚，眼睛一直不太得劲的他，颤瑟瑟地握着那杆比扁担还要长的鸟铳，从藏身的芦苇下对准远处另一丛芦苇旁边的黑点开了火……枪响了，他听到一声惨叫，人顿时就呆了。知道自己闯了大祸，赶紧跑过去，有个满脸淌血的人从水里爬起来。那是程家涝的荒佬，在芦荡里钓黄鳝，搞了一身泥巴，刚跳到水里洗洗，冷不防就挨了一枪。好在离得远，铁砂子没多大劲，打在脸上幸好没把眼睛伤到。陈玉才慌忙把他背到自己的医务所里救治，因为是熟人，荒佬也没有为难他，治了两天，收下陈玉才非要给的60块钱就回家了。陈玉才再也不敢打野鸭子了。"明明是野鸭子嘛，怎么就格打到了人……有点背啊！"这句话，后来就成了经典。

秋天很快过到了头，严冬来临，野鸭子全都飞走，只有水葫芦留下来。所有的风一波波掀过来，刮过圩野，窸窸窣窣地响，早晚两头冷得厉害。从岸边开始，水面结冰，角角落落都是寒气，水葫芦就一点点退往水塘的中心，只有这时才彼此靠得很近。直到最后的水面也被封死，它们才不得不于暮色中声息全无地悄悄飞离。西宁想起爸爸曾教过的一句唐诗"日暮乡关何处是"……几乎所有的水鸟都在朦胧的暮色中飞行，恐怕也是情非得已。但是在大范围严寒区域，它们如果不能很快找到一处没有封冻的水面，又将会面临怎样的严酷处境呢？

看来，即使像水葫芦这般具有飞天潜水的本领，也并不能自由地选择生活和躲避生存危机。

纺织娘

唧唧唧，

叫叫鸡，

丝瓜架，

扁豆篱。

一更叫到五更止，

声声叫唤勤快些。

"叫叫鸡"就是纺织娘，也称纺织婆。西宁记得，西安那里是喊蝈蝈的。它们通体翠绿，像一个侧扁的豆荚，因为头较小，肚子就显得特别大。夏秋的夜晚，纺织娘叫起来，发出"唧唧——唧唧""轧织——轧织"的声音，很像谁家院落里的织布机在响。

捉纺织娘，事先准备好一个竹篾编的小笼子。天黑透后，在爬满瓜蔓和扁豆藤的篱笆架上，听到虫子叫，打亮电筒循声照过去，很容易就能找到。你能清楚地看到它一边鸣叫，一边抖动着薄而透明的翅翼，有时还会露出里面白纱一样的内翅。因为只顾鸣叫，动作就比较迟缓笨拙，受到惊扰时也不飞，只轻轻地跳一下，如果惊动不大，继续鸣叫。不过抓捕时要注意，它的两条细长后腿很脆弱，下手鲁莽了，很容易将其碰断。

次日一早，把小笼子托在掌心里，看着里面肥肥绿绿的时不时叫几声的虫子，煞是开心。纺织娘最爱吃南瓜花、丝瓜花，还有就是红辣椒，嫩嫩的玉米粒也为它所爱。当它在胖膧膧的青毛豆上啃出一个小小的残缺时，太阳升高了。有时，西宁觉得纺织娘似乎没什么心数，只要喂饱了就特别爱叫，白天也叫……随着头上那两根黄褐细长的触角上下抖动，声音显得嘹亮而兴奋。跟人一样，纺织娘也怕热，要是天气太热，就要在笼子里洒些凉水，把笼子挂在通风处。有一种纺织娘，身体窄窄的，绿尾如刀片，你不要招惹它，听人说，它会复仇，会在夜里飞到蚊帐里割下你的耳朵。

有一次，小侉子他们夜里顺带捉到一只拳头大小的刺猬，照例养在葫芦家院子里那个挖出的洞窟中，每天喂它一些瓜菜。为了验证大人们说的刺猬咳嗽声很像老头，就给小刺猬喂浓盐水，听到小刺猬被呛得连连咳嗽的时候，大家一齐大笑。后来，就在傍晚时把小刺猬带到原先那处墙根下放了。回到家，夜色已经降临，天井上方的星星初现了，朦胧的老屋里飘浮起一片"轧织——轧织"的叫声，有种神秘的色彩。

圩区有一些砖墙的大屋，都是过去地主老财的房子，几户人家分住，老屋外又接出小披厦，屋檐搭着高墙……这有一门好处，就是吃饭时端着碗可以穿越隔壁人家堂屋，顺便夹上一筷子菜。这样的老屋，中央是一个天井，四转有一圈淌水阴沟，一架老纺车就摆在旁边。额上横着层层皱纹的侉奶奶坐在小竹椅上，手摇纺车，"棉卷轻轻地捏在手，棉线不断地往出拉"，把码放在笪箩里的一个个棉花条子纺成长长的没有尽头的棉线。"吱呀，吱呀"，纺车轮子的转轴有节奏地响着。有人手痒痒，瞅空帮着摇上几圈，大多帮倒忙，力气稍微用大，线纱就断了。侉奶奶也不埋怨，只瘪着嘴笑笑说，这哪是你们做的事呵……每天，侉奶奶坐在天井边的小竹椅上，一手滤着纱头，一手握着纺车手柄，慢悠悠地摇，从春天摇进秋天。挂在檐角的篾笼里，小虫子薄而透明的翅膀颤动着。"晚风凉，野花香，纺纱纺到大天亮。早也纺，晚也纺，到底纺了几斤又几两……"

棉线纺够了，就上织布机打。一上一下的经纬线，用梭子从上下交叉的线纱之间拉过来推过去，并顺手将线纱压紧，来回往复，这很有些像篾匠打竹簟……一匹有点粗糙的布织出来了，或者染色，或者不染色，或者间杂着花色，自有人上门来买走。夜晚的油灯下，侉奶奶在织布机上忙碌着，从远处听，"唧唧——唧唧""轧织——轧织"响个不停，声音清脆悦耳，夹在汤汤的河水里流去。

西宁听外婆说过，侉奶奶是从很远很远的北边过来的，十七岁那年就过来了。可是，男人只给她留下一个遗腹子，跟人去挑私盐，从此再也没有回来。她就凭着一架纺车和一架织布机，将儿子养大成人，成了后来推独轮车的老傅，这样才有了小侉子跟他的妹妹荷香。当天井的日光从西边的墙壁缓缓移下，照到门栏上的时候，侉奶奶会站起来，掸掉身上的乱絮，说该做饭了。

青滩埂人将纺纱车喊作摇车，纺纱也就成了"摇纱"。侉奶奶常常边摇边唱些自编的小调民谣，听上去很逗趣：

"摇车摇车框框，一摇摇到东边山上。东边山上一根线，一拉拉到芜湖县。芜湖县一根纱，一拉拉到侉奶奶家。侉奶奶哎，捉狗子噢！狗子还没落窠。摇车摇车框框，一摇摇到东边山上。东边山上一根线，一拉拉到芜湖县。芜湖县一根纱，一拉拉到侉奶奶家。侉奶奶哎，捉狗子噢！狗子还未长大。摇车摇车框框，一摇摇到东边山上。东边山上一根线，一拉拉到芜湖县。芜湖县一根纱，一拉拉到侉奶奶家。侉奶奶哎，捉狗子噢，捉去吧，捉去吧……"

秋天到了，落了一场冷雨。没过几天，又淅淅沥沥落了一夜，把篱笆和草丛中的虫声差不多都浇灭了。

季节之外

③

老鼠子啃锅盖

小老鼠，

上灯台，

偷油吃，

下不来。

喵喵喵，

猫来了，

叽哩咕噜滚下来！

    这种永远长不大的小老鼠，比拇指大不了多少，尖嘴圆耳，黑背白肚，尾巴细长。有一次，小侉子用盛放卡子线的笸箩扣到一只偷吃麦粒的小老鼠，放进大钵子里，没想到这小东西竟然会抱合两只前脚，后脚立起，像是在作揖求饶。后来大家就专门对它进行强化训练，不作揖不给吃的，"猫砍柴，狗烧锅，老鼠作揖笑死我……"没想到那天正练着功时，他家那只秃尾巴黑猫从斜侧冲过来，一口叼起，跑得没影了。

早先，大奶奶家堂屋贴过一张老鼠成亲的画，一伙红衫绿裤的老鼠吹吹打打，张灯结彩，好不热闹。四个尖嘴细腿的家伙抬着花轿，里面坐着穿红衣的新娘，后面跟着头戴官帽、手摇折扇的新郎哥……但一只老猫已经捉牢最前方的一个执事，全队难逃猫口却浑然无觉。大家进了屋都喜欢看这张画，指指点点，边看边笑："大红花轿抬新娘，老鼠成亲喜洋洋。新娘刚到老猫家，老猫啊呜就吞下！"

传说中，老鼠嫁女的日子选在正月十六夜。每到这天，大奶奶不让儿媳们端笸箩做针线，特别不准动剪刀，怕扎烂鼠窝，说是你扰它一天，它扰你一年。到了晚上，还要在桌子底下放芝麻糖，为老鼠成亲准备喜糖，并叫孙子们手拿簸箕，到屋子里敲打每个角落，口里念着："十六十六拍簸箕，老鼠子养儿不成器……"这实际上是对老鼠的诅咒，希望它们一代不如一代，到最后永远绝迹。

乡村夜晚，总是很静，静得能听到一片树叶飘落的声音，还有轻微的流水声和远处一两下狗叫声。但是，你家屋子要是有个顶棚，就没得安生了，成群结队的老鼠整夜里在顶棚上跑马队，呼啦啦，呼啦啦……有时跳到帐顶上、床头边，伴随着吱吱的叫声和激烈的打斗声，吵得你心烦。这已不是那种会作揖的小老鼠，而是拖着好长一截尾巴在灯光的暗影里跑来跑去的灰褐色大老鼠。小老鼠只能在地上钻墙缝，大老鼠上梁蹿脊，比轻功高强的夜行侠还要胜出。其实，白天老鼠也出来活动。母鸡在窝里生了蛋，跳下地咯哒咯哒叫，老鼠听见了，从洞里跑出来偷鸡蛋。两只老鼠共同作案，一只仰抱鸡蛋躺倒，一只叼住尾巴朝洞里拖……西宁曾在鸡窝边蹲守过好多回，可惜都没能亲眼见证真实场景。

人和老鼠同住在一个屋檐下，你到哪里都摆脱不了老鼠的身影。它们啃锅盖，啃碗柜门，以及衣服和粮食，稍微保存不当，就给毁得惨不忍睹。"老鼠老鼠你别急，抱个老猫来陪你"——老鼠最怕的当然是猫。小侉子家里常有鱼腥，特别招老鼠，于是养了一只很厉害的断了半截尾巴的黑猫。那猫看上去就有点邪门，常在墙根下游走，西宁扔东西给它吃，它回头看一眼，似乎在探究出于什么动机……大多数猫都是只管捉自己家里的老鼠，渐渐地，老鼠就都汇聚到没养猫的人家去了。也有不捉老鼠而只偷吃鱼和小鸡的猫，这种猫不务正业，当然要被清理门户。

猫捉老鼠，老鼠跑进洞，猫也没法。蛇更厉害，只要老鼠被瞄上，老鼠上梁它上梁，老鼠钻洞它钻洞，撵到最后，老鼠只有束手待毙。要是你听到哪个角落里传来"咔喳""咔喳"的异响，那就是老鼠在数铜钱……洞口被蛇封死，就发出这种恐惧绝望的叫声。还有，听到床底下老鼠叫声不对，通常那就是蛇在盘鼠。所以村里人对蛇总是既憎恶又敬畏，看到墙缝里飘出蛇脱下的皮，小心给塞回，切不可掉地上踩踏到。

要是不养猫不招蛇，那就把东西都收藏在缸里。"家有十口缸，饿得老鼠慌"，老鼠牙齿再厉害，总不能把缸啃通。但是，大队屋里堆满稻子，屋梁上还吊着稻种包，这等于是敞开喂养老鼠。老鼠多，招来的黄鼠狼和蛇也多，还有猫头鹰。猫头鹰昼伏夜出，白天藏在大队屋檐梁间。这种长相古怪连脚上都裹着毛的钩嘴大鸟，黄绿的双目直瞪着你，脸能随物体移换而前后左右转动，看上去显得很诡异。猫头鹰和猫还真有好多相似之处，不仅头形像，双眼像，而且都有吐"食丸"的习性。它们吃完老鼠后，常将纠结成团的不能消化的骨头、毛发吐出。早晨，在大队屋边常能看到这样的"食丸"。

专在田坎边打洞的田老鼠也多，而且都长得肥肥壮壮。从家里带来水桶和网兜，找到有爪痕的洞穴，提水往里灌，将凡能见着的出口都堵死，只留一个洞口用网兜罩住。老鼠出逃，必会被网住。有时只要灌几桶水，就把老鼠逮到了；有时要灌几十桶水，才能把老鼠逼出来。

但是像这样灌水捉田老鼠，往往将洞里的收藏也糟蹋了，最好是挖洞。挖洞最有能耐的是桂子，他那把锋利的鸭锹挖起洞来，真是得心应手。靠外河的滩地上，黄豆和花生早已收完，一片空荡荡的，很容易就能找到一些大洞小窟。桂子说，田老鼠的洞很讲究，困觉的地方铺着干软的豆叶，有专门的茅厕，还有库房储藏过冬的粮食，里头都是籽粒饱满的黄豆、花生。从一只勤快的田老鼠洞里挖出十几甚至几十斤黄豆来，一点不稀奇。这些东西没人敢吃，最后当然都喂进了桂子那些鸭子的嘴里。

挖掘田老鼠，狗也来凑热闹，偶尔撵出一只灰黄野兔，人喊狗吠，声震四野……但到最后，兔子还是逃脱了。

黄鼠狼

天不怕，

地不怕，

就怕西埂黄老大。

"西埂黄老大"就是黄鼠狼，又喊黄老鼠。黄鼠狼头细身子也细，常在宅边地头或干沟乱树丛里高蹦低蹿，追袭老鼠，有时也对鸟雀和人家养的鸡崽施暴。黄鼠狼拜月场景没看到，倒是见识过它怎样忽悠一只兔子并最后把它放倒。黄鼠狼比兔子小得多，三四个加起来也没有一只兔子大，但它会施展诡计，在兔子面前又跳又扭，显得兴高采烈……兔子是个十足的傻瓜，看呆了。黄鼠狼跳啊跳，跳到兔子脑门前，趁兔子不备，突然张口向它颈子下的要害处咬去。有人亲眼见过更奇特的事，一只野鸡惊叫着从草丛里飞起，脖颈下居然吊着一只黄鼠狼！

秋天，西埂那里长着许多芭茅，一簇簇地挤在一起。茂密的茎叶中，常藏有肥肥的野鸡和斑鸠。芭茅的叶子边缘长有细密的锯齿，可以轻易地将皮肤划出一道细细的血口，青滩埂人要是讽刺一个人眼睛特别细小，就说"像芭茅划的"。夕阳下，当你远远地看见一只黄鼠狼悠闲地散步，还没等走近，它就不慌不忙地钻进芭茅深处不见了踪影……所以，许多人喊黄鼠狼为"黄大仙"或"芭茅大仙"。西埂再往那头去，便是埂湾老坟滩，高低起伏的坟堆前，除了黄鼠狼打的洞窟，还立着"某某先考先妣大人"字样的石碑，字迹多已模糊，被遮覆在野草与荆棘间。

要是有机会凑近看，黄鼠狼身子金黄，头部稍黑，白唇、白喉，大尾蓬松。"太平车，四轮滚，上面坐着花大婶。榻榻板，马桶盖，上面睡着花老太。"西宁实在很难搞清，为什么黄鼠狼会有这么多名号。其实，这个"花"是小孩子"过麻花"（麻疹）的"花"——家里有小孩子"出花"了，不单要供"水花娘娘"，供土地婆婆，还要供奉"花老太"。大奶奶就经常被"大仙"附体，又说又唱，弄出许多神神道道的事来。

自打小鸡孵出后，外婆日夜小心地守护着，一有动静就跑过来看。但即使这样，仍然丢了几只，找到小鸡的尸体，都是颈子下被咬个小洞吸干了血，这肯定是黄鼠狼干的。外婆轻骂了一声"杀千刀的"，就让西宁去余师母家把那对看大门的大白鹅借过来。外婆说，黄鼠狼的爪子只要沾上了鹅粪，就会烂掉，所以有鹅在，黄

219

鼠狼不敢进院子门。人们常说鸭鬼子、鹅呆子，但那对大白鹅一点也不呆，走路高视阔步，生性好斗，特别有警惕性，生人从旁边走过，就嘎嘎大叫，张开双翅，伸着长颈贴地朝你啄来，估计"黄老大"根本不是对手。

谁也没料到，就在大白天，那对大白鹅刚打了个盹的工夫，又丢了两只小鸡，西宁发誓要抓住凶手。傍晚时，他故意让老鸡带着小鸡伏在院墙门边，自己藏身在篱笆外的一棵桑树上，手里牵着一段绳子，只要那东西进院子，一拉绳子，院门关严，能抓活的。天暗沉沉的，闷得要命，像要下雨，蚊子特别多，草丛里还有许多不知名的小虫，咬得人又痒又痛。

就在西宁不经意一回头时，发现一只连头带尾足有两尺长的黄鼠狼悄没声息地钻进了屋横头的山芋窖里。那是冬天储存山芋用的，南瓜、生姜也可放里面——就是在泥地上垂直挖一个大深坑，盖上顶，留个出入口。现在，山芋、南瓜早就吃完，里面空荡荡的什么也没有。盖子掀起靠在一边，让里面通风、透气、晾干……黄鼠狼熟门熟路一下就溜进去了。

西宁从树上下来，蹑手蹑脚地走过去，抓住盖子一扣，捂了个严丝合缝，又拿起几块砖头压在上面。回头找来一堆干草乱枝，划根火柴点着一股脑塞了下去，再把盖子扣上。让浓烟熏它个七荤八素，拿活的，智取"黄老大"！一丝一缕的青烟，从木板盖子的缝隙飘出来，眼看天快要黑了，西宁就掀开盖子扇扇风跳了下去。

孰料，进去之后他左看右看，竟然什么也没有。四面土壁平平展展，老鼠洞都没一个，"黄老大"却不见了，连根毛都没找到。西宁好生奇怪，眼睁睁地看着那东西跳进来的，咋就没了呢？也就在那当头，耳中传入一阵阵奇特的"吱吱"叫声，循声扭过头看去，只见一只体形硕大的黄鼠狼就端坐在他刚才藏身的那棵桑树上，幽幽地跟他对视着，连嘴边通到喉下的白毛都显得清清楚楚，分明就是刚才钻进山芋窖的那个家伙。

正好小侉子家黑狗发财游荡过来，大约闻着了气味，一偏头，也看到了树上的黄老大，嗷的一声闷吼，扑了过去……一道金黄身影从树上蹿下，射入篱笆外面的草丛里去了，远远地传来发财一连串恼怒的叫声。

第二天早上，西宁去上学。圩畈里一个人也没有，稻田小路两边的草上挂着晶亮的水珠，踩过后会留下一行行清晰的脚印。快走到长塘村了，半干的泥水沟里，有群鬼头鬼脑的鸭子正钻来钻去埋头啜水觅食。忽然，他看到旁边一棵树上又蹲着一只黄鼠狼，白唇白喉，一条长长的黄尾巴在身后晃呀晃……不知道这是不是同自己结下梁子的那一位。他硬着头皮走过去，那位倒也知趣，弓身从树上跳下，三蹿两跳，遁入深草中不见了。西宁看到树干上贴着一张书页大的桃红纸，上面竖写着几行墨字："天皇皇，地皇皇，我家有个吵夜郎。过路君子念三遍，一觉睡到大天光……"

221

他站在那里，心里有点恍惚，但仍然照着红纸上写的一字不少念了三遍。

刚升起的太阳，圆圆的，红红的，像个在水汽里沉浮的鸭蛋黄。

扯鬼经

吊死鬼过沟，

踩死泥鳅；

泥鳅告状，

告到和尚；

和尚念经，

念到观音；

观音打水，

打到个落水鬼！

　　有一个游戏叫"走路"。一人站在那里，另一人上场，咳嗽一声。站在那里的人问："干什么的？"答："走路的。""走大路走小路？""走大路。""大路有水。""那就走小路。""小路有鬼！""有什么鬼？""吊死鬼、落水鬼、产婆鬼、芭斗鬼、夹夹（念"胳"音）

子鬼……"于是，黑咕隆咚里就跑出了许多小鬼，张牙舞爪，做着吓人的动作，尖叫声四处响起。

还有一种"鬼捉人"的玩法，一个人当鬼，其余人四处散开乱跑。倘是被"鬼"追急了，可以举手讨饶，自愿被施定身法，就可以放你一马。但你定身不能动，须等别人过来拍一下，才算救你复活继续奔跑。有时，"鬼"太强壮厉害，所有的人都被撵得哇哇乱叫、气喘吁吁，自请定身。

下雨天玩不成，还有冬夜户外冷也玩不成，就去听人"扯鬼经"，讲鬼故事。黄昏时走近某幢檐墙高列的老屋，可以清晰地看到墙上的斑驳苔痕、门上的裂缝，还有遮住墙脚的青草。几个老人坐在一块说着往事，某人说"聒点那东西吧"，然后就围了一圈小孩。西宁知道这都是老迷信，但忍不住也去听……生动有趣又异常恐怖的鬼故事，总是那么吸引人。那些撞上鬼和见到过鬼魂的人，通常都是一些趁黑捕鱼的、行夜路的，或早起去田里放水的人，有名有姓，住家不是长塘村就是大路吴，或者是三联圩，总之都是能打听到的。那些清寥沉寂的夜晚，似乎就是专为闹鬼准备的。

有个张老三丢了牛，月夜里去寻找。看到一人在老坟滩上刻坟碑，边刻边骂："把老子的名字都搞错了……格要害老子自己动手改过来！"红塘埂某人挑了一担咸鱼到邻县卖完，回来时走到太阳落山，又饿又累，终于来到老姑奶奶家门前。老姑奶奶给他煎荷包蛋下挂面，肚子填了个铁饱。半夜到家，说起这事，家人大惊，告诉他，老姑奶奶三天前已经去世了！

某人乘夜航船回家，船舱里坐满人，静悄悄的谁也不说话。行至半途，身边有个女人悄声对他说："你不该坐这班船……这船不是给活人坐的。"见他害怕得不得了，那女人又说："我能帮你逃出去。"就拖起他冲向船头，一纵身跳了下去。船舱里喊："跑了跑了，快追……"他们跑进一片树林里，方才松了一口气。此人正要给那个女人道谢，却见对方口里吐出鲜红的舌头，说："好久没吃人肉，现在，没人跟我抢了……"

有一个姚婆婆，睡到后半夜，咚咚咚有人敲门请她去接生。下着小雨，路滑，那人就搀着姚婆婆走，这手多凉啊！终于进了一间屋里，微弱的灯光下，一个女人披头散发地躺在床上。孩子生出来了……啊，怎么没有下巴？姚婆婆惊呆了。身后那个男人沉声道："你看，我也没有下巴……"天哪，果真没有下巴，而且脸色青紫。"你看我也没有下巴啊。"床上的女人说话了。姚婆婆哪敢回头，赶紧逃出门。第二天，几个胆大的年轻人陪她找过来，哪有什么人家，分明就是一片老坟滩嘛。

还有个鬼故事，说一小偷晚上出去偷东西，旷野里遇见四人围餐，被邀入座，有吃有喝，似觉碗碟里菜肴隐约活动，伸筷子去拨，竟是一些癞蛤蟆、蛇、蜈蚣……再一看碗里米饭，都是白花花的蛆虫！小偷尖叫一声，抠住喉咙大呕不止。那四人便嬉笑道："何不将嘴里的东西都抠出。"便相继伸手入口，各自挖出一截舌头来。

小偷吓得没命狂奔而去，上得一处圩堤，见有两个老头对坐着说话，方才定下神来，将刚才的遭遇说了。岂知二人听后相视一笑，道："格有何难？你看，是不是格样的——"说着，各自捧着下巴一拧，将头拧了下来！这鬼拧头的故事，还有一个版本，说一日向晚，某剃头挑子前坐下一人，向剃头佬借得剃头家伙后，兀自拧下自己的头来剪发、刮面。

漆黑的夜晚，天上不见星月，周围大人叼着烟火一闪一亮的，感觉鬼就在不远处。若是在邻村听了这些鬼故事，回家就成问题了。经过一片无人的小树林，脚下跑紧，喉头发紧，身后传来"嚓嚓"的脚步声，你快它快，你慢它慢……突然一声猫叫，魂都吓掉了。有时，一大帮子人也不见得就壮胆，要是有谁恶作剧一声怪叫或是带头跑了起来，一群人全崩溃，个个撒丫子没命狂奔，鞋子跑脱也不敢捡，还有人跑掉水里……但到了第二天晚上有人讲鬼故事，一个不少又聚齐了。

听多了扯鬼经，西宁头脑里难免不生出鬼影。尤其是打雷的夜晚一人睡在偏屋里，窗外一道刺眼豁闪跟着一声炸雷，仿佛有一只尖指甲的毛手突然伸过来……吓得他赶紧将头蒙进被子里。半夜里尿急，也死憋着，不敢下床。

鬼故事里也有真人真事。那年初夏的一天，村里人叽叽喳喳传着一个新闻：曲滩村刘婆婆，因为和媳妇不和，有一天，她对货郎老五说，过几天新麦就要上来了，想吃顿鸡蛋摊粑粑，再去喝药

226

死掉。大家以为是开玩笑，没有一个人当真。几天后，她真的在家喝药死了，穿着新衣和新鞋。青滩埂八老头，土改时一天夜里背着枪巡逻，看见水神庙旁边有一盏鬼火，就朝着鬼火开了一枪。哪知那鬼火顿时炸开，化作了无数小鬼火，吓得他连忙往家跑……鬼火也跟着跑。他一跤跌倒，摔残了左手。

又一年夏天，茨菰河无人管理的揪渡翻了船，淹死两夫妻。找来两个打鱼佬捞尸首，结果水性最好的那个潜下水却没再冒头。直到第二天傍晚，才用拖网拖上来缠成一团的三具死尸。那个打鱼佬两条胳膊被两具尸体抱得紧紧的，掰都掰不开……要知道，打鱼佬下水，那两人已沉到水底大半天了，早就死透了。

有一种夜鸟，老是叫着"我要我的号，我要我的号"。听说那鸟原本是个吹号鬼，夜晚老跑到河湾里吹，很吵人。于是有人拿锄头偷偷跑到鬼身后一把将号打落，并将鬼打跑。后来，鬼就天天跑到这个人屋外喊着要他的号。

那时，常有人夜晚打手电到老坟滩或河湾里照鹌鹑。别号"老鸹枕头"的鹌鹑有点傻乎乎的，被手电强光一照，就花了眼，头一缩，趴地上一动不动，任你伸手捉。因为事关那些塌陷的坟窟，引出许多鬼故事便也顺理成章。比如，青石碑上坐着个花衣女子，走近一看，是七窍流血的吊死鬼，胸前拖着好长一截红舌头。起步跨田缺时，却一脚踩在软绵绵的衣包上，伸手一摸，摸了一手浓腥的血……还有人在路上捡了个草耙子扛到家，却成了一块朽烂的棺材板。更有甚者，某人捉了一夜鹌鹑，第二天睡到中午起来，开口讲话，变成了细尖的女嗓子，而且还是一口外地腔，把家人吓得目瞪口呆……这些传说，足可以编出一部乡村版的《聊斋志异》。

戏　台

柳树柳，

槐树槐，

槐树底下搭戏台。

梁山伯，

祝英台，

状元骑马来。

唱戏的日子里，不管在哪村，远远就可望到戏台。戏台未必真的搭在大槐树下，多数在村口，或在一片旷野上。有一年，河湾村竟然把戏台搭在水里，西宁先是站在河滩上看，累了，就退后坐在埂坡上看。到了晚上，台上亮灯，水面上也有灯，戏台上的人物就像在仙境里一般飘来飘去。

有一句歇后语，叫"搭戏台卖豆腐——好大的架子"。其实，这些戏台都非常简单，栽几棵木柱，扎几根横担，再搭上几块跳板或者门板，中间竖两块摊垫或是大晒箕隔开，两边留有空隙供演员出入，后面是化妆室，前面是戏台，锣鼓班子就在台口一侧。乡村草台班子多，男女老少人人都会哼唱几句戏文，只是水平高低不同而已。走到哪里，都不难听到黄梅戏行云流水一样的曲调。连捉黄鳝的荒佬和做挂面的黄老四这样不识几个字的人，也能把一本戏从头至尾唱得像模像样。

晚上有戏看，西宁绷了一身劲，吃罢晚饭，跟着人呼啦啦就出发了。从圩埂大路上望去，远处的戏台已是一片灯火通明，连同台下黑压压的人群，像是浮在半空里。走下圩埂后，路两边暖亮的马灯光影里，都是卖小吃的，下馄饨、下汤圆、炸腰子饼的，卖麻饼、杠子糖和麻花徼子的，也有卖荸荠和甘蔗的，卖那种黑乎乎用细绳串着称作柿砣的。走到近处，台上有几个人正做着开戏前的准备。那些化了妆的演员，上下戏台得爬梯子。在台下，他们和平常人一样吃东西，喝水，说话。

时间一到，锣鼓喧天，这时，必是束发武生装扮的小汪一串空心筋斗翻出场。他的跟头翻得又高又快，在空中翻转一圈才落地，人群里一片喝彩声……翻到台口，站定，双手抱拳向台下作揖，说上几句话，介绍过剧情，再纵身一串跟头翻进后台。紧接着，锣鼓声里出来一群拿着刀枪的人，在台上绕行一圈，先是刀枪对峙，接着互抛刀枪，打白手……之后，大幕落下，再拉起时，正戏就开唱了。

这期间，台前台后跑来跑去、又是喊叫又是打手势指挥调度的那个人，仍是小汪。小汪本是江北人，因为戏教得好，就在这边招亲落户，甚至还当上他们那个生产队的会计。每年秋忙后，总有一些村子要排戏，就把小汪请来，由他选定剧目，再把戏中的剧情讲解一下，然后各分角色。对于不识字的人，只有一句一句地硬教。小汪在剧情中创造性地增添了一些武术花样，使得台上的戏变得好看多了。

演员大都是这村那庄的，不过化了妆，脸上涂满油彩，还真难辨认出来。武打戏少，大多是《董永卖身》《罗帕记》《乌金记》和《雪地仇》之类的文戏，行头也是半新半旧的。剧情无非是公子落难，小姐讨饭，或者夫妻离散，幸遇贵人搭救，最后金榜题名，破镜重圆。也有公子忘恩负义，攀附权贵，最终身败名裂……这些，都昭示着一个千古不变的道理：善有善终，恶有恶报。小姐讨饭时，就跪在台前，手执一根长长的竹竿，前头挑一个竹篮，伸到观众面前讨钱，观众们纷纷把纸票或者硬币朝篮子里丢……

大人瞧戏，小孩子凑热闹。戏里唱的什么，小孩子根本听不懂，也不感兴趣，若是戏中人手上拿了亮闪闪的刀剑，如《白蛇传》水斗那样便十分吸引人，可惜在黄梅戏里很少有使剑耍枪的。大花脸的胡子，文官的乌纱帽，颤颤的帽翅，还有绷在腰间箍不像箍带不似带的玩意……都用什么做出来的？倒是很值得大家猜测。

231

俊俏小生落魄的时候，一袭黑衣，激愤时猛一甩头，把披散的头发高高甩起，那真叫一个绝！不过《董永卖身》里许多仙女飘飘荡荡下凡的场景着实好看，还有老槐树开口说话也让人觉得有趣……最让人感到无聊的，是七仙女烧难香把姐妹们招来"织锦"的那一折。那个大姐一副滑稽相，画着老阔的嘴巴，脸上还有一点点麻子，拿着一柄破芭蕉叶扇坐着织布，什么"一更天"呀，"二更天"呀，咿咿呀呀唱个没完没了——"老妈妈织布，许多的啰唆"，老是赖着不下去，把人都腻烦死了。

台前黑压压的戏迷，多为一大把年纪的人。七仙女上天，董永昏死荒郊，七仙女在槐荫树下留下字条："等到来年春暖花开日，槐荫树下把子交。"然后哭倒在地……揪心的场面，让他们一个个瞪大眼睛，伸长了脖子看，一些女人就不断拿手帕擦眼睛。孩子们在人群中乐此不疲地追逐打闹，撞了人或是踩痛了人家的脚，会招来一顿叱骂。

正本子大戏完了，夜已深，人们还不过瘾，不肯离去，一齐叫喊着："再来一本！""再来一本！"不好拂了观众们的盛情，于是只好推出一本短短的"侧戏"，什么《夫妻观灯》《打猪草》《讨学钱》等。虽是小菜一碟，但也充满了情趣，引得观众一阵阵叫好，又过了一把戏瘾。

有一晚，戏台上来了个谁也不认识的家伙，着长衫领褂，鼻梁上架一副圆片墨镜，像个算命先生的样子。他先是抱拳一揖，自称姓秦，名叔宝……呔，这人也配叫秦叔宝？就在有人要起哄叫骂时，只见他摘去墨镜，像是变了一个人，扭扭捏捏走到戏台中间，张口唱出众人熟悉的庐剧调："正月采花无花采，二月采花花正开，三月桃花红满棵，四月葡萄花架上开，五月石榴花红似火，六月荷花水上飘，七月菱角花满池塘，八月风吹桂花香，九月桂花一堆堆，十月风吹胭脂梅，十冬腊月无花采，老天爷降下雪花来。"忽然脱下一只鞋，当镜子，学妇人梳头搽粉。然后脱下另一只，放在身后照看，左顾右盼，搔首弄姿，做出种种怪样，口里唱的仍是庐剧腔，却有点不成调："小花鸡花又花，上山打野不来家，家里又有灵芝草，外面又有牡丹花。牡丹花一点油，三个大姐来梳头，大姐梳的金头，二姐梳的银头，三姐不会梳，梳个燕子窝，燕子来生蛋……"唱着唱着，他忽然一把抓下头上的鸭舌帽，露出个秃瓢头："天光哩，鸡叫哩，癞痢起床屙尿哩。烧根香，拜菩萨，保护我癞痢生毛发！"

就在众人抱着肚子狂笑不止时，怪人已穿好鞋自戏台一角纵身跳下，飘然离去。

事后大家猜测，这人八成是来踢台的，听他的口音是江北合肥那边的人。江北人喜欢庐剧，庐剧唱词每句都是七个字，故又称"倒七戏"或"小倒戏"。"江北人没出息，出门就唱小倒戏"，这是一句很伤人的调侃。但"小倒戏"形式简单，轻松活泼，唱词诙谐，通俗易懂，和黄梅戏一样，最为乡下人所喜爱……黄梅戏和小倒戏，实在没有必要相互拆台。

忙　喜

新娘子到，

放鞭炮，

噼里啪啦真热闹。

腊月里，村外大路或是弯弯的圩埂上走着长长一队人，抬着箱笼，吹吹打打，后面跟着许多小孩子，那就是接新娘的队伍。抬着、挑着的都是陪嫁物品，除了惹眼的箱笼和大红绸缎被子外，还有盆啊桶啊梳镜什么的，一路招引来人群观看。走在队伍中间的红衣女子，便是新娘，身边有女伴陪着。

一对青年男女经人提亲，相看满意后，接下来就是"送日子"，双方确定一个良辰吉日结婚喽！也有双方自己早就定好终身，媒人提亲只是走个程序，实际并不担任介绍作用。结婚本是件甜蜜的喜事，但由于是离家另投门庭，故新娘多是苦着脸，还有刚出门时娘亲有一场哭嫁，眉眼间泪痕犹在。一些小孩子便撵着喊："丫头丫头你别哭，转过弯弯是你屋。田也有，地也有，打开后门见石榴。石榴树上结冰糖，吹吹打打做新娘！"

新娘离家前一晚，姆妈亲手把女儿嫁妆中的被头、衣裳一件件递给哥嫂，由他们一样一样地放入箱中，以示女儿从娘家带走的东西，哥嫂都晓得，此谓"填箱"。为了把婚礼办得周全、热闹和喜庆，自然少不了一帮忙喜的人。在男家，布置一新的洞房里已经开始铺床叠被了，这事得由亲友中一个有福气的女人来做，预示着新人将来也会幸福满满。铺好的婚床撒上红枣、花生、桂圆，还有一把筷子，寓意"早生贵子"……为了加码，还得抱来一个男童"压床"。

这边新娘亮妆尚未尽兴，媒人已领来一群扛着贴有"囍"字扁担、箩筐的青年人到了村口。鞭炮炸响，姆妈开始哭嫁："娘听后园鸟雀惊，少了房中女儿声……"在抑扬顿挫的哭声中，诉说着养育女儿的艰辛，教育女儿要做好婆家的媳妇，好好过日子。此时开始发嫁，先是一只红汪汪的马桶，与一只里面插着棰棒的提桶配对，由一个半大男伢挑着；再是脚盆、搓衣板、花瓶、热水瓶和洗漱用具雪花膏，甚至还有一架缝纫机；最后压阵的是铺盖、衣裳箱子。至于发妆先发马桶，因为马桶又叫"子孙桶"，早先妇女生小孩都在马桶边进行，故马桶是预祝新婚后子孙繁衍的重要物事。为了奖励挑马桶的差使，马桶里特别放了一个红包，红包

235

里有三五元钱，另有几个染红的熟鸡蛋、瓜子、花生、糖果各一把。哭嫁结束，新娘出门上路，步入人生新的旅程。

"一下子哭，一下子笑，两只眼睛开大炮。一开开到前山坳，新娘子哥，哈哈笑！"这样一队人，要把路走完实属不易，路路节节都有人拦着打劫，讨喜烟，讨喜糖，纠缠不休。而这一切，全由媒人出头应对。媒人一路赔礼说好话，嗓子哑了，蓝卡其新衣的荷包口也给扯裂了，甚至头上戴的一顶鸭舌帽也在哪次混乱中遭人抢走……总之，是搞得相当狼狈。

年末，鱼塘放干水捉鱼，把塘里肥黑的淤泥戽上来堆在路边，路就显得窄了。而一些出嫁女上路前哭得雨打梨花，被人扶着走，没有心情望路，一不小心就踩进路边的淤泥里。有一次在程家涝路边，有个新娘一脚踩进泥里，一惊，另一只脚又陷进去，忙乱了一阵子，才把两只脚抽出来，可怜一双花鞋已糊满烂泥。

终于，迎亲队伍进了村，鞭炮声再次响起，新郎家人开始朝涌过来的人群抛撒糖果、花生，引发哄抢。在热烈的气氛中，由一位大叔级长辈把新娘背入家门，焚香点烛，鼓乐齐鸣，一对新人开始拜堂……喊堂的主婚人，仪表庄严，跟媒人一样也是身穿蓝卡其上装，头戴鸭舌帽，喊的都是"一拜天地""再拜高堂""夫妻对拜"这样南北流通的词调。

乡下厨师头一天就来了，徒弟挑着一摞蒸屉跟在后面。全村的碗筷都被借来，碗底有记号，不会混淆。拓佬大儿子平水讨亲，西宁跟着外婆吃了一回酒。办酒席称作办"十大碗",无论穷家富户,都有十碗荤菜。大致为红烧肉、粉蒸肉、狮子头大肉圆、红烧鲢鱼(又称"漂鱼")、"漂圆"即汤肉丸子或汤鱼丸子。其中少不了一碗子糕,将鸡蛋兑极少的水搅匀蒸成糕状,切菱块烩成汤。盛在大海碗里的酱红色蹄髈是主菜,上盖一张金黄豆腐皮,蹄髈拿筷子挑到嘴里,咸中带甜,实在好吃。只是这蹄髈端上来时扣着一个碗,要等鞭炮响过,主家带着人由上至下一席一席地敬过酒,每人发两根纸烟,这时才能揭开罩碗吃蹄髈。素菜则有焖黄豆、千张干丝及一些凉拌菜等。

按理说,最辛苦的应该是媒人,媒人在这样的场合应该受到敬重。"差人的腿,媒人的嘴",媒人靠着自己的巧嘴簧舌,两头说合,终于修成正果了……可是"新娘进了房,媒人撂过墙",媒人在婚礼宴席上还会遭到男女双方亲友的捉弄——抹红和压饭。抹红就是弄些油彩涂脸,压饭则是在灶间帮厨的婶子大嫂端碗米饭过来,趁媒人不备倒进其碗里。按青滩埭的规矩,这样的饭不能剩留,必须在众人的嬉笑中一口口咽下,直咽得饱嗝连连为止。

在老圩心里,专有骂媒人的"哭嫁"词:"媒人嚼舌根要短命呀,媒人望我要瞎眼睛呀……"媒人要是配错姻缘,就会酿下悲剧——那是一个类似梁祝的故事,三联圩一对男女,在县城念中学时定下情,却未成眷属。原因是女方被邻村大队书记看中,于是请公社书记出面做媒说动了其父母。婚礼定在国庆节,可是没等到那一天，姑娘投了河。

阳光很好的秋日午后，西宁去给撑船的丁三送膏药，看到一个穿白衬衫的青年人站在渡口，定定地望向远方……神情很是忧郁。

马　桶

纺织姑，

倒起头，

哥哥骑马我骑牛。

我跟哥哥去念书，

路上捡个马桶箍。

马桶，一种看上去很厚实的木桶，有沿，有盖，盖中央有个提环或挖有两个相对的凹槽，方便用手抠住掀盖子。就这马桶盖，也有对应的歌谣："东一刨，西一刨，一刨刨到个破凉帽，老子抢着戴，儿子抢着卖，媳妇留作马桶盖。"有时候几个小屁孩闹起来，越唱越不像话："你嘎（家）妈，真邋遢，洗脚水，摊粑粑，马桶盖上切西瓜……"

马桶形象特殊，地位也特殊，大姑娘出嫁时，娘家以一套精致的盆桶陪嫁，其中必有红漆马桶，由一个最机灵的小孩挑着，里面放着花生、红枣和糖果。毛伢子的二姐爱珍出嫁，长得白净的西宁就曾被拉去挑过一回。这当头的马桶，相关传宗接代一事，故又别称"子孙桶"，讲究的人家，会在桶外包上黄灿灿的箍条。

"新娘进房，茅缸靠床。"马桶弄得再好看也是用来方便的，一般放在床脚头处墙角落，上面盖着盖子，不让难闻的气味溢出来。听外婆说，早先大户人家的卧室，会在床边留条小走道，叫马子巷，马桶就放在那里。马桶为女人专享，男人极少用。当然，也有人家没有马桶，只有放在墙拐落里无盖的尿桶，尿桶也称粪桶，有耳，上面挽着竹做的桶夹，可以担走，是浇园少不了的器具。尿桶用长了，底板结着一层灰黄的尿茧。入了人家屋，只要闻到哪个拐角里腺臭烘烘的，从那个门进去，准是卧室。

总之，马桶也好，尿桶也好，都要勤倒勤洗。"萤火虫，夜夜红。公公挑担卖火葱，婆婆养蚕摇丝筒，儿子读书做郎中，新娘在家倒马桶。"倒马桶要避人，必须在天刚亮时进行……从内室提到茅房，揭了盖，一手提环，一手托底，哗地倒入粪缸中。太阳尚未出来，各家门口倒空刷净的马桶已一律桶口朝下，斜叩在墙根下等待接受阳光的亲吻。每只桶底上，都斜撑着一只圆心拧开的桶盖，望去十分有趣。马桶的旁边，还有一把马桶"哗洗"——一种一尺多长的硬篾刷把。洗刷马桶、尿桶，必须在专用的"桶子塘"或村后牛打汪的水凼里进行；而大一点的吃水塘，是要绝对保持洁净，不能在里面洗刷任何不洁的东西的。

各家的马桶总有不同，新嫂嫂家马桶擦刮里新，紫檀色油漆闪光发亮，马桶盖上还用金粉描花，好像是寿字花、蝙蝠花什么的。但大多数人家马桶斑驳的红油漆剥落了大半，铁箍早已锈得不成样子，露出浅褐色的木头，一眼就能看出年数很久了。

马桶箍要是脱了或烂了，就得找箍桶匠来收拾。通常拿一种辫纹形铁丝箍从桶的上面套下去，再用一根下方上圆的木块贴紧桶身转圈子敲，越敲越紧。小漏可以用置换"块木"收紧箍圈的办法来解决，一般不做大的拆卸，否则拆散开来就更麻烦了，用青滩埂的老话讲叫"收不起来箍"。总是有几个小子紧盯着余师母家的马桶，那黄灿灿的铜条箍接茬牢靠平滑，圈壁宽阔扁平，沉稳厚实，当铁环滚起来，不会跳跃，抓地力极强，要是能搞到手那真是开心死了！

余师母的老头子，解放前在太湖那边的乡下当过什么农桑劝导先生，所以身形瘦高、说一口吴侬软语的余师母身上总是有一股清凉的桑园气息，那般岁数的人，收拾得清清爽爽，腰板竟然一点也不塌。她家小院子里，养着一对守门的白鹅，地上却连一片草叶、一点鹅屎也没有。靠院门旁有一口大缸，缸里面种着太阳花，整个夏天，那些花仿佛都在开着，红红黄黄白白的，一大缸的颜色，满得要溢出来了。窗下，则并排放着两口雅致的宜兴紫砂花盆，种着一对齐屋檐高的白兰花，夏秋两季，飘浮着袭人的芳香。

241

余师母快人快语，每次看到英子早起倒马桶，就操着苏南腔说："懵懵懂懂，端个马桶，挟着一头，勿晓得轻重……不要弄一身'污里头'噢！"因为英子家的马桶类似花篮形，下面小上面大，这种马桶没有提手，不能拎，得用双手端，有时放到一侧借肋下得点力，所以才叫"挟着一头"。

青滩埂这里有一个奇特的习俗，正月十五夜里请"茅厕娘娘"，理由十分可笑，竟然是保佑蹲缸不出意外。都是露天茅厕，碎砖或茅草围一个大半人高的栅栏，里面埋口大缸，一半埋入地下，缸口搁一块木板，人就脸朝外蹲在木板上方便，所谓"大路上讲话，茅厕里插嘴"，也没见有谁话讲多了失足跌落粪缸。没有顶棚的茅厕建在大路边，天晴还好说，落雨就麻烦了；更多人家搁披厦屋里，跟猪栏一室，与正屋隔道墙……乡村就是这样，很多习俗无法改变。

秋天，树上的柿子红了，像是挂着无数的小灯笼。余师母就拿这些柿子打谜语，给西宁猜："红漆马桶黑漆盖，十人见了九人爱……晓得噢？这叫丑谜美猜，老有味道的！"

盖　屋

黄角树，

结珊瑚，

黄角树下盖瓦屋。

盖了瓦屋四方方，

大马拴在龙头上，

小马拴在树权上……

瓦屋都是过去财主留下的，前后好几进，内有天井，外有封火墙。财主全倒了霉，财主的瓦屋被人分了合住。平常人家自己也盖屋，盖的都是省钱省工的草屋。像侉奶奶住在有天井的老八间屋里，儿子老傅推独轮车挣了点钱，嫌几家子住一块儿不自在，要在埂头上盖三间草屋。

老傅把自家地头早就相好的十多棵大树放倒，在水里泡过，

243

扒去皮晾干，另外又买了几根杉木回来，用作备料。还有一项准备工作要做，小侉子和侉奶奶搭伴纺"草蓑子"：小侉子拿一个曲柄钩将草钩住，握在手里边旋转上劲边后退，侉奶奶坐在那里不断地喂草……一根长长的草绳很快就拉成了，再绕成一个大绳团，以便备用。

然后，就要开始脱土基。在埂脚下某处稻场边挖一个圆形泥塘，打碎土块，灌水泡软，牵条老牛一圈圈转着踩，直把泥巴踩得黏稠。脱土基很吃苦，选择一连串的晴好天气，将一个叫作"土基模子"的长方形无底木框放在平整的场地上，撮进一小堆黏稠的湿泥压实，再把上面抹平，拎起木框，"脱"下的就是一块端端正正的土基……每"脱"一次，就要将"土基模子"放进身旁一个装满水的澡盆里浸一下，让四壁光滑，下一块好脱手。刚"脱"出的土基湿漉漉的，晒到半干时一块块翻起来，用刀削平四周，斜支着码成长垅，上面盖上稻草，让风吹干透。

还有一种高效率的切土基。秋天收获后，选一块田放水泡透，让牛拉上石磙反复碾平，用裁刀按尺寸切线，再用铲子起底铲翻。干这活要讲究配合，一人扶曲柄铲，两三人在前头拉绳，拉一下，铲翻一块。铲面长时在土里打磨，白光锃亮，刃口锋利，常能切到黄鳝、泥鳅，留下一片血渍。切土基比脱土基体形大，干透后，抹了泥浆砌墙，十分稳重。而光头猴和毛伢子家的垒土墙，却是四块木板围成框，一层层灌土一层层夯实敲出来的，外形平整光净，但内里松泡，所以蜂子喜欢在上面锥洞。

厨房已把食物备全：侉奶奶春天养的一窝鸡苗正在长成，小侉子挖来一堆莲藕，豆腐做好了，豆芽菜也在一处小黑屋里芽好，连山芋干烧酒都打回好几坛……初秋的早上，长塘村专给人做屋的木匠陶大发子带着几个徒弟背上家伙过来了。其中一个学手艺的，就是英子的小丈夫水生，他们才结婚不久，水生看人时还满带羞涩。先来的一个瓦匠师傅下了白石灰线，定好门向，放过一挂短炮仗，就算正式开工了。一朝做屋，设宴三次，第一顿叫接工酒，有肉有鱼，有韭菜炒鸡蛋，有青菜烧豆腐……"一张桌子八样菜，恭候师傅进门来"。

陶大发子将木料从堆里剔出，这根量量，那根放眼下吊吊线，再在心里默默算算——哪根做中柱，哪些做桁条。大梁一根要粗，一对中柱要直，关键材料不能马虎。选准了，量定了，几个人嘀咕一番，各自分开锯刨砍凿。椽子按照统一尺寸一根根砍好堆在一起，桁条被推刨得圆润光滑，木柱子顶端的"公榫"和大梁上的"母榫"都一一对应。高手艺的木匠既会精打细算，也是将公榫和母榫打制得十分紧密的能手……要不了几天，穿枋木柱子都站立起来了。穿枋好比造船的龙骨，人的骨架，这屋的骨架不光承受屋顶的重量，还要像四方盒子那样起牵拉稳定的作用。

上梁时刻终于到来，鞭炮齐鸣中，系着红绸布的中梁缓缓吊起升高，陶大发子骑坐在高高的柱头上，指挥骑坐在另一端的大徒

245

弟将大梁与中柱的榫头对接上，敲牢实，然后从后腰上摸出一把染得通红的小福禄槌撒下，嘴里一板一韵唱诵着："东方日出紫云开，云端现出八仙来。八洞神仙齐动手，慢慢请起栋梁来……贤东赐我一段锦，我把栋梁缠缠紧。左边缠来生贵子，右边缠来中状元！"水生也笑眯眯地骑坐在一处横档上，拎一只扎着红绸的麻布口袋，伸手从里面抓出一把把糖果、麻饼和欢团朝下抛撒……底下闹嚷着，推搡着，起劲喊"水生，水生"！水生也学他师傅边抛撒边念韵腔："一撒一年好收成，二撒五谷堆满仓。三撒三元又及第，四撒四世同堂住。五撒五子都登科，六撒六畜见风长。七撒七子团圆会，八撒八仙过海洋。九撒久久常来往，十撒千年万担粮！"水生就像天女散花一样，手往哪挥，人就朝哪个方向扑去。

晚上吃上梁酒，包给木、瓦工师傅红绿布糕一对、东海香烟两包，每人须吃下一碗蒸糯米饭，表示日子蒸蒸向上。外面有小孩子绕屋唱："起屋上梁，你吃我忙；红布绿布，一把抓住。"还有人大声学陶大发子上梁时一问一答："哪边高？""格边高！""哪边矮？""格边矮！"

梁上过后，就往桁条上钉椽子。上面一切有了定落，下面一帮人砌土基墙，砌外墙和内墙。芦席铺过，厚厚的稻草盖上去，老傅站到屋顶，手持一根长竹竿挑起"草萋子"，东一拉西一搭，就拉成一个个菱形的"口"字，网紧屋草，再把四角系紧，以免刮风时被吹翻，新屋就落成了。

比穿枋屋更省事的，是一根柱脚也不用的"墙舍"屋。先把四周的墙砌成，一直砌到顶，然后在墙头上安放三到四个人字架，搭起桁条钉椽子，叫"蛮墙上顶，硬山屋面"。放鸭的桂子成亲后做的屋，渡口边修伞的吴大郎和小七子跟他哥亮度住的屋，都是这个模式。这种屋最怕发大水，水一淹塌墙脚，准倒。

冬天到来，小侉子一家住进了新屋。有月亮的晚上，西宁跟随三矮子、四喜一帮子人过来道喜："走你家门前走一走，金子银子掉几斗；走你家门前摇一摇，金子银子掉几瓢……"

捞塘泥

捞塘泥，做烫饭，
老头子吃，老奶奶看，
急得小狗啃锅沿。
小狗小狗你别急，
剩了篙把是你的。

圩乡的塘，大多是挑圩堤和挑屋基墩子时取土形成的，圩埂有多长，水塘就有多长，屋基墩子有多高，水塘就有多深，另外还有早年破圩时冲出来的过水塘。通常，每个村前都有"门口塘"，也是全村人的吃水塘，与村子衣胞相连。雨后，大量泥土和杂物随着流水注入水塘，照理说年积月累水塘会逐渐变浅，以至淤塞⋯⋯但多少年来，这些水塘数量从未减少，大小从未改变，原因就是每年都要捞塘泥。

"借你家刀切花糕，借你家剪子剪荷包；借你家锣唱大戏，借你家竹篙捞塘泥。"捞上来的塘泥，乌黑油亮，可肥田哩。俗话说得好：庄稼一枝花，全靠肥当家；田里无肥料，空在田里跳。做田就靠积肥攒粪，"拾粪如拾金"，家家老人和小孩都要像耙田一样到处拾猪狗粪，过秤后倒进生产队大粪窖里沤透给油菜和大小麦追肥。西宁也不例外，只要不是放牛或上学，都要用屎刮子捎着粪筐到处转。猪屎干净利落，狗屎总是黏糊糊的刮不净，越刮越恶心。牛栏和猪圈也能出好肥料，腊月里施的叫腊肥，比春天追肥效果好。红花草是早稻最好的养料，头年秋天，小腰子状的草籽撒下田，在拔节的双晚稻棵下隐秘慢长……到了第二年暮春，一夜间就成了铺到天边的红毯。在开花时节，红花草们全部被犁翻在泥水里，沤作最好的农家肥。

捞塘泥多在春秋两季进行，早春时天还很冷，晚秋时地上已铺了一层白霜，这两个时候田里没别的活干了。先将一只称作栅盆的椭圆形平底大盆抬到塘里，捞泥人穿上齐膝深的扁圆脚桶，在别人的扶持下跨进盆里，用竹篙将盆撑到塘中央，提起巨大的钉耙"嗵"一声抛入水中……这种钉耙约二尺见方，状如铁畚，捞泥人抓紧丈余长的篙把柄梢，一摇一晃，感觉下面兜满塘泥，便往上提。一钉耙塘泥足有一百多斤，没有一把力气是不可能提过盆沿的。盆里捞满，穿着靴的人已深陷泥中，便把盆撑到岸边，把塘泥一掀一掀戽到田头堆起来。

249

捞塘泥十分辛苦，要是天太冷，钉耙篙子起水，两手搓着结在上面的一层薄冰咔咔直响，被称为"捋鸡蛋壳"。如果捞泥的时候掌握了技巧会省些力气，而用插锹戽泥凭的就完全是力气了，弯腰撅屁股一锹一锹不停朝岸上戽，一会儿就大汗淋漓、腰酸背痛。不然怎么说农活三件最累人：割麦、栽秧、捞泥巴。上埂头有个叫来发的，十八九岁的时候就捞塘泥，伤了力，落下干咳的毛病，咳前总要先伸颈吸一口气，然后把头低下去的同时使劲地咳出来。但因为捞塘泥挣的工分多，还是有人抢着干，连在大队里当会计的保生回到家都捞，工分记到老婆——也就是跟贵的娘头上。"手一捋，金手表；脚一踢，华达呢；脱了华达呢，家去捞塘泥。"如此编进歌里，他老婆同样有一份："煮饭煮不熟，抱着锅台哭；塘泥捞不动，打你三花棍……"

捞上来的塘泥堆放田头，时日一长，上面结一层干硬泥壳，像一口反扣的大锅，成了孩子们玩耍的好去处。因为常有小鱼虾夹在其中被捞上来，在黝黑的泥面上蹦跶，最多的当然是螺蚌。刚被戽上来时，大多给埋在下面，几天后，就渐渐钻到上面来了，有人专门拿个小耙提了桶过来拾。运气好，能耙到混在泥中不知死活的呆子鱼和昂丁鱼。塘泥堆在那儿，从边缘到中间渐渐干裂，喜欢冒险的家伙就在上面试着向中间走，像在塘里踩冰冻一样，看谁走得远，能走上最高处当然最有本事。西宁也冒险走了一趟，却不幸踩塌泥壳，脚底一软，人就掉进了泥里……幸亏拽着四喜递过的竹竿才被拖了出来。

塘泥要是戽上来堆在大路边，路就窄了。年头年尾，正是男婚女嫁的好时光。"大月亮，二月亮，大大起来捞塘泥，老娘起来纳鞋底，哥哥起来蒸糯米，糯米糯米香，吹起唢呐接姑娘……"乡下有哭嫁的风俗，姑娘出门上路时眼也红了，眼泪也流了……被人搀扶着走，没有心情望路，一不小心就把鞋子弄脏了。一次，在长塘边，一个出嫁女一只脚踩进淤泥里，一惊一乍，另一只脚也踩了进去，忙乱了一阵子，才把两只脚抽出来，可惜一双花绣鞋，成了没鼻子没眼睛的泥鞋！

稀烂的塘泥，堆在地头阴干冻酥，一担一担挑到田里，再用锹锄打碎抛撒在麦苗、菜苗的行间，便是上等的肥料。

除了捞塘泥外，还有车塘挑塘泥。隆冬时节，把队里的塘口车干，捉净了鱼，男劳力穿着塞满稻草的脚桶在前面挖藕，女劳力和老弱的半劳力在后面把塘泥挑到田头。塘泥深且乌黑，散发出一股沉郁的沤臭味，偶尔能捡到遗漏的藕，甚至还有深藏在泥里的乌龟老鳖。塘泥越挑越往塘中心去，有时需要搭起几截木跳，队伍排成一条长龙，脚步杂沓……而一些小塘，车干逮完鱼后，用插锹直接将黑泥一人传一人戽进岸边的田沟里。塘泥弄完，年关也近了。此时，本来长满茨菇禾子的水塘拐角仍剩余了一些淤泥，会被人就近戽到菜地里，从中捡出的歪嘴子茨菇，烧肉吃又面又香。翌年，韭菜、茄子、辣椒、丝瓜、豆角长得特别碧翠，吃都吃不完。

赖尿鬼

赖尿鬼，

点点长，

驮个包袱到青阳。

你到青阳做么事？

我到青阳开料（尿）行。

冬至一过就"进九"，冬天便到了深处。屋檐下挂出一排亮晃晃的冰冻溜子，下面齐齐地码着过冬用的硬柴棒，生活节奏也缓了下来。日子一天天长起来，也一天天冷起来，老话叫"吃了冬至面，一天长一线"，"冬至不端挂面碗，冻掉耳朵没人管"。

渡口进村的大路边的老桦树叶已落尽，平常隐藏在浓密枝叶间的鸟巢一览无遗。西北风刮过光秃的枝条，带哨子般呜呜地叫，让人不自觉地将头和手往衣服里面缩。晚上洗过脸的湿毛巾，第二天早上，冻得铁硬。水缸里也常常结冰，舀水做饭，常常要拿锅铲把子或是洗衣的棒槌敲冰。冻得红肿的手和耳朵，钻进热被窝一焐，又痒又痛。

最大的问题是，天一冷，夜里尿床的就多了。冬日昼短夜长，睡在热乎乎的被窝里太舒服了，尿胀了，找到一处尿桶——有时是在一片草地或是墙根下，排放得正畅快，忽觉裆下湿热……一个激灵惊醒，伸手一摸，身下已是汪洋。早上起床，坦白交代，大人一顿臭骂。太阳出来，天地灿烂，抱了盖的和垫的出来晒。被子搭上竹竿，隐情尽现，新渍压着老渍，一圈又一圈，深浅各异，色泽丰富。要是给伙伴们看到，少不得一番嘲笑："赖尿精，不怕丑，被子撒得湿溜溜，清早起来没事做，扛着被子寻日头……"

冬天的乡村，太阳格外迷人。吃过早饭，女人们搬个凳子坐在相互紧挨的屋墙根下，一边照看站在火桶里的幼儿，一边纳着鞋底；上了年岁的老人拎了个烘手的火罐，抽着烟讲着闲话。这样的地方总是容易聚拢人，晒太阳的，端碗吃饭的，做手工活的，男女老少都有。趁着大太阳，住瓦屋的几户要合伙扫瓦，瓦沟里堵塞了树叶和羽毛，还有瓦片碎裂了，得架了梯子上屋翻检。烟囱也要捅，除掉附在烟囱壁上的积灰，增强通道效应，灶膛里火烧起来才呼呼响。扫烟囱的人手拿一根扎了草把的长竿，头套马虎帽，尽管如此，掏一次烟囱下来，还是满脸漆黑，只有两个眼白在那里翻呀翻的。

大队屋的墙根边人气同样旺，那是教戏排戏的好场地。除了黄梅戏，唱倒倒戏也不错。"倒倒戏"即庐剧，唱词后一句常是七个字，俗呼"倒七戏"，喊讹了便成"倒倒戏"。师傅通常教一些《老先生讨学钱》《蔡鸣凤辞店》等小戏。演员行头简单，生角穿大褂，旦角穿裙袄，头扎两片船形帽，抬抬手，扭几扭，轻松活泼，不须上台，围着看的人也多。

还有教灯的也在忙，教灯的师傅称作"灯师"。"灯师"一个眼神一个手势，比说话都管用，扎灯、演练、祭灯、出灯，各项派活，乃至联络交往诸多事宜，都要听他的指派。锯木、削竹，刨出一块块光净的板，扎成一个个圆的竹筒，饰以各色花纸，以龙须、龙眼、龙角最好看。所有这些活，都在晴暖的冬阳下进行，年关近了，得加快进程。

在长塘边，当！当！当！校长敲响挂在老槐树下的那截铁轨，下课了，大家一窝蜂从教室里跑出来。兵分几路，各有所属。女同学除了跳绳、踢毽子，剩余的都到墙跟下站成一排，一人走出来，用脚依次磕碰着那些人的腿，一边数一边口里念念有词："柴火棒，数两趟。两趟好，得个宝。宝贝黄，数二郎。二郎青，数到鹰。鹰不见，数到雁。雁不离，数到就是你——"数到谁的脚，谁就把这只脚朝后收起，蹭着身后的墙，这叫"挂起来"。再继续数，如此反复……如果谁的两只脚都数着了，就罚到队尾去。男同学这边，总是喧嚷声很大。几对斗鸡的，一手抱膝单脚跳着向对方攻

254

击，人高马大的未必就能斗倒瘦小的，因为这里还要讲究一个四两拨千斤的巧劲。忽然呼啦啦一声，一大帮子人跑到另一处墙根下，贴紧身子一字摆开，从两头使劲向中间挤，边挤边喊："挤呵挤，挤呵挤……挤油渣子炸炒米！"中间的人就会被挤出来，被挤出来的人又跑向两头接着挤。就这样你挤我，我挤你，越挤人越多，脑袋上浸出了汗珠，浑身暖和起来，身上的棉衣都脱了。

忽然，有人从不远处地头的稻草堆里撵出一只土灰色的野兔，大家一个呼哨便冲上去追赶，在塘湾里疯跑。野兔极是灵巧，一会儿东，一会儿西，每次快要撵上时，它就一个加速跳跃着跑开。大家累得汗流浃背，大口喘气，只能眼睁睁地看着野兔跑得像支离弦的箭，消失在滩地枯草尽头。于是就在塘湾边跑冻，十多人挽着臂，嘴里喊"跑冻拉手，不许回头"，一齐踩着冰往塘中心走，谁也不做胆小鬼……冰面嘎嘎吱吱裂响，能感觉到脚下有明显的起伏，到最危险关头，不知谁发一声喊，众人才掉头猛往回狂奔。有人摔倒滑出好远，爬起来又跑，跑着又摔倒……

下午四点多钟，西宁背着书包往家走。太阳倒了阴，冷风飕飕，那些墙根下早已没了人影。冬天的黄昏来得早，袅袅炊烟，飘送出饭菜的香味。猪在紧邻正屋的披厦屋里叫着，极力渲染着自己的饥饿，向主人索取饭食。晚霞送出眩幻的光芒，将村庄紧紧地包裹。鸟儿急急朝着萧瑟的林子里飞，能听得到水塘里冰冻冻裂的声音。

晚上睡得早。临睡前，灌个汤婆子焐进被窝，寒冷冬夜里，暖一枕好梦到天明。但对孩子来说，白天玩累了，疯够了，夜里睡得太沉，稍有不慎，就要在被窝里"跑龙船"，成了赖尿鬼。

剃　头

剃头师傅技术高，

不用剪子不用刀，

一根一根往下薅，

薅得头上起大包……

先前，整个村子人的头发都是包给一个剃头匠剃，每年腊月由生产队付工钱，叫剃包头。最初剃包头的是下埂头的红鼻子老陈，后来换作长塘村一个叫端子的人。剃头匠半个月来一次，将全村大大小小的男人小孩的头剃个遍。剃头匠走后，全村人的脸面就像河滩上收割过的豆子地，一下子变得陌生起来。

后来对河的老宋过来了，这情况才有了改观。老宋本是镇上人，却不知怎么给弄得下了乡。这人瘦高个，嘴里两颗门牙镶得锃亮，留着个大背头，大约是起发型示范作用的。老宋有一把样式新颖的推剪，一卡住毛发就赔笑脸，不住点头哈腰，拆下推剪的刀片，又是吹又是敲，然后在上面涂点煤油，再按着你的头继续推。虽然不会薅你满头大包，但也弄得你一脑袋煤油味。老宋剃头勤快，即使在新正月里，也是一天不落地出摊。"正月不剃头，剃头死舅舅"，在乡村，该剃的头腊月里已剃尽，"二月二，龙抬头，大人小孩要剃头"，新年的头发才开始打理哩。

夏天里，路边的那棵树格外显眼，郁郁葱葱的巨大树冠撑起的树荫足可容下半个村子人纳凉，老宋的剃头挑子就歇在树下。挑子两头，各是一件可折叠收拢的木器，看上去像两个小柜子。前边的相当于台面，有镜子，有搭毛巾的横档，毛刷、粉扑、肥皂盒还有荡刀布什么的也全在这里。有个洗脸架可以搁脸盆，下面还能放两三个热水瓶，但这放热水瓶的一块板坏了，所以老宋将两个热水瓶分两头放了……有人便打趣说，"剃头挑子一头热"。这话啊，可不适应老宋。后边那件，翻起靠背就是理发的座椅了，也能改变角度让人舒服地仰躺下来。座椅下边，则是两个放剃刀、推剪、篦子、木梳、掏耳勺之类小杂物的抽屉。这里有两样东西西宁最不愿意碰：篦子和荡刀布。听说，比梳子密实得多的篦子是专门篦虱子的，那上面的虱子要是弄到自己头上，肯定会后患无穷；荡刀布因长年累月荡磨剃刀，油腻发亮，成了嘲弄别人龌龊衣服的代名词，而常常惹人笑话。

剃头的样式也简单，老年人和尚头，年轻人二分头，中青年妇女一律为刘胡兰式运动头，叫"二搭毛"或者"耳朵毛"。至于小孩子，要不光头，要不就留着中间头发，剃光四周，俗称"马桶盖"。"一个粑，铲两块；豌豆花，瓢儿菜，头上顶个马桶盖。""剃头三天丑"，刚剃的"马桶盖"，又被喊作"屎刮子头"，很多人都不喜欢。西宁还算好，既非"马桶盖"，又不是脑顶勺椎尖的二分头，多少保留了一点原来城里孩子的气韵。

好在老宋这人极和善，整天龇着大嘴，笑眯了一双给人掏耳朵时眯细的眼。常见一些老头躺在老宋那张靠背椅上，热烫烫的毛巾往脸上一焐，揭了后，一阵呲啦呲啦响，锋利的剃刀把脸上刮了个净光。接下来是掏耳朵，必须对着树枝间漏下的光亮才能看清耳里的东西。老宋左手指缝间分别夹一些小玩意儿弯着腰给人掏耳朵，一根挖勺、一竿耳绒、一把镊子，在耳朵里连掏带捻，动作娴熟，轻重适度。被掏的人，一只眼眯着，嘴角扯起，表现出阵阵快意……不然怎么说人生有三大快活：泡澡捶捶腰，剃头掏耳朵，酒后伸懒腰。

小孩子不喜欢剃头那是肯定的，让老宋摁住脑袋，用冰凉、生硬的推剪拨弄来拨弄去，实在不好受，要是给钝推子夹着了头发，干脆就放声惨叫。但总有人不那么讨厌老宋，因为剃头挑子的两个抽屉里能找出几本小人书，什么《鸡毛信》《羊城暗哨》《南方怒火》《三毛流浪记》《千里走单骑》，已经翻烂看过好多遍，熟得都能整本背下来。老宋靠这几本小人书把一堆小脑瓜儿稳稳地拴在那儿，等着一个个收拾，还免得猴子一样乱拿乱摸他那些宝贝工具。

老宋闲散没事的时候，就陪大家玩。夏天，有人粘来知了，他就转身去墙头那边的地里寻来两个马齿苋子粒的盖壳，正好能扣紧知了的眼睛，再把知了放飞。你想这戴了眼罩的倒霉蛋又看不见路，能飞到哪里去？要是捉来的是一对知了，就用细棉线一头各拴了一个，然后往天上一抛。两个知了因不会商量怎么在一起飞，你扯我拽怎么也飞不好……笑死人了。大冬天，有谁从自家水缸里揭来圆圆的一大块冰，老宋会掐一根草管含在嘴里，凑上面慢慢吹出一个洞眼来，系一根细绳让人提了当锣敲。

老宋还有两桩本领，就是治磨颈子和炸腮。磨颈子又叫落枕，西宁有一回睡僵了颈子，老宋三招五式先给他按摩一气，然后一手抃紧后颈，一手猛拍后背，伴一声大喝，就好了。炸腮就是害含巴（蛤蟆）气，医生称腮腺炎，剃头挑子的抽屉里有一小段陈年墨块，老宋将碗底翻转，倒点水磨出墨汁，把那肿了的半边脸涂个乌漆墨黑，三五日保准好。

推　车

推车没得巧，

屁股调得好；

推车推到老，

不晓得哪里倒。

到了腊月头，天气一如既往的不错。大小水塘都被车干，活蹦乱跳的各色鱼虾齐齐给捉进箩筐。鲤鱼、草鱼、青鱼等大鳞鱼被各家各户分回后，开膛剖肚洗净腌起来。接下来要做的事，把糯米蒸熟赶大太阳晒干搓成米粒，留到年边再用黑沙烫成白胖胖的做炒米糖，还要擦洗山芋粉、做粉丝、做米面、杀年猪……所有这些，都要用到缸缸钵钵、坛坛罐罐。这样的日子里，就有推着车子卖窑货的来了。远远地，一辆独轮车嘎吱嘎吱而来，瓦缸被堆得很高，几乎看不清后面推车的人。

有句话叫"烧窑卖瓦，打在一把"，窑货易碎，用得再仔细，三年五年也得更新。窑货在乡下大有市场，但窑货太沉，一担挑不了几个，特别是那些大瓦缸，不要说挑，抬都没法子抬……于是狭窄的乡路上，便出现了推独轮车卖窑货的人。小侉子叔叔傅友华就是这类人，每年秋冬农闲，就推着车子去窑上装货。出门在外，称姓而避名，顺理成章就被喊作老傅。老傅的独轮车，有的地方叫鸡公车，也有叫狗头车的……切莫小看这仅有一个轮子的车，几百斤货物还是载运得起的。独轮车不择道，羊肠路、小田埂、独木桥，皆照行不误。

左目上有个吊眼疤的老傅，中等偏上的个头，白净面皮，身子看上去有点单薄，但他肩上搭着麻绳"车绊"，两手持把，推起码得满满的独轮车走在村野田埂上，异常驾轻就熟，看起来就像玩杂耍似的。独轮车通常就是一个很大的外包铁皮或橡胶圈的木头轮子耸在中间，轮上部和两侧装有凸形护栏，后面还有一个下坠的篾筢，用于装小东西。但老傅的独轮车实际上有两个轮子，最前端伸出的部位，装有一个菜碟子大的小轮，遇到沟壑，稍稍调整身姿，手臂上用点力，车头一沉，借着前轮就过去了。若是行进在平坦的道路上，你会看到老傅双手紧握磨得锃亮、汗渍斑斑的燕尾形车把，下肩沉腰，身子前倾，两只胯骨大幅度扭动着，那吱吱扭扭的轮轴声如歌吟一般，响得异常欢畅悦耳。

老傅说，车上载货越多，越便于把握平衡，窍门全在于前后和左右分量码置得当，端在手里的车把就觉不出有多吃重。他曾编有口诀流传："推车本不难，只要用点心。一要眼睛灵，二要手撑平，三要脚排开，四要腰打伸。上坡腰弓下，下坡向后绷。背带要绷紧，平路稳当行，转弯悠点劲……"老傅每次从窑上盘下一堆货，自装上车后，就风餐露宿行进在乡路上。他身边带了一个装水的竹筒，渴了就拔去木塞子，仰起脖子咕呼咕呼灌上几口。

小侉子对西宁讲过一桩很有点惊悚的事：有一回，他叔叔停车夜宿一旧祠堂，倒了半边墙的屋里，有一口破棺材，棺盖掀歪一边，晓得棺内没东西，就把棺盖推回原位，抱了点稻草铺在上面，倒头睡下。到了半夜，棺内忽然有了动静，有人吵嚷着要出来。老傅问是人还是鬼？答说是人。问是什么人？说是讨饭的。老傅就起身让他出来。月光从豁口的墙头照过来，照见那人发长面黑，状丑如鬼。问老傅是什么人？老傅说是推车卖窑货的。讨饭的大怒，说一个推车的竟敢压在老子头上，太不像话，说着就要动手。老傅早抢了个黑乎乎的火罐在手，说："我坐在棺盖上，你动都不能动，我要是不让你出来，你还讲打吗……你过来试试？"那个讨饭的不敢再说什么，自往屋角处撒泡尿后，仍回棺内躺下。

老傅的一车货，通常约需三五天、十来天才能卖完。回到了家，卸空的独轮车掀翻车架，和那些锹锄钉耙，还有薅草刮子一起贴墙根靠着。老傅休整上数日，将家中地头上的事稍料理一番，便又把车轮从屋里搬出来，放上车架，挂上干粮袋和水桶，推去窑

263

上再装一趟货。直卖到年关边上，一个季节下来，要盘上七八趟货。老傅卖窑货照例也是要做宣传的。比如，那种冬天烘手取暖的火罐，形同半个排球，上面有个半环的提柄，为了显示自己的货硬，老傅会两只脚踏上两只火罐在村头走上一遭，引人观看。必要时，一手抓一只腌菜坛高高举起，令人心惊地相互撞击，口里喊着"窑货窑货，打碎一个换一个"……见有这般硬的货，自然就有人来买了。有时人家手头一时没有钱，老傅就挂个账，到次年午季作物上来了再来收。常有人取来家中的米或鸡蛋易物，所以回程的独轮车上就载一个半满将满的米袋，至于那些鸡蛋，早给顺道卖到供销社去了。

老傅还有一项副业，就是逢枯水时组织车队帮粮库运粮。西宁在运送夏粮的长长一溜独轮车队列中看到过老傅，那才开眼哩，招摇过市的推车汉子们全都打着赤膊，头上扎着电影中武工队员那样的白毛巾，光屁股裹着一种蓝青色奇特的超短布裙……布裙左开衩，点缀着一排横式布质纽扣，下摆以简洁的白线条镶出波浪式或"卍"字形花边，随着臀部摆动，舒展而飘逸招风。粮库在渡口旁的一处高墩上，有时船上不来或上来不多，就让小车帮着运往三汊河，那里水深能上大船。老傅是小车队的领头，那些清一色蓝布裙车手们，由老傅指挥喊着号子，大队行进，气势排山倒海。

货郎担

货郎本姓张，

住在大街上，

挑着担担走四方……

肩挑货郎担的老五，总是摇着一个小小的拨浪鼓，"卟隆咚""卟隆咚"，或是走到哪都吹着一根四个眼的小竹笛，"323211322——"音调里有着永远的简单明快，这也让西宁很着迷。有一次他向老五要过小竹笛，按着仅有的四个眼，竟也一点不差地把调子吹了出来……惹得老五连竖大拇指，笑称要收他为徒。

挑货郎担，又称"挑高脚篮子的"。货郎担一般是由两个半人高的箩筐组成，箩筐一头摆放一个方扁的木箱子，上面镶一块带拉环的透明玻璃，里面陈列着针头线脑、纽扣发夹、松紧带、牛皮筋、小镜子、小木梳、火柴、火辣子、蛤蜊油，更有小饼干、彩糖丸等零食，以及五颜六色的《三国演义》和《水浒传》画片，外加铅笔、小刀、橡皮擦、练习本……两只大竹箩，就是放商品的临时仓库，收来的一些鸡毛鸭毛、破铜烂铁当然也存放在里头。一副货郎担，就是一个流动的小杂货铺。

"姓王姓李不姓张，姓张大裤裆……"黑瘦且有点龅牙的老五，到底姓不姓张？没有人搞得清。反正大家都叫他"老五"。他总是笑容可掬地应答，笑容可掬地做他的生意，没见他同谁生过气。常听他对人说："莫道双肩难负重，乾坤尽在一担中——别看我一根扁担，肩上挑着一个百货公司哩！"看得出来，老五有点文化，是念过一些书的人。倘是问他，老五你这回货郎担里有些什么？他会用押韵合辙的顺口溜告诉你：头绳发卡雪花膏，牙刷木梳香肥皂，橡皮铅笔小剪刀，毛巾手帕鞋袜帽，围裙围巾袖子套，还有针头线脑不用挑……他买卖的方式，多数是货币流通，也用米或鸡蛋等实物兑换，差额再用货币找零。每天都见他挑着一副货郎担子走村串户，半下午时，又见他挑着更沉的担子过了老三的渡，往回走。

"秋冬生意不好做，一头行李一头货"，由于终日在乡村行走，常遇气候冷热变化和落雨的烦恼，所以老五在出门时必须随身带干粮和防雨的油布等。特别是春天时节，冷暖无常，所带行李用品更多，但这并不影响老五的心情。他的快乐，仿佛就是那只四眼小竹笛给吹出来的。老五的那只玻璃木箱边沿刻好了尺寸，大姑娘小媳妇要买的红头绳、松紧带，还有小孩子要买缠铁丝枪的红绿胶线，都是在那上面丈量的。每当这个时候，他总是在大姑娘小媳妇们的嘻嘻哈哈拉拉扯扯中，一边嘴里不住声喊，一边把手中的线绳又往外放出几寸来。当所有人的脸上都洋溢着笑容，老五那龅着牙明显讨好的微笑就显得特别动人。

四喜的姐姐二花篮，歌唱得好，人长得也俏，特别爱打扮，老五就常给她捎一些五颜六色的塑料发结、发卡。有一次，竟然还带来一把像是火钳的专门卷头发的锃亮铁夹。二花篮不缺胆量，真把额前的留海拉成小花卷，惹得光头猴怪声怪气地朝她唱："乡下小姑娘，要学上海样，学来学去学不像，等到学来三分像，上海变了样。""学你娘的样——你个丑癞痢壳，不打皮作痒！"二花篮才不怕光头猴哩，顺手摸了把扫帚就扑了过去……吓得光头猴两手抱头跑老远，看的人一齐哈哈大笑。

大家最喜欢听老五那张龅牙嘴里传出来的一声声韵调悠长的"鸡毛鸭毛拿来换糖——"只要他的货郎担一歇下，生意就做开了。凡是有能力搜罗来的东西，鸡肫皮、牙膏皮、猪鬃毛和布满灰尘的破胶鞋等，老五都要。最值钱的是女孩子们剪下来的辫子，一条要卖两三块钱。一些上年纪女人平时梳完头，把掉下来的头发收齐团一团，塞到墙壁缝里，这时抠出来拿到货郎担这儿，也能换取少量想要的东西。

大队会计保生的小儿子跟贵，看中了一把带扳机能打火辣子的小手枪，电木做的，枪柄上包着亮光光的铁皮，非常逼真。为了能得到这把小手枪，他从七姑八姨家搜罗来了三只旧力士鞋底，还不够，就趁保生歇午觉时悄悄偷出了一只半旧凉鞋，小手枪外加火辣子终于到手了。保生却一直就找不到那只配对的凉鞋，只好唉声叹气打了一夏天的赤脚，连去公社开会也不例外。又一次，老五的货郎担上挂出几张孙悟空和猪八戒的脸谱，通称"鬼脸壳子"，一毛钱一张。跟贵不知打哪搞来一毛钱，递了过去，许多人围着的老五竟然忙中出错，当成两毛钱，随手又找回一毛钱。跟贵心里暗喜，接过钱掉头就跑。却被老五在后面喊住，吓得心头直跳，以为被识破……只听得老五喊道："回来回来，不要脸壳子啦？"后来，大家都笑跟贵是要钱不要脸。也有人责怪他，说老五人不错，不该这样损害他。

吹糖人

小伢小伢,

偷米换糖,

你不带我吃,

我不带你玩……

　　天冷的时候,看见高佬挑着吹糖人的小担过来,就有人唱起换糖歌。高佬本来就姓高,家在哪里不知道。他总是撂着两条长腿走村串乡满处兜揽小孩子生意,所以人们根据他的外形特征不喊老高,而喊高佬。高佬只要把担子往渡口或村头一歇,身边顷刻就闹哄哄围了一大圈孩子。高佬支起家伙,就像变魔术似的,用嘴一会儿吹出个头插雉翎的穆桂英,一会儿吹出个一百零八将里的李逵或是花荣……大家可被他耍呆了,对他有着说不出的佩服。

　　高佬挑的那副担子,一头是个工作台,台子一侧竖个稻草把

269

子，上面插着许多糖人。担子的另一头是一个带架的长方柜，柜子下面有一个半圆形的开口木笼，里面有一只小炉子，炉子上架一口小铜锅，下面不温不火地燃着锯木屑，以便让锅里的糖稀始终保持适当的温度，变成稠稠的软化状态。高佬做糖人的绝活不在于捏，而在于吹——"姓陶姓姚不姓高，姓高吹大泡（泡，音'抛'）"。你看他像大虾一般弓起腰，支使着长臂，撮一块糖稀含进嘴里，然后就很滑稽地伸出两手左一下右一下拍打自己的腮帮，朝你眨眼睛，翻眼白，做出很为难、很吃力的样子……这都是他的搞笑前奏，为的是聚集人气。真实操作时，糖稀是不含嘴里的。他从小铜锅里揪出一团糖稀，捏成空心汤团，三两下一抽，就抽出根空心的小糖管子，猛地折断，马上用嘴叼着管子断头处朝里面吹气。糖稀像气球一样，越吹越大。

高佬一边吹，一边不停地拉扯那团糖泡泡，变成所需要的形状。这拉多少，朝哪个方向拉，就决定了基本造型。比如，吹一只老鼠，泡泡就要拉得长一点，再向上翘一点，让老鼠的肚子显得特别肥大。有时吹出个偷油的老鼠，拖着大大的油葫芦，葫芦口边上还扒着一只小老鼠……再不，就是天鹅下蛋，一只长颈子弯弯的天鹅，后面挂着一个大大的蛋。

万一吹出来是个非驴非马的东西，他也会临场发挥，现诌现编，管它叫玉兔、叫盐老鼠（蝙蝠）好了，口里还呜哩哇啦唱着俚语小调，变着嗓门念戏文对白。比如，吹出了一只公鸡，他就唱：

"小花鸡，上草堆，爹爹拿棍打，奶奶揎毛衣。"若吹出的是小狗，唱的便是："哈鼻子狗，顺墙走，我没挨它，它咬我一口。"说高佬吹糖人的嘴头功夫好，不光是说他能吹出这样那样的物形，还得连带能说会道哄小孩的噱头。再说，他还可以用一把细柄铜勺对产品做些深度加工，让那些小狗、小老虎看上去有鼻子有眼睛，活灵活现。

高佬最拿手的是吹孙悟空，因为这款糖人好看又便宜，最受大家欢迎。猪八戒也不错，连孬宝凡火都晓得猪八戒肚子大，用的糖稀多……他结巴着对西宁说："猪……猪八戒，最划……划算啦！"还有一款孙悟空，吹好后等冷却了，在猴背上敲一个小洞倒入少量黏稠的糖浆，再在猴屁股上扎一个小孔，让糖浆慢慢地流出来，下面用一个也是糖稀做的小碗接着，可以连糖人及小碗一同吃掉——这套玩艺儿称作"猴子拉稀"，更受欢迎，不过价格贵一点，要一毛五分钱，也可用五六个牙膏皮来换。于是就有人鼓动跟贵把家里没用完的牙膏挤出，拿来换糖人吃……结果，当然是嘴巴受用，皮肉吃苦，他娘"蹚炮子子的""洋炮铳的"骂了好多天。

高佬有一个致命弱点，视力不济，一双红红的眼睛给倒睫毛戳得老是眨巴眨巴的，所以小七子、三矮子等人经常瞅空偷他小火炉上的糖稀。得了手便跑一边去，但到自己手里，怎么鼓捣，连个癞癞蛄子，哪怕一个气泡泡也吹不出来……三弄两弄，糖稀就

271

干成了糖块，最后，那甜滋滋的糖块当然又在口中给弄没了，全变成口水咽下肚。

有一阵子没见着高佬，待再次出现，西宁发觉他那副担子有了变化。担子一头原来的工作台上加添了一个转盘，花上两分钱，就可以随手转动盘上的指针，指针下面是一连转二十个格子，五个红格，五个空白格，另外十个格分别写着"孙悟空""沙和尚""穆桂英"等。当指针停在盘中红格上，两分钱就退还给你；指针停在写着字的格子上，就可以免费得到这个糖人或糖动物，高佬立马给吹出来；若是倒霉指到空格子上，也不必伤心，空门也有安慰奖，高佬就拿一根小麦秆的管子插到一个糖浆瓶子里，让你吸溜一大口甜甜嘴，这就叫"空门吸糖浆"……原来，这是高佬从外地学习来的一种类似轮盘赌的先进经营模式。

是鸡是凤，是蛇是龙，要想赌一把，就看你手气了。

过　年

小伢小伢你别馋，

过了腊八就是年……

日里盼，夜里盼，

哪天盼到三十晚，

鸡鸭鱼肉任你拣（读敢音）。

"大人望做田，小孩盼过年"，过年有好吃的、好玩的，有新衣穿，更有老早就巴望的压岁钱。

一到腊月，家家户户都把养了一两年的肥猪从圈里拖出来杀掉。村头村尾，猪的嚎叫声此起彼伏，宁静的乡村一下子变得热闹非凡。孩子们弄到一个猪尿泡，吹上气当球踢，只要小心别弄破，能玩好多天。杀了年猪，将腿肉、肋条肉放进缸钵里，搓上盐粒压实腌上十天半月，捞起来穿上细绳挂到阳光下，直晒得深红油亮。头头脚脚都要腌，舌根叫"口条"，尾巴根雅称"节节香"……这叫"有头有尾，来年再来"。大人总是要小孩子多说吉利话，因为腊月里说的话是很灵验的，但这仍拦不住有孩子坏唱："捡个钱，买买盐，腌腌屁股好过年。"

"腊七腊八，腌鱼腌鸭"，进了腊月中下旬的那段时光，肉香会飘满每家每户……有时，一个白生生的猪头，就吊在屋檐下，沉醉一般眯着一对小眼，垂着两只肥大耳朵，乍看去，犹似藏不住一脸的笑意。浓浓的年味萦绕在心头，一切都变得温馨可爱。年底晴好的日子里，竹竿上串的，墙上挂的，都是赶着太阳晒的鸡鸭鱼肉，还有少量香肠。

腊月二十边上打年糕，做糖，做豆腐。哪家厨房大，就聚齐到哪家来做。寒冬腊月，外面雪花飘飘，屋子里却灶火红红，热气腾腾，笑语漾漾。干不上活的小伢窜来窜去，捞到什么吃什么，一锅开屉的蒸糯米团子刚倒在案板上，就猴急地抓过来往嘴里塞，烫得头直甩，引来一阵哄堂大笑。熬糖稀时，锅里的糖水喷出细花就用碗舀着喝，撑到半夜上下两片眼皮直打架也不肯睡觉……一直要等吃到拉贯香、炒米糖、豆子糖、芝麻糖、花生糖等才肯歇。

腊月二十四，灶王爷上天。这天晚上要把锅灶擦抹干净，以小碗盛满五谷和切细了的稻草秸，然后用香盏点上油灯恭送灶王爷，并在灶头贴上老头的像，或用红纸写"上天言好事，下界保平安"，并贴于灶墙上。为了不让灶王爷在上面乱讲话现家丑，不妨来点温柔小动作，用麦芽糖作献品，把灶王爷的嘴给粘起来，让他有口难言。但封口归封口，家里的大门一直要留道缝，到下半夜都别关严，等这老头回家。

接近年边了，最后是炸圆子，纯肉圆子少，大多为糯米圆子、藕圆子，还有豆腐果子，这通常是各家各户独立进行。浓浓的年味，都飘散在空气中。"今朝二十八啰，依哟嗬嗬；明朝二十九啰，依哟嗬嗬；后朝三十晚啰，家家把门关啦，过年啰！依得哟，哦得哟，家家把门关啰，过年啰过年啰！"

腊月二十八，穷汉洗邋遢。家人都要洗个澡，男人和小孩上集镇澡堂子洗，女人们都在家里洗。腊月二十九晚，到祖坟上插一个纸糊的鬼灯笼，里面点上一盏油灯，给祖先们在阴间照明。

真正的过年，是从"大年三十"开始。一大早把水缸挑满，女人们上水跳洗菜。三十不杀鸡，是习俗禁忌，前一两天鸡都杀好，处理干净。男人院里院外收拾一番，就拿了红纸去请人写门对子，从"天增岁月人增寿"到"六畜兴旺"，以及满院贴的"福"字，大红纸一点儿没有浪费……连谷仓、筛箕、稻箩上都贴着"五谷丰登"的纸头，搞得红红火火，年味十足。因为太忙，午餐一般吃点糖食或粑粑、团子就够了。

日头偏西时，厨房里的吃食都忙好了。一家之长就领着孩子到野外祭祖，端上摆好鸡肉鱼饭和酒水的筛箕，来到祖坟前，点香放炮，跪拜磕头。同时还要烧上用草纸裁成四寸见方的纸钱，有的人家会用特制模具在上面敲满钱印，孤魂野鬼也能享受一番。外婆领着西宁来到南埂头墓茔，在种着一棵万年青的外公的坟头点燃香，紧邻几处坟头依次点上香，还给长眠在朝鲜平安南道志愿军烈士墓的舅舅也点上一炷香，放炮，烧纸，磕头……做完这些回家，同所有人家一样关上大门吃年饭。

虽只有两人，但桌上足够丰盛，肉是大块红烧，圆子油汪汪，鸡块呀蛋饺呀堆得冒尖，只是"有头有尾"的一碗鱼不能下筷，那叫"看鱼"，外婆和西宁每人喝了半碗甜米酒。三十晚上的年饭是锅巴，外婆叫"饭根"，铲起来卷好，系上细绳让西宁挂到堂屋的穿枋上。外婆在堂屋和睡房里分别点上两盏酒杯子做的小油灯，幽微摇曳，十分有趣。此后，这些灯每晚上油，一直点到元宵节。

半夜子时一到，迎接新年的炮仗声远远近近响起，一直持续到天亮。天亮前，西宁已沉睡在梦中，他梦到了爸爸在自己的枕边轻轻放上压岁钱。

初一清早开财门，就有左邻右舍、亲朋好友上门，家家桌子上摆着糕点盘子和茶叶蛋，还有欢团和花生、瓜子。茶叶蛋称为"元宝"，来客一般不吃，回称"元宝存着"，小孩子则被大人强拉着塞给一对。"拜年，拜年，欢团上前；往前一跪，元宝一对。"除了吃食，许多人口袋里还装满零零碎碎的小鞭炮，有化整为零拆来的，有从地上捡来的，一边玩闹，一边时不时摸一个炸响，冷不丁吓人一跳。

"新年到，放鞭炮，噼噼啪啪真热闹。跑旱船，踩高跷，老奶奶笑得直揉眼，老头子乐得胡子翘！"跑旱船、踩高跷通常都是外地来的，本地最常见的是舞狮子。一人舞的小狮子，谑称"讨饭狮子"，只有一个狮头，下边用一些彩色的布遮着，舞狮的动作也简单，旁有一人敲小锣配合。几分钟舞完，敲锣人收了赏赐，舞狮人把狮头一收夹在腋下就走。大狮子就大不一样了，头大威猛，狮子皮颜色鲜艳，背上还有一块带毛的兽皮，两人藏在里面舞，只见跳动四只脚，后面那个小尾巴一撅一撅的。大狮子有锣鼓班子配合，还有专门处理公关事务的，一二十个人在一起，声势不算小。大狮子每到一处，敲锣把场子打开，狮子先在堂前向户主拜年，然后舞四方，有时故意扑到小孩面前。如果恰逢新婚喜事，就到新房里舞，在新床上打几个滚，让房主家早得贵子。舞毕，讨了赏钱，就"哐——咚咚锵"敲着锣鼓走了。村里如果愿意集资出钱，就在稻场上舞。桌子叠桌子，爬到最高处做各种惊险的高难度动作，喝彩声不断。假如凑巧遇到两班狮子撞到一起，就对台赛舞。

　　唱门歌也好玩，有本事的头脑转得快，见人唱人，见神唱神，看着主人家的陈设现编词句。唱门歌的最多两人，男女老少都有，手里拎把铜锣或者二胡，也有捏两片竹板的，走到人家门口，铜锣一敲，二胡一拉，就唱起来："春锣一打响铃铃，恭喜老板开彩门……""财神菩萨进门来，有喜又有财，恭喜老板一年四季发大财……"这仅是些流行词，几乎每个小孩都能跟着唱和，看多了

277

就兴头不大。还有唱春歌的，春歌离不了"春"："春锣（你）一打，响（呀么）响铃铃，我们（哟）来到，东家（么）来报春；糕饼（呀）碟子，台（呀么）台上摆，满堂客人，笑（呀么）笑吟吟……"要是耍龙灯的过来了才热闹，老远的就放双响炮，唱灯戏，吃灯席，人山人海，锣鼓喧天！

"叫花子也要过三天年"——这是外婆讲的。辛勤劳作了一年的人们，都沉浸在过年的快乐中。只有田里的庄稼孤独而安静地生长着，没有人来打扰它们。一群群的麻雀一如既往地飞过乡村的那些树梢和屋檐，寒风将它们身上的毛一团一团吹得竖了起来。

花　灯

新年到，

好热闹，

花猫打灯笼，

黄狗来喝道，

一喝喝到城隍庙，

城隍老爷骇一跳。

过年了，家里挂一盏称作花灯的灯笼，年味浓浓。孩子们打的灯笼，小得多，这样才好提携。灯笼提手里，不为照明，纯粹就是图个乐。"打灯笼照舅舅，舅舅躲在门后头"，你说好玩不好玩？

从三十晚上开始，每到天黑，就有人抹着油光的嘴，从家里跑出来，提着灯笼埂上埂下、村前村后喊："小伢嘞，出来玩灯呵！不要你红，不要你绿，只要你出根红蜡烛……"很快就聚齐了十多个灯笼，排成队，从这家门前绕到那家门前，闹闹嚷嚷，且少不了一两条小狗乐颠颠地跑前跑后。有人正喊着"踢一脚，踹一脚，我的灯笼坏不了"，脚下突然绊倒，手里的灯笼呼啦啦滚了出去，蜡烛引燃了糊在外面的纸皮，众人上前七手八脚一阵猛拍猛吹，火熄了，却只剩下一具残存篾架。灯笼被烧了，要是不想垂头丧气地回家，就只有去埂梢刘老爹家，看能不能讨到一盏。

刘老爹是个瘫子，下半身动不了，冬天就坐在火桶里，把一个快成形的筐篮抱在胸前，一会儿旋过来一会儿旋过去地编织着，那些黄的篾、青的篾，在他手里就像玩杂耍一样飞长流短，叫你目不暇接。一进腊月，刘老爹就怠慢了那些筐呀篮的，一心编织花灯；刘奶奶在一旁削竹篾，开尺寸，忙不及。不单是大人小孩子要花灯，诸如龙灯、罗汉灯，哪个不要提灯笼？穿马灯用的灯笼更多。

刘老爹家成了大家最爱来的地方，顺便帮着刷糨糊、蒙绵皮纸……只要哄得老头高兴，就有被赏赐一盏灯笼的可能。有时扔给一些下脚料让你自己动手过把瘾，还会顺便讲解要诀，教你如何插篾和接篾，如何收束或放宽骨架。扎灯笼的主要材料是竹和纸，做得漂亮不漂亮，关键就是看整形整得好不好，骨架撑开时，与上下灯底的距离是不是符合要求。还有包绵皮纸，要从上往下包，一直包到底部，稍有不慎，灯皮歪了不说，还容易撕烂。

如果边脚料多，就做兔子灯，用黄篾环扎。黄篾性脆，必须先在水里泡软，将其均分，绕成兔身、兔头，再弄成两只长耳，蒙上纸，拿笔画一对大红眼就成了。五角星灯不算难扎，拿细麻线将五根细竹扎成五角星形状，两个相同的五角星合在一起，用撑子固定成立体的骨架。将彩纸剪出数片三角形，一一粘在骨架上，最后在骨架中间的小钉子上插上蜡烛，一盏五角星灯就做好了。

除了花灯，刘老爹还扎花篮，就是一群好看的女子用细细的竹片挑在肩，上腰身闪闪走着舞步的那种花篮。有一种小花篮和莲花灯，专门扎给女伢玩的，小巧秀气，讨人喜爱。但光头猴要看到了，就怪唱："大花篮，小花篮，男的不跟女的玩。"这小子，天生爱捉弄人，看到女伢打着灯笼，会突然一声惊叫："快看，灯笼底下有条虫呵——"人家赶紧拎起灯笼翻过来看虫在哪儿……结果，呼一下，火把纸烧起来，火舌几下一卷，就剩下一个黑乎乎的空架。等你明白过来中了圈套，哭着要赔灯笼，他早已脚底抹油溜了，一边跑一边又在坏唱"一会子哭，一会子笑，两个黄狗抬花轿"，还有"好哭佬，背稻草，丢到河里狗子咬"。

那一年腊月里，刘老爹做了一件大事，扎出一艘比架子床还大的采莲船。先用竹竿和细铁丝扎好船型，再蒙上五彩绸布，贴上彩纸花饰，扎好的采莲船两头尖尖，身形俊俏，在腊月稀薄的太阳下闪着骄傲的光芒，像嫁到乡下的一位新娘，鲜艳得让人睁不开眼！其实，采莲船是替由五丫头领头的一帮人扎的。大年初三，他们的采莲船就来了，挨村挨户地唱，锣鼓家伙咚咚呛咚咚呛响着，还有唢呐呜哩啦呜哩啦地吹着。一个红衣绿裤的漂亮妹子，肩搭绸带吊着采莲船，踩着音乐的节拍或进或退微摇轻晃，做出种种伸颈扭腰和探臂的表演动作，就像真的荡漾在水面采莲。五丫头扮成艄公，下巴上粘一撮胡须，头戴笠帽，脚踏绣球鞋，手拿船桨，神情俏皮而搞笑。作为采莲船的领唱，他要见什么唱什么，而且唱词不能重复。坐船尾的艄婆，发髻上插朵大花，脸上红胭脂抹得像猴子屁股，看了让人发笑。晚上一场，则叫"灯船颠水"，船头船尾都亮，艄公手里提一个灯笼，抛上颠下，动作幅度较大，船也摇晃得剧烈……但那灯火就是熄不了。

采莲船离开了村子，大人们已散尽，西宁他们仍留在场地上，似乎意犹未尽，闹嚷着，奔跑着，把手里的灯笼旋来舞去。"会灯笼，灯笼会，灯笼熄了回家睡……灯笼会，会灯笼，你要不来我吹了。"直到夜更深了，灯笼里蜡烛烧完，才恋恋不舍地散去。

龙 灯

龙灯胡子长一长，

生个儿子状元郎；

龙灯胡子短一短，

生个儿子开茶馆。

每年时近腊月，整个青滩埂会一点木匠和篾匠活的人不请自到，齐聚大队屋的公房，在灯师傅乔达子的指导下，锯木、剖竹，刨出一块块光净的板，扎成一截截圆竹筒，竹筒上饰以各色花纸。如果以红纸为基调就是红龙，以白纸为基调就是白龙，以黄纸为基调，当然就是黄龙了。龙灯胡子挂在龙下巴上，细纱染黑，也有用彩布剪成细须的，若是用白麻编织就是白须……龙身动，胡子飘，十分有趣。

乔达子是个五十多岁的干瘦老头，嗓音哑哑的，言语不多，是个很厉害的"灯师"。他经验丰富，威望出众，一个眼神，一个手势，比说话都管用。扎灯、演练、祭灯、出灯，各项派活，乃至联络交往诸多事宜，都要听他的。

龙头、龙尾也用竹篾扎成，再糊上彩纸，饰以龙须、龙眼、龙眉、龙角、龙舌。每一道工序都是手工活，来不得半点马虎。龙头是关键部分，须由乔达子亲自带人制作。有多少块板，就有多少节竹篾筒，一块一节接成龙的身子，也就是龙骨。"板龙"气势雄伟，龙身每段用板凳面大小的木板做底座，两端凿圆孔，用一尺多长的木棒连接，既可直线行走，又可左右盘旋。龙身上画着"八仙过海""岳母刺字""穆桂英挂帅"和"桃园三结义"的图案，一板一出戏。龙尾扁圆扇形，形如一条大鱼的尾巴，"龙头摆一摆，龙尾跑下海"，意思是说龙头动一下，龙尾巴上的人不知跑多少步才能跟得上。

每条龙，数十块龙身板，一人一段举着，龙头有一人多高，要两个壮汉才能应付过来。乔达子头扎绣巾，扎腰束腿，手持红绸宝珠在前引龙戏舞，扭、挥、仰、俯、跑、跳，珠行龙行，珠退龙退，珠伏龙伏，珠绕龙绕……被挑选出来舞龙的，都是一些小伙子和壮年人。腊月二十八的晚上，整个演练及扎灯结彩的最后几道工序全部结束。长出了几十条腿的龙，被盘在大队屋的中央，龙头高高昂着。众人点灯燃香，作揖磕头，将贴在龙眼睛上的两片金箔揭去，叫作"点龙睛"；龙身各板皆点上蜡烛，叫作"放龙光"。

正月初二出灯，出灯前要拈香跪拜，放过二十八支双响炮，和那种手腕粗的大铳（麻雷子），去渡口见过"圣水"，还要巡游一周。唢呐锣鼓相随，吹吹打打，好不热闹，小孩子奔走欢呼："出灯了！出灯了！"每到一地先"箍村"，然后就在村中空地上玩起来，"龙头钻阵""游龙戏珠"，还有"金蟒脱壳"，"盘龙"是压轴戏，顺绕三圈，逆绕三圈，速度随着锣鼓点由缓到急……鞭炮齐鸣，大铳炸响，惊天动地，掌声、喝彩声、打哨子声，一浪盖过一浪！特别是晚上"盘龙"那一场最好看，"盘"到高潮时，宝珠光影闪动，金碧辉煌的龙头、龙尾时分时合，近看似火龙翻滚，远望如满天流星……阵法招式都玩过后，这条流光溢彩的长龙才摇头摆尾地蜿蜒而去。

到外村演出，龙灯所到之处都会有人接灯，通常是由刷报子的人事先找有亲戚关系的人联系好了，报上写着"××村老龙送子，吉祥丰稔"等字样。接灯户要大开前门，摆上香案，另有糕点、香烟等供品，家主三叩九拜。乔达子将手一挥，拉开架势，龙头在大门前上下、左右摆动几下，持门灯者站立大门两侧配合接应。若有求老龙送子者，乔达子就领着舞龙绕室转上一圈，将龙须在床头绕一下，来年这家新媳妇就会喜得贵子。小孩子可以从龙嘴里"过关"，由人抱起从龙嘴的左边投进龙口，家长在右边接着……这样可以免去一切灾星，健康茁壮成长。

相邻的程家涝也起灯，起的是滚灯，总共只有七板，共七人，中间五板五人，头尾各一人。虽然灯不长，人也少，但他们非常认真、虔诚。他们灯扎得漂亮，龙头搞得就像活的一样，张口吐珠，舌头伸出来卷珠。西宁费了一番心机才搞清楚，原来那个蒙白布的龙嘴里安了巧线来控制张合，巧线一拉，龙嘴一张，一个小红灯笼就吐了出来。龙尾和人家也不一样，除螺丝旋以外，还扎一条小龙趴在龙尾上，表示小龙望娘。这是有来历的，先前长塘村一群半大小子扎了一条花花绿绿的小龙，跟大人一道出灯，大龙穿灯，小龙就送子……有想要孩子的人家，就把小龙请进房间，在床上翻滚几下，表示神灯送子。但小孩子毕竟不合规矩，且穿起灯来时常乱了阵脚，后来就不让穿了，只在扎灯时扎条小龙趴在龙尾上，算是大家一道玩儿。

龙灯玩到正月十五元宵节晚结束，谓之"圆灯"，各家可把亲朋好友请家来观灯。此夜，龙灯在村里大玩，把能穿的都穿出来给大家看，向接灯破费的众亲友表示感谢。先转村朝香火，只见一条巨龙追扑着红色的宝珠飞腾跳跃，忽而高耸，似飞冲云端，忽而低下，像入海破浪，蜿蜒腾挪，煞是好看……玩到半夜，终于精疲力竭，歇下来盘在大队屋前。众人上前拆开灯盘，连同龙头龙尾一齐放进大队屋保管，下次再用，坏掉的部分到时换上新的。

也有地方不是这样，比如对河的新屋纪，圆灯时敲锣打鼓将龙皮龙尾送到河边烧龙，并将残骸送入水中，意为送龙归海，唯独留下一个硕大的龙头。有孩子趁机揪下一把龙灯胡子，举在手里喊"龙灯胡子长一长，生个儿子状元郎"，喊着喊着就变了味：
"龙灯胡子稀一稀，生个儿子开飞机；龙灯胡子歪一歪，生个儿子
哭乖乖……"

马灯和罗汉灯

马灯马灯跑得快，

一张桌子八样菜，

小舅子陪你喝痛快，

睡在地上起不来。

马灯从来都是由对河村子兴起，那边一个村子一个姓，不像青滩埂这里杂姓多，马灯就是供家族玩的。先在那边出灯转村，大约过了初五、初六，便敲锣打鼓由青滩渡一船一船渡过来。大人喊，小孩子叫，红红绿绿，旌旗翻舞，这是一年里渡口最热闹的时候。

走马灯，就是你绕我、我绕你地穿插快跑，所以也叫穿马灯。用篾扎成马头、马屁股，蒙了纱布，灯手出场时，一手拎马头，一

288

手执刀枪或挥马鞭。每人都画着大花脸，戏装穿戴，背插几面小旗，雪白的围领，红裤白鞋，唯独上身绣花彩衣的后裾较长，将绑在腰间的篾扎马屁股遮得严严实实。

马灯队伍中，最先开道的是举着家族灯笼的半大小子，紧接着就是几位族中威望较高的人，再接着就是敲锣打鼓的、打柝子和打旗子的。玩哪些村，行进什么路线，事先都已安排好。打着三角龙旗先传送信息的人，叫作"刷报子的"，报子上写"今日到送子神灯"，落款是"前张马灯堂"。鞭炮声中，队伍进了村，先摆龙门阵，分单双号两排站好受香火。师傅把令旗一摇，丑角推车挖灯，关公破车扫场，驱赶疫鬼瘟神……若仅是亲戚朋友放鞭炮接，一般不玩灯，只是鱼贯而入，登堂入室，敲锣打鼓走上一趟，并在挂红的香案前绕圈打个礼，送上大吉大利。进出门时要注意脚下，不能踩门槛；出门后所有神家都要在人家门口走个剪刀环，表示把一切晦气的东西都剪除带走。

与舞龙灯不同，马灯请的是闭口老龙，灯手称"神家"，要沉默禁口，不能讲话。都是刘关张等五虎上将造型或是杨六郎、杨宗保、穆桂英等杨家将人物，左手提马头，右手握马鞭甩动，马鞭都用花线扎成，相互间快速穿插舞动，帽盔闪闪，长翎飘飘，阵式有"八马亲嘴""十六马亲嘴""乌龙盘锦"等。

孩子们最追捧跑单马的"赵子龙"，他会在奔跑穿插时一手牵马缰，一手把一支银光闪亮的枪不断抛起。再就是有故事情节的

"五马破曹"，上场人多，看着带劲，锣鼓猛敲，沙尘起处，刀枪撞击，锦旗飞扬，演出达到高潮。但有时情况却不太好，才落过雨不久，地上滑滑的，穿起来一个个变得扭扭捏捏的，生怕滑倒出洋相……有人就故意打口哨起哄，催他们跑快。

停下来吃饭，马灯的队列中，有两个丑角各扛一个绑在竹竿上的草把子，小孩子喜欢跟在后面边跑边喊："干豆腐干豆腐蒸蒸，地上跑马灯；马灯跑不开，草把子倒过来……"晚上穿灯最好看，每匹马的肚子里都点上灯，连马头也是亮的，穿到热闹处，锣鼓急敲，灯火闪烁，真是把眼睛都看花了！

河西除了起马灯，还兴罗汉灯，都是家族里在玩。如果说龙灯场面大，威武神气，马灯群马奔腾，热热闹闹，那么，"堆罗汉"最能显示的就是力量了。

同龙灯、马灯一样，玩罗汉灯之前都要"参诈"，也就是请五猖神。腊月里，哪个村要准备玩灯了，就在村口土地庙旁栽一根高高的木杆，上面绑一个草把，下面用竹篾围一个圈，再烧三张黄表纸通疏神灵。然后焚香磕头，请五猖神下界护佑。正月初一起灯，到每家每户"朝灶"，先在本村玩一场，第二天便正式出灯了。

玩一堂罗汉灯，有六七十人上路，旌旗开道，浩浩荡荡。走在最前面的，是两个手提"福"字灯笼的长者，随后高举一对特大门灯，灯上有字，正面是姓氏，背面是堂名，紧跟后面的是"肃静""回避"四块大牌。灯师手执令旗，领着十八罗汉走在中间。

罗汉分龙脸、虎脸，一律红灯笼裤子，头戴黄布帽，手持云帚。每个罗汉后面，跟一个打着三角旗的人。队伍前后各有一套锣鼓，此外还有保灯的、挑担的和童子的父亲。浩浩荡荡，锣鼓喧天，走在乡间的大道上。

风软得很，太阳黄黄的，醺醺的。接灯的长老提着灯笼迎到村口，看见灯过来了，便燃放鞭炮。玩灯的队伍听到鞭炮声，唢呐骤起，锣鼓齐鸣……进了村，先是打"香头"、朝"香火"，到了场地，锣鼓猛敲，在持续不断的鞭炮声中，众罗汉翻滚走阵，穿插跳跃，从易到难，依次堆造出"童子拜观音""金鸡展翅"等各种阵型。人拉人，人叠人，纵横组合，难度不断变化，一层是两尊擎天柱样的壮汉，两层四人，三层八人，四层也是四人……最高处小罗汉的勒身绸带被衔在另一大罗汉的口中，众罗汉墙缓慢朝四方转动，高潮迭起，惊险刺激！行走时的锣鼓声是咚咚呛，撤灯时的锣鼓声是呛咚呛咚呛……在这个过程中鞭炮声络绎不绝，观众不断喝彩！

罗汉灯的玩法，分"号神""单标""黄金花""黑金花"等十几种。西宁同大家一样，不太喜欢"号神"，十多个人手里拿着大号毛笔一样的云帚，转来绕去地跑，看不出是什么名堂。"单标"又叫"站马"，要好玩多了，就是一个罗汉爬到另一个罗汉的肩头，一层层站上去，最高可站四层，上面还坐着一个童子，在锣鼓声中绕场子走动。"黄金花""黑金花"又叫"坐马"，就是一层一层骑坐着往上叠。打底的"黑衣"最厉害，肩上坐一人，左右各挎一人，这三人的肩上再坐人……"黄金花"一人堆七人，"黑金花"一人堆十人，想想看，那是多重呵，而且堆起来以后，还要绕场走两圈。这实在神奇，令人惊叹！

"罗汉罗汉堆得高，三张桌子到树梢，灯笼裤，黄布帽，龙脸、虎脸往下倒！"光头猴和小七子这些半大小子暗暗在心里琢磨其间奥秘。到了夏天，他们便在河塘边弄出"堆战马"的玩法，两层四人，三层八人，像个超级怪物一样从水底缓缓走出……但那多半是借了水的浮力。

后　记

在我们的童年里

往事悠悠，岁月远去。童年的歌谣，承载了太多关于乡村的记忆，有时偶会触景生情，在夜深人静时轻轻哼起，竟是一点没有荒腔走调……然后，默默地咀嚼，回味。

是我老了吗？这么容易怀旧，连散沉心底的儿时韵调也能唠嗑成一本书！

事实上，这本书中每一首童谣，都是一个按钮，一按下去，那已远逝的童年，那纯真质朴的童年，一下子就来到了眼前！

蓝天下，孩子们劳作着，玩耍着，口里唱着胡乱的歌谣："可怜又伤心，捡个萝卜大空心！""天下太平，你输我赢；一哭一笑，蛤蟆上吊。""腌鸡腌鱼莫腌我，土地庙前点把火；狗砍柴，猫烧锅，老鼠炒菜笑死我！""麻雀子，三根毛，请你下来吃毛桃；毛桃没开花，请你吃黄瓜；黄瓜没落地，请你瞧小戏；小戏没搭台，请你摸小牌；你也没钱，我也没钱……关起门来好过年。"那是上个世纪五六十年代无限丰饶醇厚的乡间往事，一种原生态的曾经与我们水乳交融的生存方式。

稻与荷只隔一条田埂站在各自的水里，到处都是充满生机的泥土、作物、阳光，和它们共同酿造出来的芬芳。而夜晚，地里的蔬菜会把月光排成一行一行的。许多如我这个年龄的有乡村背景的人，记忆深处，应该都停留着一些熟稔的景象：水塘清亮，炊烟袅袅，湿漉漉的苔藓依偎着空腹的树洞，鸟雀飞进流云，圩堤倒映河心……有个像极了自己前身的孩子，正走在放学回家的路上。他折了一段柳枝，用小刀削下一圈嫩皮，做成柳哨，衔在嘴里，有一股清甜的味道，吹着吹着就到家了。

"从前有座山，山上有个洞，洞里有只狼，朗格里格朗，冬瓜瓠子汤……"记忆童谣，真的是历经尘世之劫的我们重返无忧童年的一条好途径呵。

童年里的乡村是有气息的，那是一种飘荡在乡野之上蓬勃的、鲜活的、希望的、成长的，也包括死亡的气息，比如在二月二、三月三和小满芒种的初夏日子里，这种气息就愈发浓重。牛哞朝露，蚱蜢乱飞，鸡鸣低桑，狗吠静夜，还有美妙的乡歌……浸润在乡村气息里的孩子们，质地纯良，任何一点事物都能占据他们全部的内心世界，并带来充满其间的智慧的启迪。从他们身上散发出的生命的自在性，和放任在歌谣里那些无厘头的附会比拟，足以抚慰当今的我们因为缺少对土地和作物的亲昵而变得越来越贫瘠的心灵。

我写男孩西宁的时候，满心温存，写他和小伙伴们劳作、游戏和读书的场景，还有年节里的热烈闹腾。四季变换，一路风景，有童真，有拙朴，有快乐，当然亦有金黄油菜花溅起的漫天彩霞里的担心和伤痛。其实，西宁就是我本人，只是我更年幼一点就从古都西安来到江南乡村，同样都是缘于父亲遭逢的政治厄运。就像我总是对繁星密布的乡村夏夜满怀眷恋和敬意一样，同样敏感而略带忧郁的西宁，让我找到了一个稍有距离的自叙的位置，并且找到了潜伏于自己性格中的某些倾向的渊源。正是借用西宁的视角，看到了孩子们乐此不疲的生命状态，感知了乡野的神奇与曼妙，同时也感知了生命的成长与成年人世界的变动紧密相连。孩子们的卑微，并未削弱他们生长的力量和内心的丰润……起码，他们一起开心地唱着歌谣，就不会孤独与迷失。我是有意让文字回到一种天然的状态和纯粹的生命气息里，用的都是白描手法，清淡，平缓，本真，而又不掩浓郁的江南情致。

转起那个老旧的陀螺，仍能旋腾起一生中最质朴和美好的光影。我倾情忆写童谣里的乡村往事，既想通过文字留住一些曾经无限丰饶的风物景像，也是为了更集中更具体地释放地域文化的能量。与江南这片土地脱不了干系，与江南的文化血脉相连，确实很幸运：有根，有源，有氛围，有依恋与寄存。天时地利，让人心动！

乡村是农业社会的，而城市是工业社会的。生活在今天的孩子，基本上没有野地里的欢闹，没有蛙鸣阵阵、繁星密布的故乡了——故乡不是一个简单的词语，而是由一个个特别具体的物象及生存场景构成。随着岁月的流逝，身后没有了故乡的他们，就很难有故乡情结，更不会有难以排遣的乡愁。我不知道这是现代化进程的必然，还是心路历程的悲哀？

"天上星，地上钉，钉钉拐拐挂油瓶；油瓶漏，炒黄豆；黄豆香，炒紫姜……"但愿我的这些文字与记忆，不是对那个愈去愈远的江南乡村的最后的回眸。

有 态 度 的 阅 读

微 博 小马BOOK	抖音 小马文化	全案营销 小马青橙工作室
公众号 小马文艺	淘宝 小马过河图书自营店	
小红书 小马book	微店 小马过河图书自营店	投稿邮箱 xiaomatougao@163.com

图书在版编目（CIP）数据

采桑娘子要晴天 / 谈正衡著 . -- 北京 : 北京联合
出版公司 , 2023.6
ISBN 978-7-5596-6857-8

Ⅰ . ①采… Ⅱ . ①谈… Ⅲ . ①散文集－中国－当代
Ⅳ . ① I267

中国国家版本馆 CIP 数据核字 (2023) 第 069321 号

采桑娘子要晴天

作　　者：谈正衡
出 品 人：赵红仕
策划监制：小马 BOOK
责任编辑：牛炜征
产品经理：小　北
封面设计：今亮后声

北京联合出版公司出版
（京市西城区德外大街 83 号楼 9 层　　100088）
北京联合天畅文化传播公司发行
定州启航印刷有限公司印刷　新华书店经销
字数 178 千字　880 毫米 × 1230 毫米　1/32　9.5 印张
2023 年 6 月第 1 版　2023 年 6 月第 1 次印刷
ISBN 978-7-5596-6857-8
定价：58.00 元